梁品

梁冬 主编

湖南文艺出版社
HUNAN LITERATURE AND ART PUBLISHING HOUSE

博集天卷
CS-BOOKY

图书在版编目（CIP）数据

梁品 / 梁冬主编 . -- 长沙：湖南文艺出版社，2021.9

ISBN 978-7-5726-0314-3

Ⅰ.①梁… Ⅱ.①梁… Ⅲ.①随笔—作品集—中国—当代 Ⅳ.① I267.1

中国版本图书馆 CIP 数据核字（2021）第 153300 号

上架建议：文化随笔

LIANG PIN

梁品

主　　编：梁　冬
出 版 人：曾赛丰
责任编辑：吕苗莉
出　　品：喜马拉雅《梁品》节目组
监　　制：邢越超
策划编辑：刘　筝
特约编辑：白　楠
营销支持：文刀刀
封面设计：UNLOOK@ 广岛 Alvin
版式设计：梁秋晨
内文排版：百朗文化
出　　版：湖南文艺出版社
　　　　　（长沙市雨花区东二环一段 508 号　邮编：410014）
网　　址：www.hnwy.net
印　　刷：三河市鑫金马印装有限公司
经　　销：新华书店
开　　本：787mm×1092mm　1/16
字　　数：309 千字
印　　张：19
版　　次：2021 年 9 月第 1 版
印　　次：2021 年 9 月第 1 次印刷
书　　号：ISBN 978-7-5726-0314-3
定　　价：59.80 元

若有质量问题，请致电质量监督电话：010-59096394
团购电话：010-59320018

目录

CONTENTS

第一章　生命观比三观更重要

第一章

LIANG PIN

生命观比三观
更重要

傅佩荣：

《道德经》和《易经》
到底厉害在哪里

梁冬导语　　一直以来，大家都对诸如《道德经》和《易经》等中国经典心生敬意，总觉得这些东西很玄妙。当今中国人的话术、表达以及有意无意的态度和价值观，都受到西方哲学和思想的影响。这篇文章将带领我们回归经典，结合西方哲学和东方文化，用现代人听得懂的方式去讲述《道德经》和《易经》。

- 王安石对《道德经》的注解错在哪里？

- 如何理解《道德经》中的"道"？

- 认知的三个层次是什么？

- 悟"道"的最佳时机是什么时候？

- 为什么说《道德经》是一门圣人的学问？

- 中国文明比西方文明更加早熟吗？

- 现代人对儒家思想有哪些误解？

- 如何理解《道德经》中的"德"？

- 现代人可以从老子身上学到些什么？

- 《道德经》的作者究竟是谁？

- 如何系统地学习《易经》？

- 《易经》真的能够预测未来吗？

○ 傅佩荣

中国台湾辅仁大学哲学系毕业，中国台湾大学哲学研究所硕士，美国耶鲁大学哲学博士，专攻宗教哲学。曾任比利时鲁汶大学和荷兰莱顿大学讲座教授，中国台湾大学哲学系主任兼研究所所长。在教学、研究、写作、演讲和翻译等方面皆有卓越成就。

王安石对《道德经》的注解错在哪里？

《道德经》在学术界一直都存在争议，其中最大的争议就是第一章中的断句问题。本来念书断句应该是件很容易的事情，但是在《道德经》中，"道可道，非常道，名可名，非常名"之后"无"跟"有"的断句，却出现了很大的问题。

目前，市面上和《道德经》相关的书籍，基本都参考了北宋王安石的断句方式。王安石是一位著名的政治家，文学和哲学也都学得不错。古人的书并不是很多，不像我们现在可以读到各国的资料。所以，古人念书的时候喜欢别出心裁，王安石也是一样。为了别出心裁，他把《道德经》的断句改了一下，结果这一改，就出问题了。他改完之后，大家会觉得讲"无"和"有"的句子，诸如"无名""有名""无欲""有欲"听起来比较抽象，可以说对于《道德经》的传承提出了挑战。

一般学术界教授在研究《道德经》的时候，采用的大都是魏朝的王弼本。王弼只活到二十三岁，却是中国历史上少有的天才。他一生主要写了两本书，一本是注解《道德经》的，另一本是注解《易经》的。所以，每次谈到这两本书，都绕不过王弼。因为王弼是曹操那个时代的人，比较接近这两本书产生的年代，所以他对于"无名""有名""无欲""有欲"之类的注解就讲得比较清楚。1973年从湖南长沙马王堆西汉墓葬里出土了一本帛书本的《道德经》，也肯定了王弼本的断句。

"帛书本"中的"帛"字，指的是绢帛，就是写在丝绢上面的。这一版本的《道德经》分为甲本和乙本。因为古代没有标点符号，就用"之乎者也"作为标点符号。在"无名""有名"之后，就是"恒无欲也以观其眇，恒有欲也以观其嗷"。当时用"恒"字，后改为"常"字，因为汉文帝名叫刘恒，所以后面改成"常"字。在帛书本的甲本中用的"邦"字，后面都改成了"国"，因为汉高祖的名字叫刘邦。从这里就可以看出，帛书本比王弼本还要早。在学术界有这样的共识，大家普遍认为帛书本大约成书于汉朝初期。

1993年，在湖北郭店又出土了竹简本的《道德经》，比帛书本成书的年代更早，但因为残破太严重，很多字根本看不清楚，所以没什么参考价值。

事实上，我们做学术研究的也很奇怪，为什么许多学者不参考年代更早的王弼本和帛书本，而是参考北宋王安石的版本。这一点我不能接受。所以，我讲授《道德经》的时候会和许多研究《道德经》的学者有不同的意见。我做学问的原则是尊重原文。现在如果有人要念《道德经》，我会建议他先看王弼的注解本，再参考帛书本，这两本合在一起念，对《道德经》的理解和断句就能十拿九稳。

《道德经》里有多处谈到"无"和"有"，古代人是怎么判断什么是"无"、什么是"有"的呢？比如说，这个地方昨天没有花，它本来就是"无"，如果某一天它忽然开出一朵花来，花是有根的，所以这里就变成了"有"。王弼直接把"无"和"有"理解为无形之物和有形之物，对于古人来说，这种以视觉作为依据来判断"无"和"有"是合理的。

但是，王安石把"无"和"有"作为一个专门的术语，就引起了理解上的困难。按照王安石的断句，所有讲授《道德经》的人都摇头晃脑地念"无"和"有"，但你问他们什么是"无"，他们会告诉你"无"不能讲；如果问他们什么是"有"，他们会告诉你，说起"有"，就要讲到天地万物。

如果《道德经》的第一章按照王安石的断句，我相信天下根本没有人能说得清"无""有"二字究竟是怎么回事。如果按照王弼的断句，就可以把"无名""有名""无欲""有欲"解释得非常清楚。我简单地用白话文解释一下第一章的前几句话，意思就是：老子说，可以用言语讲述出来的道，不是永恒的道。可以用名称来界定的名字，也不是恒久的名字。没有名字以前，是万物的开始；有了名字以后，是万物的母体。

如何理解《道德经》中的"道"？

《道德经》第一章中，最重要的就是前两句"道可道，非常道；名可名，非常名"。为什么这么说呢？因为对人类来讲，没有名字就等于不存在。这并不是说万事万物真的不存在，而是指没有了概念就无法与人沟通，等于这个事物不存在。这也是为什么天文学界有这样的传统，谁最先发现某一颗星星，就可以用他的名字来命名。甚至包括动植物等新的生物，最先发现的人也有命名权。人们为这些新的事物取了名字之后，就可以把它们列入人类的研究范畴。

一、无名，天地之始；有名，万物之母。

我们要先知道什么是"名字"。人类有了认知能力之后，才发明了名字，比如说"牛"这个名字，包括了天下所有的牛。"牛"这个名字就是"母"，天下所有的牛就是"子"，这就是有了母才有子。如果不说"牛"这个名字，我们看到的每一头牛都不一样，人类根本不可能建立对牛的认知。所以人类的智慧就在于此。"马"这个名字也是同样的道理，它包括了各种颜色、大小的马。"马"这个名字是"母"，天下所有的马都是它的"子"。

所以说名字出现之前，万物就已经开始了。人发明了文字之后，懂得了使用概念，这是人类使用智慧的开始，也就是万物的母体。

二、故常无欲，以观其妙。

这句话的意思就是，要经常保持没有欲望的状态，只有这样才能不干涉事情的发展，才能看到世间万物的奥妙。

我曾经看过《探索·发现》频道的一档节目。一只公狮子出来找母狮子，它先把母狮子这一胎所生的四只小狮子全部咬死，母狮子确定小狮子都死了，就只好老老实实地跟着公狮子走，准备生下一胎。人类并没有干涉公狮子的行为，只是将它录了下来。或许人们看到这种状况十分难过，却不能去干涉。因为狮子的行为不是人为安排的，它们就是靠这种方式来维持狮子的总数，这也是自然界中的奥妙，人类一旦干涉，就会破坏万物的生态平衡。

三、常有欲，以观其徼。

这句话讲的是人要常有欲望，才能够看到万物的各种边界。假如人没有欲望，就不可能创造人类文明。"常有欲，以观其徼"其中的"徼"，指的就是边界。

比如说，古代人们要狩猎、耕田，但是做这种活计太累了，那应该怎么办呢？人们就开始做实验，分别用老虎、大象和牛来拉车。然后人们就发现，用老虎拉车，老虎可能会把人吃掉；用大象拉车，大象可能把房屋冲垮；最后确定用牛来拉车最适合。再比如说，人类要找一个动物来看门，分别找到了一只豹子、一条狗和一只猫，最后确定了只能用狗来看门。从这两个例子就可以看出，有了欲望之后，再设定目标，这样才能测试出每一种生物能力的边界。

人的生命不可能脱离自然界，所以一定要有欲望，这样才能使人类社会平安发展，创建属于我们自己的文化。

老子的《道德经》中的"道德"和"仁义道德"中的"道德"毫无关

系。之所以名为《道德经》，是因为从第一章开始，上半部分是讲"道可道，非常道"的《道经》，到第三十八章开始，下半部分是讲"上德不德，是以有德"的《德经》，上下两部分合起来称为《道德经》。

"德"指的是万物从"道"中获得的本性。一朵花、一棵树，只要它们是自己本来的样子，就一定都有它们的"德"，而这一切都是从"道"中来的。人也是万物之一，同样从"道"中获得了人性。

但人类作为万物之灵，十分聪明，他们的本性中具有认知能力。有了认知能力之后，人就能够区分好与坏、利与害、安全与危险等等，区分之后势必会出现欲望。比如说，老子一再强调，搞政治的时候不能追求、看重难得之货，否则大家都抢着要，天下的人心就乱了，因为人类能区分出稀少的东西，物以稀为贵。

大家仔细想一想，人的身体其实很弱小，一定要团结合作，才能战胜原始森林里的飞禽走兽活下来。有了认知能力，懂得区分之后，人类才能活得更好。但是有一利就会有一弊，区分之后有了欲望，天下人就开始竞争、斗争、战争，之后就产生了乱世。所以，从根源上说，人类的问题就来自认知能力。

认知的三个层次是什么？

《道德经》中写得很清楚，为什么会天下大乱？因为有战争。为什么有战争？因为有欲望。为什么会有欲望？因为人的认知会做区分。

《道德经》在第一章讲完"道可道，非常道"之后，第二章就是"天下皆知美之为美，斯恶已，皆知善之为善，斯不善已"。

老子就是从这里开始讲认知的区分的：当天下人都知道什么是美，丑就出现了，当大家都知道什么是善，不善就出现了。这句话写的是价值上的区分。而接下来的"故有无相生，难易相成，长短相形，高下相倾，音声相和，前后相随"，讲的是六个事实上的区分。简而言之，这几句话的意思就是，人活在世界上，不但要在价值上区分出善恶美丑，而且要在事实上把高下前后分得清清楚楚。

第三章讲的是大家一旦推荐杰出的人才，人们就互相比较、互相竞争；天下人都喜欢好东西，但是好东西很少。人的认知能力，造成了后面各种复杂的问题，甚至是灾难。

老子从这个角度去分析人类社会的问题后，又提出了解决办法。所谓解铃还须系铃人，老子认为，仍然要从认知能力着手，不能仅仅把认知用于区分，还应该提升认知用来"避难"。现在的人总是提到王阳明所说的"知行合一"，但是老子认为这个阶段，知和行是不应该合一的，甚至应该是分道扬镳的。

举个例子，"雌"代表收敛自己，跟着别人的意见走；"雄"代表可以掌握全局，发号施令。大家虽然都知道"雄"的好处，可一般人会先守住"雌"的位置。为什么呢？因为在人的认知范围内，枪打出头鸟，如果站在"雄"的位置上，很快就会成为别人针对的对象。所以大家会选择守住"雌"，等别人打得差不多了，再出来拿"雄"，这也是为了避开灾难。再比如说，我想要拿到一样东西，就先把它让给其他人，别人会以为这是我不要的东西，于是他也不想要了，我就可以顺利拿到这样东西了。

"认知作为区分"是《道德经》中老子最基础的思想，也是比较低层次的思想。"认知作为避难"的思想就相对高明一些了。在看史书的时候，我们经常会看到最先出头的人，在不久后也是最倒霉的。所以在天下大乱的时候，聪明的人就明白，不要最先站出来。比如说竞选班长，最先站出来参选的一批人互相批评，到最后大家都选不上，这个时候另一个人再站出来参加竞选，成功率就大大提高。这种行为也是属于"避难"的一种。认知的最后一个境界是"认知作为启明"，就是能看到世间的"道"，所谓的"道"指的就是一个整体。明白了这一点之后，就会懂得人生根本没什么好争的。

认知是人类生命中不可或缺的层面，但是认知带来的欲望会对人造成困扰，所以老子有云"知足不辱，知止不殆"，这句话的意思就是：知道满足就不会受到屈辱，知道停止就不会遇到危险。

　　所以说，在读老子的《道德经》时，不能单单拿出一两章的内容去读，更不能东读一章、西读一章，这样是无法完全理解其中含义的。一定要了解老子思想的架构，尤其是要先分清认知的三个层次。明白老子是在什么情况下说出这样的话的，才能真正理解其中的含义。

悟"道"的最佳时机是什么时候？

　　我认为学习国学要分两个阶段：

　　第一个阶段是四十岁之前。在一个人年轻的时候，应该学习儒家思想，这样他才知道在家里如何与父母相处，在学校如何与同学、老师相处，到了社会上如何与老板相处，并在生活工作中努力奋斗。儒家思想就是教人如何处世的。

　　第二个阶段是四十岁之后。这个阶段一定要学习道家思想，因为人到中年有时就会看到这个世界善没善报，恶没恶报，既没有公理也没有正义，也不知道自己为什么还要继续奋斗。

　　学习道家思想之后，就会记得认知的第一步是"区分"，很可惜的是，很多人一辈子都沉浸在"区分"里，从来没有离开过"区分"。悟到了第二步"避难"的人，就很少在社会上惹到"灾难"了，因为他们能看到，即便现在很得意，未来也会遇到困难。学到这个阶段的人其实已经很厉害了。到了最后一步"启明"，就可以慢慢地不再动心了，也可以用平常心去对待所有的事物。这种"启明"的体验，会把世界看成一个整体，消解掉复杂的欲望，也会明白在这个整体中，根本没有来来去去的得失成败问题，这样就能对自己当下的处境一笑置之。

　　"道可道，非常道"这六个字是非常精彩的，单凭这六个字，老子就受到了西方世界的普遍推崇。大家也许很难想象老子在西方世界所受到的推崇程度。据联合国教科文组织统计，在世界文化名著中，译成外国文字出版发行量排行第一的是《圣经》，而排行第二的就是老子的《道德经》。因为没有版权问题，老子的书也被翻译成很多国家的语言刊印出版。

二十世纪，西方最重要的哲学家之一海德格尔晚年时有一个愿望，就是想把老子的《道德经》再次翻译成德文。事实上，那个时候已经有好几个德文版本的《道德经》了。但当海德格尔看完中文版的《道德经》之后，他觉得翻译的人都没读懂老子，只有自己才最懂得。听起来这确实是一件很有趣的事情。

作为西方的大家，海德格尔认为，西方自古希腊时代开始就忘记了"存在本身"的意义。"存在本身"这四个字作为术语也许很难理解，其实它代表的是万物的来源和归宿。海德格尔认为老子所说的"道"就是"存在本身"。他为什么会这样认为呢？

西方人信仰上帝，但他们的专家研究得到的最后结论就是，上帝不可说。上帝给世人的启示当然是可以言说的，但上帝本身是不能用语言来表述的。而老子的《道德经》开篇就告诉世人"道不能说"，西方人听到什么东西不能说，就特别兴奋。

所以当海德格尔看到《道德经》的第一句话"道可道，非常道"时，就被震惊了，西方用了一两千年才知道的万物来源和归属不可言说，《道德经》的第一句话就直接说出来了。

1946 年，海德格尔遇到了一位中国学者——萧师毅教授。海德格尔的名字在当时的哲学界无人不知，萧师毅教授当下就和他聊了起来。萧师毅教授当时正在德国做研究，他的德文非常好，还娶了一位德国太太。海德格尔得知萧师毅教授是中国人也很兴奋，就和他聊起了《道德经》。相信中国的读书人，没有人说自己不懂《道德经》的，所以海德格尔就邀请萧师毅教授一起来翻译《道德经》。

对萧师毅教授而言，能和海德尔格一起翻译也是一个千载难逢的机会。于是二人就约定，每周六下午到海德格尔家里一起翻译《道德经》。他们从第一章"道可道，非常道"开始，用德文讨论、翻译。但是他们翻译的速度很慢，一整个暑假才翻译到第八章。二人在翻译到"上善若水"的时候，因为意见不统一吵架。海德格尔仗着自己年纪大，倚老卖老，说萧师毅不懂老子。萧师毅教授当时年轻气盛，他认为海德格尔不懂中文，翻译的事情在二人的争吵后就这样不了了之。

这件事情后来还被萧师毅教授写成了文章。

为什么说《道德经》是一门圣人的学问？

中国古代的诸子百家都要面对同样一个问题：天下大乱该怎么办？

老子的方法就是虚拟出一个圣人来解决这个问题。这个圣人有两个特色：第一是能够悟道，第二必须是统治者。中国古代将社会结构简单地分为上下两层，上面是统治者，下面是被统治者。如果一个统治者能够悟道，他就会被称作圣人。大家很难想象，《道德经》总共八十一章，其中有二十七章都与圣人有关。

老子在《道德经》中与圣人有关的部分，讲述了圣人该如何修炼，修炼的过程是什么样的，修炼的结果又是如何的，以及如何治理百姓等问题。很多人误以为儒家的书籍才是讲述圣人最多的，实际上儒家的《论语》《孟子》《大学》《中庸》所讲到的有关圣人的篇幅，和《道德经》相比，比例是相对较少的。换句话说，在中国古代的经典书籍里，《道德经》是讲述圣人最多的一本。

那圣人又是如何修炼的呢？老子在《道德经》的第十章提到的"无为"和第十六章中提到的"虚""静"二字，详细地讲述了圣人的修炼过程。

第十六章的开头是"致虚极，守静笃"，这句话的意思是追求虚到达极点后守住静。此处的"静"，指的就是安静、平静、宁静地一路发展。我们常说的"宁静致远"中的宁静，并不是说它是静态的，而是说它有一种内在的动力。而"虚"指的也不是虚无或者空虚，而是单纯。《道德经》

中多次提到的"虚"，指的都是单纯的意思。

如何来理解"虚"就是单纯呢？举个最简单的例子，一个小孩子就是因为单纯而快乐。在幼儿园的时候，他看到父亲和母亲就觉得天地都很美好。而小孩子长大之后为什么不快乐了呢？就是因为不再单纯，尤其是当他有了各种认知和欲望之后，更加无法快乐。

老子思想中的"道"也是《道德经》中最难讲清楚的内容。通常情况下，人们会觉得一个事情难讲，那就少讲一些，但老子偏偏反其道而行。《道德经》中的《道经》有十六章是专门讲"道"的，占整个《道经》篇幅的约百分之四十，因为老子觉得"道"太重要了。

在老子看来，道是看不见、听不到、抓不住的东西，从感觉上、经验上和理性思维的角度完全无法掌握它。越是如此，老子就越是要讲清楚。老子说："道之为物，惟恍惟惚。惚兮恍兮，其中有象；恍兮惚兮，其中有物。"老子认为人虽然无法感知"道"，但"道"并不是虚无，它一定是存在的，只是常人无法用语言去描述它。

老子在《道德经》的第二十五章中，告诉大家"道"这个名字的由来。老子清楚地告诉大家，这个东西其实没有名字，他不知道它的名字，只能勉强将它称为"道"。"道"有两个特色，一是比天地更早，二是比万物更早，然后"独立而不改，周行而不殆"。这句话的意思就是，一方面"道"是超越万物的，另一方面它又内存于万物之中。

"独立而不改"是什么意思呢？独立代表唯一，这句话的意思是只要有道存在，它就永远不会有任何改变，可以理解为"道"是超越万物的。"周行而不殆"，就是说"道"遍布各地，到处都在运行，完全不会有任何损伤和危险，讲的是"道"的内存性。

如果和西方哲学家谈到上帝，他们就一定会承认这两句话，因为他们口中的上帝就是超越世界之上，又在世界之中的。

中国文明比西方文明更加早熟吗？

因为机缘巧合，我在年轻的时候攻读西方哲学。等到后来我去研究老子的时候，才发现老子实在太厉害了，可以说是为我们国家争了光。因为在所有中国的哲学家中，只有老子能站在世界哲学的舞台上睥睨群雄，甚至用《道德经》的逻辑和境界，与世界上各个领域最优秀的人交流，也是完全无碍的。因为只有各个领域中最高层次的人，才能真正理解老子的思想。

大家都听说过柏拉图，他的思想有一个明显的倾向，就是分为上下二元。柏拉图思想认为，下面用感官接受的现象世界并不可靠，这些思想是上面"理型"世界的复制品。上面的"理型"世界才是原版，而原版才是永远不变的。比如，对应到马这种生物，下面的马都是不够完美的，因为它们是上面理型世界的马的复制品。

又比如说勇敢，柏拉图认为上面有一个勇敢之所，那才是典型的"勇敢"。人间有人不勇敢，有人有些勇敢，有人很勇敢，有人更勇敢。上面典型的勇敢，才是与人间的勇敢相对比的勇敢标准。

总而言之，柏拉图的思想将上下二界隔绝了。

到了罗马时代初期，出现了一个新柏拉图学派。普罗提诺就是罗马初期的新柏拉图主义者，他也是西方一流的哲学家。我特别喜欢用他的思想架构和老子的思想做对照。

新柏拉图主义就是设法把柏拉图所说的二界打通。如何打通呢？西方人把最高层次的打通叫作"the One"，翻译成中文就是"太一"。太一就是包括一切，就如同太阳一样，太阳光照射出来，越接近太阳的地方越热，相反，离太阳越远的地方，阳光就慢慢减少了，阴暗了。

太一分为四个层次。第一层是太一；第二层是知性，也就是认知的本性；第三层是世界、灵魂；最后才是人和万物的出现。太一不管生出多少万物，本身完全不动，也完全不会减少，这与《道德经》中讲"道"是"独立而不改"是同样的意思。

老子又是如何解释宇宙万物的呢？《道德经》第四十二章有云："道生一，一生二，二生三，三生万物。"从这里就可以看出，老子的思想是可以与西方一流的哲学家的思想相提并论的，只不过老子的表述更加精简而已。

对照老子的思想，还可以走近来自荷兰的另一位西方重要的哲学家——斯宾诺莎。斯宾诺莎主张一元论系统。斯宾诺莎将认知分为三个层次：第一层是感觉上的知识，比如说亮和暗、高和低等等。第二层是理性方面的，第三层是直觉。

一元论其实和老子的"一切来于道，又回归于道"的理论相仿，一元论的三个层次，也可以分别和老子提到过的认知的三个层次——区分、避难和启明相对应。

可能大家又要问了，为什么西方的哲学家层出不穷，但是中国的孔子和老子就占据了中国哲学界的半壁江山呢？这是因为，中国文明是早熟的文明，我们的儒家和道家，早在千百年前就把人类所能想到的问题，或者说人类社会真正的困难所在，全部都搞清楚了。

德国另一位与海德格尔同一时期的著名哲学家雅斯贝尔斯认为，人类历史上有一个轴心时代，大约在公元前 800 年到公元前 200 年。在这六百年的时间内，各个文明都不约而同地出现了一些天才人物。雅斯贝尔斯写过一本书名叫《大哲学家》，这本书记录了多名西方哲学家和东方哲学家。其中有四位东方哲学家，包括印度的释迦牟尼和龙树，以及中国的老子、孔子。那个年代，雅斯贝尔斯就认为老子和孔子是可以代表中国文化的，可以说他的眼光是很精准的。

中国在那么早的时代就有如此早熟的哲学家，一开始就把哲学思想大体上都讲完了，西方哲学家中就缺乏这样的天才。所以说作为中国人，能够读懂中文是很幸福的事情。我们一定要去读古代的经典作品，真正地将这种幸福落实下去。

既然中国有这么高深的老子道德哲学和儒家思想，为什么后来有段时间会落后？这种落后可以说是由中国文化基因中的"帝王专制"造成的。

从秦始皇开始，所有的学术都开始为政治服务。说到这里，就不得不提到儒家。

现代人对儒家思想有哪些误解？

一般人都认为儒家讲究"三纲五常"，但我可以肯定地告诉你，孔子、孟子作为儒家的代表人物，是绝对反对"三纲五常"的。"三纲"最早是在东汉时的《白虎通义》中提出的，"五常"是董仲舒提出的，从宋代朱熹开始，才将"三纲五常"连用。

真正的孔孟之道只讲父母子女这一纲，根本不可能把君臣之纲放在首位。五常中，孟子只讲前面四常"仁义礼智"，因为信与仁义礼智不属于同一类别。

《论语》有云："言必信，行必果，硁硁然小人哉！"翻译成白话文就是：说话一定要守信，做事一定有结果，这就是一板一眼的小人物。

孔子怎么会说出这样的话呢？真正了解孔子的人是孟子，孟子比孔子晚了一百七十九年，孟子又是怎么说的呢？

《孟子》云："大人者，言不必信，行不必果，惟义所在。"这里的"大人者"指的是才学修养兼备的人。这句话的意思是，说话不必要守信，做事不必有结果，一切要看道义在哪里。乍一听到这句话确实让人有些担心。现在我们常说，说话做事一定要守信用，答应的事情就一定要完成。但事实上，从过去到现在之间有一个时间差，在这个时间差之内可能发生任何预料之外的事情。

比如说我最近买了一把猎枪打猎，我的朋友也想打猎，他就问我下个月能不能把猎枪借给他，然后我就答应他了。结果这一个月之间，我朋友得了抑郁症想要自杀。那到了下个月，我是否应该把猎枪借给他呢？我会告诉他，对不起，我的枪坏掉了。当然，我这样做就等于没守信用。他跟我借枪的时候是没得病的，但是一个月之间他得了抑郁症，如果这个时候我还把枪借给他，对他肯定是有危险的。

除此之外，大家都知道儒家常说的人性本善，其实这也不是孔孟的思想，他们只说人性是向善的。人性本善是北宋的程颐和南宋的朱熹说的，后来，朱熹在自己编写的《四书集注》里也说到人性本善，实际上这只是宋朝学者的解释。我可以完全引据原文，证明在孔子和孟子的书中，没有任何一句话可以证明人性本善。

梁漱溟先生曾经在北大教过几年书，当时他的学生做了笔记，后来这位学生还出版了《梁漱溟先生讲孔孟》一书。梁漱溟先生就曾经说过，大家对儒家思想有一定的误解，孟子根本没有说过本善，他只是说人有行善的能力而已。但公众大都认为朱熹的注解是对的，所以每每提到孟子的"性善"，就理解为人性本善。

很多人把儒家的"人性本善"当作哲学，那就错了，哲学要基于事实和客观根据。国学大家钱穆先生也曾提到，人性本善是一种信仰，我认为这个表述比较确切。

如何理解《道德经》中的"德"？

从儒家再回到道家上，让我们重新梳理一下道家的四个层次。

第一层：为什么会天下大乱？因为认知和欲望。

第二层：如何解决天下大乱？就是圣人出现，所谓的圣人也就是悟道的统治者。

第三层：什么是"道"？道超越万物，又内存于万物之中。

第四层：什么是"德"？想要理解"德"，首先要把"保存""修炼""回归"这三个词的概念弄清楚。实际上保存就是修炼，修炼就是回归。这句话的意思是，你想要保存德就必须修炼德，但修炼不是为了在外行善从而博得好的名声，而是为了回归到人真正的样子。明白了这句话，就能理解老子完整的思想系统。

　　"道"给了世间万物各自的"德"。人类作为万物之灵，想要修炼"德"、保存"德"，不可能没有任何欲望，更不可能不与他人往来，因为"德"是一种能力。只有在运用"德"这种能力的时候，你才会领悟到修炼的最终目的是回归，回到本来的样子，也就是人类最原始的状态。

　　"含德之厚，比于赤子"，《道德经》中曾多次用婴儿做比喻。人自活在世界上，就开始为了各种事情打转，然后发现和别人争来争去很辛苦，得不偿失，也不可能快乐，这个时候就会发出疑问："这一切究竟是怎么回事？"最后发现，原来宇宙万物都从道而来，又回归于道。道本身就是一个整体，这个整体也包括人在内，争了那么久也不过是左手换右手，从这里到那里。就好像一栋房子，历代以来很多人都住过，任何人都带不走。这就是为什么《道德经》强调人生要做减法，"为学日益，为道日损"。

　　但很多人刚开始是做不了减法的，因为一个人如果没有在人的世界里拼搏奋斗过，他的人生减法根本无从做起。从没拿起过，又谈何放下，所以很多人修德的时候发现方向有问题，也正是这个原因。

现代人可以从老子身上学到些什么？

　　现代人学习《道德经》对自己为人处世有很大的帮助。学习《道德经》能让现代人更容易放宽心。《道德经》教会人们放下，但这并不意味着消极、放弃和不奋斗。该做的事情，该尽的责任，都还要继续去做，只是说不再执着于原来很在乎的事情，情绪也就能逐渐放开了。很多人认为在这个意义上，道家和佛教在一定程度上也是相通的。

　　《道德经》中所说的"无为"，并不是指无所作为，而是无心而为。"心"代表刻意的目的。人应该去做你该做的事情，而不是非要达到什么样的指标，或者说追求社会上的各种成就。《道德经》最后一章的最后一句就是"圣人之道，为而不争"。老子的意思是说，还是要有所作为的，但不要去争。

苏东坡有一首诗："横看成岭侧成峰，远近高低各不同，不识庐山真面目，只缘身在此山中。"现代人学习《道德经》之后，会有一种跳开去看整座山的感受，明白什么是高、什么是低，看待事物的时候会看到一个整体，会去全方位地了解人生，懂得该如何应对自己的遭遇。

《道德经》的作者究竟是谁？

《道德经》的作者，相传为春秋末期的老子。但我认为《道德经》不是一个人写的，而是几个隐居的人共同完成的。这些人都有学问、有能力，也在社会上历练过，等他们隐居之后，就经常坐在一起聊天，然后把这些聊到的话都记录下来，整理出了《道德经》一书。

我这么说是基于两个理由：

首先，只有五千余字的《道德经》内有很多处重复的内容，这些完全一样的语句，有四字的、八字的、十二字的，甚至还有十六字的。如果《道德经》的作者只有一个人，他很容易将文章进行整合。所以，《道德经》一书应该是几个人一起商量着，讨论到了类似的观念。比如说第十章和第五十一章都出现过"生而不有，为而不恃，长而不宰，是谓玄德"这句话。

其次，《庄子·天下篇》讲到古代各种学派的发展。书中讲到老子的时候提到了两个人——关尹和老聃。老子骑青牛出函谷关的时候，守关的官员就是关尹，他知道老子有学问，就把他拦下了来，请他指教。所以，我认为老子大概就是和关尹合作，庄子也把关尹和老聃算作一个学派，甚至关尹的排名还在老聃之前。

回溯到孔子的时代，孔子曾经公开抱怨，世上没有人了解他。有一次，孔子在家中击磬，屋外有一个挑着竹篓子的人经过，这个人从孔子的击磬声中，听出孔子在感叹没人了解自己。听完孔子击磬，这人对孔子说：

"没人了解你就算了，做好自己该做的事情，其他的就不必勉强了。"这个非常智慧的隐士，他只从孔子的击磬声中就听出他的烦恼，但这个人和孔子并不是同一派别的。

还有一次，另一个人看见孔子坐在车上，就对他唱道："凤兮凤兮，何德之衰。"这个人把孔子比作凤凰，凤代表的是百鸟之王，这句词的意思就是："凤凰啊，现在天下乱了，你要藏起来，保护好自己就好了。"更深层的意思是："我明白孔子你很了不起，但是你的理想在这个乱世没有用。"

第三个了解孔子的人出现在《论语·微子》中。有一天孔子要渡河，结果迷路了找不到渡口，他就派了子路去找旁边两个耕田的农夫问路。子路来到了田边，那两人远远看到孔子手拉着缰绳坐在车上，就问子路那人是谁。子路就说那是孔子。农夫又再次和他确认，是鲁国的孔丘吗？得到子路肯定的回答之后，耕田的农夫就告诉子路说，孔子知道渡口在哪里。农夫当然知道孔子一行人是要渡黄河，但他却不直接回答。他这句话的意思是，孔子知道人生的路该怎么走，他偏偏知其不可而为之。所以说这些隐士都很厉害，他们虽然隐居，但是对人间的情况了如指掌，对孔子也有基本的认识。说起来孔子的学生未必是他真正的知音，真正懂得他的人反而是这些隐士。

《道德经》可能是由四五个隐士将毕生的心得、学问和经验进行讨论和提炼写出来的一部著作。

比如"轻诺必寡信，多易必多难"这一句，意思是：轻易许诺的人，一定缺乏诚信；把事情看得容易，后面就会有困难。以及"知人者智，自知者明"，意思是了解别人算是智慧的，了解自己才是真正高明的。这一类的语句都是经过长期积累才能体悟到的心得，不大可能是一个人关起门就能琢磨出来的，更有可能是将几个隐士的思想进行整合后再加以编辑而成的。

如何系统地学习《易经》？

我们今天所读到的《易经》成书时间很长，一般认为从伏羲氏时就开始出现了，后由商朝的文王、其儿子周公和更晚一些的孔子共同写成。

《易经》最初只有六十四个卦图，每个卦由从下到上的六条横线组成，称为六爻。后来因为《易经》只有卦图，没有文字，不方便使用，这才给每幅卦图配了一句卦辞。时至今日，《易经》已经成为国学中一个很神圣的经典。

什么叫作"易经"呢？所谓的"易"，就是变化的意思，变化蕴含着两种力量：一种是主动力；另一种是受动力，或者我们也可以称其为被动力。"变"就是主动，"化"就是受动，先变再化。只有变没有化，没办法形成具体的东西；没有变，只有化，就缺乏了主动力。"变"和"化"放在《易经》中理解，变就是阳爻，化就是阴爻。从这里也可以看出，中国文字非常奥妙。

那"爻"又是什么意思呢？爻就是效法的意思。按照人类的普遍经验，世间万物充满着变化，人类如何去搞清楚这种变化呢？于是，《易经》中，用阳和阴分别表示主动和受动的变化。其中阳爻是一条横线，表示实，阴爻与之相对，是一条中间断了的横线，代表虚。《易经》就用这两个符号，把宇宙万物的变化全部统摄起来。

为什么一定要有三个爻才能构成基本的八卦呢？因为上有天，下有地，中有人，无三不成格局。阴阳是二，和三个爻组合之后，等于二的三次方，就是八。八卦两两结合变成了六十四卦，这也完全符合数学原理。所以，后来西方人把《易经》翻译成了拉丁文。

康熙年代，西方学者莱布尼茨第一次读到拉丁文翻译版的《易经》时十分兴奋。莱布尼茨是德国人，他曾发明了二进制和微积分。他还创立了柏林科学院，并就任首任院长。当时的科学院和研究院相当于现在的国家研究机构。

莱布尼茨写过一篇关于二进制的论文，他认为用 0 和 1 建构出系统，就相当于伏羲氏《易经》中用阴阳爻来建构的系统，阳爻代表 1，阴爻代表 0。为此莱布尼茨特意写了一封信给康熙皇帝，想申请到中国来做研究。当时的康熙皇帝，不知道这些完全不懂中文的外国人要来研究什么东西，所以就通过传教士送了封信给莱布尼茨，回绝了对方。当初西方知名的学者想到中国留学，却不能如愿，这也是学术史上一件非常有趣的事情。

综上所述，想要系统地学习《易经》，首先要明白"易"字的含义。《易经》的创作目的就是古人想要通过观察天地万物的变化之道，设法让自己安身立命。或者也可以这样理解：古代帝王关心百姓，认为百姓活在天地之间，虽然有各种有利的条件，但也要面对诸多风险，诸如地震、山崩等人类无法控制的自然灾难，于是中国的祖先，就想方设法用符号和线条，通过基本的八卦组合来窥探外界现象的变化，让人类这个族群可以生活得平安愉快。《易经》把人类世界转化为六十四卦，《易经》的思想也被用作预测占卜。

《易经》的六十四卦中，乾卦最好，可以说是非吉则利。乾卦第三爻的爻辞中有"无咎"二字。所谓"咎"，就是灾难和困难，无咎的意思就是没有灾难。这个词的读音很容易产生歧义，之前有位朋友找我占卜，占卜完之后我对他说"无咎"，结果他听完以为是"无救"，也就是没救了，吓得差点晕倒。其实"无咎"二字，指的是没事、很好，做某件事情没有问题，和平常一样。《易经》的六十四卦，三百八十四爻中，"无咎"二字一共出现了七十六次，平均每五爻就会出现一个"无咎"。占卜不可能每次都大吉，如果占卜到凶该怎么办呢？

其实在《易经》占卦中，大约三分之一的概率会占到不好的卦象。这个时候就要修炼自己，培养自己的德行、能力和智慧。人的一生不可能是一帆风顺的，困难的时候，也正是修行的时候。即便心想而事不成，也没有关系，只要修炼好自己的德行、能力和智慧，下次就能抓住更好的机会。

《易经》真的能够预测未来吗？

有人曾经问我，占卜真的有效吗？还是只是一个自我的心理暗示？

《尚书》是中国古代一部以国家文诰为主的著作，书中最重要的一篇名叫《洪范》。为什么说《洪范》是最重要的呢？在历经了四百多年的夏朝和近六百年的商朝之后，陕西边陲地带的周武王打败了商朝。因为周武王灭商之后，不知道应该如何治理国家，就去请教商纣王的叔叔箕子。箕子可以说是当时最有学问的人之一。

箕子告诉周武王，自夏朝开始，大禹治水成功造福百姓之后，上天就赐给了大禹"洪范九畴"，我们今天所说的"范畴"就来于此。所谓"洪范"，意思就是大的法，包括了治理国家的九个范畴，其中第七个范畴叫作稽疑。"稽"就是考核、稽查，"疑"就是疑惑的意思。古代帝王有疑惑了怎么办？比如说，是否和别的国家打仗，要和哪个国家建交，要不要换宰相，要不要迁都，等等。商朝就设立了一种叫作"太卜"的官职，专门负责占卜。

《洪范》中的"稽疑"，就记录了五种占卜的方法。这五种方法中，有三种属于人算，一是问天子，二是问大臣，三是问百姓。有时候人算不如天算，因为人们常常无法得知未来会如何。"稽疑"记录了两种天算的方法，第一种就是用龟壳来占卜，因为龟的腹部是平的，可以在上面刻制一些图案和想要占卜的问题，然后放到火上烤。再根据龟壳开裂的情况，去解读上天的意思。第二种天算就是通过《易经》，用五十根粗细长短一致的蓍草来占卜，每次大约要花半个小时的时间。

可以说，人算属于理性思考，而天算就是通过占卜来指导未来，再结合过去和现在的情况，对未来的事情做出预测。

我在各地讲《易经》的时候，至少公开占卜六百余次，当事人都认为占卜的结果十分准确，对他们也有很大的帮助。其实，每次我给别人占卜的时候，并不知道结果会怎样。至于卦象为何会如此准确，我也不知该做何解释。

某个周末，我去北京上课。礼拜六的下午，我刚好讲到儒家"人性向善"的问题，现场有同学反对，用"人性本善"的观点和我辩论。当时我实在太激动了，以致讲到后面我失声了。

晚上我找到一个地方针灸，但并没有效果。学校通知我，至少要在第二天早上六点半之前决定是否上课。如果我上不了课，一百多位同学从北京的各个地方来到这里听课，等于白跑一趟，所以一定要在学生们出门前通知课程取消。但我在想，我来北京一趟也不容易，为了补这天的课，我下次还要再跑一趟，我心里也不是很乐意。

第二天早上，我和我的助理樊老师在餐厅吃早餐的时候商量此事，樊老师就说，我们自己是教《易经》的，不如就来占个卦决定。然后我就选了三组数，每组数都取三位。需要注意的是，取数的时候，零可以在中间和末尾，但不可以放在第一位，否则就会变成一个两位数。

当时我们正在餐厅吃饭，所以第一组数，我就拿起菜单，选了餐厅电话号码的最后三位数；第二组数，我选择了我所住旅馆的房间号码；学校让我六点半之前做决定，我记得特别清楚，当时刚好是六点十四分，所以第三组数我就选了六一四。可以看得出来，这三组数的选择都是完全偶然的。

我本来是想留在北京把课上完，免得下次还要再跑一趟。最后，占卜出来的结果是夬卦中的九二，卦象的意思是，今天如果不离开北京是凶，这就代表今天不能上课。于是，我立刻给学校打电话，告诉他们今天我要坐八点半的第一班飞机回去看医生，不能上课了。

我自己的占卜经验说明了什么呢？原本是可以用理性想清楚的事情，但人有的时候就是会很主观，会怀疑，会迷惑。当你犹豫不决的时候占上一卦，能更容易看清当时的状况。比如卦象给我的指示是，我的声音沙哑，即便勉强上完课，效果也不会很好，所以我宁可下次再跑一趟。

梁冬结语

我在对话傅老师的时候，能充分感受到他的快乐。他所讲的东西，有一些我懂了，还有一些我没懂，或者说只是我认为自己懂了一部分，实际上我并不懂。但无论如何，我可以深切感受到的一件事情，就是一个有思想的人，可以仅仅靠思想就获得快乐。

有的人看似很闲，但他们其实并不快乐，因为他们没有思考的习惯。想要获得思考的快乐，需要不断地学习、磨砺，把自己的知识与生活对照之后，再反刍回来。思考只需要较少的能耗，就能获得更高阈值的快乐。

我希望大家也能像傅老师那样，可以通过思考看清生活的真相，继而从烦恼中解脱出来，追寻自己人生的方向。

洪兵：

《孙子兵法》中的
战略思维

梁冬导语

　　人生不可以没有理性的算法，可算法究竟是什么呢？运算的规则又是什么？在一件事情没有启动之前，如何通过初步演算，大概知道整件事的发展趋势和成败概率？如何用最少的能耗，实现最高的人生回报？这些问题能在《孙子兵法》里找到答案吗？

·《孙子兵法》适用于现代战争吗?

· 什么是"以迂为直"?

· 消灭敌人算是真正的胜利吗?

· 如何理解东西方战略思想的差异?

· 为什么说先有胜负,后有战争?

· 为什么英雄往往无名无功?

· 商业博弈中为什么绕弯比直线更容易成功?

○ 洪 兵

　　东方战略学者，战略学博士生导师，中国孙子兵法研究会副会长，具有深厚的战略理论功底和丰富的战略研究经验，主持过国家和军队多项重大战略课题，任清华大学、北京大学和长江商学院等多所高校特邀战略教授。

《孙子兵法》适用于现代战争吗？

　　《孙子兵法》分为两个部分，第一部分是战略思想，第二部分是古代用兵的战术思想。现代战争用到的就是战略思想。

　　战略思想可以简单地称为"道"。"道"是跨时空的东西，任何时候都用得到，因为它反映的是竞争最本质的规律。所以，古代战争中能用到的战略思想，现代战争也同样适用，比如说"以迂为直""避实击虚""全争于天下"等等。但是，古代的具体作战方法，也就是所谓的战术思想，在现代战争中就很少用到。

什么是"以迂为直"？

　　"以迂为直"的战略思想讲的是，如果直接朝着目标去走，成功率可能会很低，但如果你拐个弯，就能大大提升成功的概率。

商战中有一个经典的战略提问：从 A 点到 B 点，最短的是什么线？

从物理学的角度上讲，A 点到 B 点最短的线肯定是直线。但从商战竞争的角度来说，答案应该是阻力最小的那条线。因为如果走直线，可能会遇到很大的阻力，这样就很难成功。但如果选择阻力最小的那一条路线，看似过程中你绕了个弯，实际上会更加容易到达目的地。

毛泽东主席特别经典的夺取革命战争胜利的战略——农村包围城市，就是典型的"以迂为直"战略。革命战争的目标肯定是要夺取城市，但毛泽东主席并不直接进攻城市，而是先拿下附近的农村，因为这种作战方案阻力最小，也最容易成功。

大家也可以思考一下自己现在正面临的问题，比如搞定一件事情或者一个工作等等，都可以借鉴"以迂为直"的战略思想。

消灭敌人算是真正的胜利吗？

前一段时间，全球著名的太古集团的高管们要到北大上课。他们的首席代表约我去给太古的高管们谈谈《孙子兵法》和西方的兵法有哪些不同之处，以及东西方战略的差异性。

我觉得这是一个很有意思的话题。

东方战略中认定的"胜利"和西方的完全不同，简而言之就是胜负观不同。用《孙子兵法》中的一句话来说，就是"用兵之法，全国为上，破国次之"。这句话的意思就是，当一个战略高手攻打下一个国家的时候，这个国家最好是完整的，而不是残破的。

或许这句话的表面解释无法反映出它深层的意思，接下来我就和大家讲述一下这句话中蕴含的故事，以及其中深含着的战略制胜的道理。

如果你问西方战略家什么是真正的胜利，他们会告诉你，他们把敌人消灭了，他们就赢了，但孙子并不这么认为。对孙子来说，"伤敌一千，自损八百"根本不算赢。如果我方得到了一千，敌方只得到了八百，那孙子才会觉得己方赢了。因为对孙子这样的东方战略家而言，能不能消灭敌人并不重要，他判断胜负的标准是有没有得到一个整体。

如何理解东西方战略思想的差异？

东西方战略的第一个不同之处，就是麦克内利从《孙子兵法》中琢磨出的制胜理念。麦克内利是美国著名的商战专家，他只学了《孙子兵法》中的六条，就写了一本名为《经理人的六项战略修炼：孙子兵法与竞争的学问》的书。他书中其中一项战略修炼，写的就是他在读到"全国为上，破国次之"这句话时，领悟到的一个道理。麦克内利用下棋的比喻来解释这个道理。

他说美国人下的是国际象棋，国际象棋的着眼点是吃棋子。我吃你一个，你吃我一个，到最后整个棋盘都空了。所以，他认为西方战略家的胜负判定点，在于敌方的"所失"上。而中国人下的是围棋，棋局结束之后整个棋盘是满的。因为围棋的着眼点并不在于你失去了多少棋子，而是在于让双方的棋子达到共存多赢。所以，东方战略家胜负判定点，不在于敌方失去了多少，而在于己方最后得到了多少，敌我双方又共同得到了多少。

西方战略如果用在商战上，表现为市场被破坏，整个行业利润下降，可以说这个时候所有人都是输家；而东方战略用在商战上，却可以达到市场繁荣。很多人误以为对方失去得多，自己就能得到更多，但事实并非如此。所以在胜负观的差异上，东方战略认为应以"全国为上"，而西方战略却更强调"破国为上"。

东西方战略的第二个差异，是西方的商战专家、美国营销大师迈克尔森发现的。迈克尔森学完《孙子兵法》后写了两本书，一本是《〈孙子兵法〉的营销智慧》，另一本是《〈孙子兵法〉的销售智慧》。这两本书中没什么理论，全部都是一些商战的案例。

迈克尔森曾在书的序言中这样写道：孙子最基本的哲学信条是，如果你能够仔细规划好你的战略，那么你就能够获胜；而且你能拥有这个真正伟大的战略，你甚至能够不战而胜。他认为，西方战略中强调的是"行动"，比如说发动大的战役来赢取胜利，而东方战略主张用智慧战胜对手。

如何理解这个差异呢？在此，我想先讲一个发生在北京外交学院的真实故事。

曾经有一名美国学生，到北京外交学院攻读博士学位。有一天，他和中国学生一起在教室里自习，突然，两只鸽子从窗外飞了进来，打破了自习室里的宁静，严重干扰了学生们学习。这位美国学生的第一反应就是把鸽子赶走。于是，他就找了个扫把开始赶鸽子，但鸽子却十分不配合，无论这位美国学生怎么赶，它们都不肯飞出去。结果，美国学生越赶越乱，当下就引起了中国学生的不满，中国学生纷纷埋怨他把原本安静的教室弄得乌烟瘴气。

这下美国学生也不高兴了，自己努力赶鸽子也是为了让大家更好地自习，这帮学生不帮忙就算了，还要怨自己。不过，美国学生很快又反应过来，他心里想：中国学生说得也没错，我是学生，我的主要任务是读书，赶鸽子应该是楼房管理员的事。想明白了之后，美国学生马上跑出教室去找楼房管理员。大约过了十分钟，当美国学生带着楼房管理员再次回到教室的时候，鸽子已经飞走了。

这位美国学生十分纳闷，为什么自己赶了老半天鸽子，它们都不肯出去，而他才出去没多久，鸽子就自己飞出了教室呢？于是，他走到窗边四处观察，终于在窗台上找到了答案。原来是有人在窗外撒了一些面包渣。

这时，美国学生发自内心地佩服起中国学生，他觉得中国人特别聪明，懂得用头脑和智慧去解决问题，而不是像自己这样，只知道用蛮力盲目地去赶鸽子，最后不但没赶走鸽子，还把自己累得气喘吁吁、满头大汗。

这个赶鸽子的故事，就可以解释迈克尔森所说的东西方战略的差异。

请大家仔细想一想，美国学生是用什么力来赶鸽子的？这个的力来自何方？美国学生的运作理念是什么？而中国学生又是怎样让鸽子自愿飞走的？这个力又来自何处？中国学生运作的理念又是什么？

用四个字来概括西方战略就叫作"以力克力"，美国学生用的是外力推动。当你问一个西方战略家要怎样去赢，他就会告诉你，要用实力、用拳头、用战争去赢。在他们看来，当两个力量碰撞的时候，就是看谁的拳头更大、肌肉更硬。包括现在大家看到的西方大国的很多战略，也都在强调这一做法。

相比之下，东方战略更注重"以智克力"。以鸽子的故事为例，中国学生的做法就是，想办法让鸽子自己飞出去，而不是逼着它们、推着它们去做，用四个字来概括就叫作"内力调动"。学过太极拳的人应该最能理解这个道理。太极高手对决的时候，并不是用拳头死拼硬打，而是借力打力、顺势而为。太极拳的运作理念就是最简单、最形象的东方战略。

以智克力，四两拨千斤，借用对方的力量来战胜对方，最后达到自己想要的效果，这就是东西方战略的第二个差异点。

为什么说先有胜负，后有战争？

《孙子兵法·谋攻篇》中的"全争思想"，是另一个与西方差别较大的战略思想。那我们应该如何理解"全争"这个词呢？

《孙子兵法》中的原文为"必以全争于天下，故兵不顿而利可全"，用三句战略专业的术语来解释，就是"手段多样，资源无限，运用综合"。简而言之，战略高手之所以能赢，关键就在于手段更多，资源更丰富，各方面综合运用的能力更强。

日本有一本书，书里写了两个打遍天下的剑道高手，但这二人的剑道却完全不同。第一位高手的剑道叫作"剑是一切"，意思就是要把所有功夫全下在剑上，他把自己的剑造得特别锋利。另一位高手的剑道叫作"一切是剑"，他不是只把功夫下在剑上，而是下在所有东西上。他能把任何物件当成剑来使用，他不仅可以用剑杀人，还可以用扇子杀人，甚至端一杯水或者吹一口气就能置人于死地。你们猜如果这两个人比试，最后谁会赢？

从战略角度来讲，标准答案肯定是"一切是剑"的高手赢了，因为战略上更强调"全争"。但从战术角度考虑，结果却恰恰相反。说到这里，就不得不提到《孙子兵法·形篇》中的"先胜"思想，这也是东西方战略思想中，在考虑问题时间点上的一个重要的不同之处：究竟是先有战，还是先有胜？

《孙子兵法》有云："是故胜兵先胜而后求战，败兵先战而后求胜。"

按照一般人的想法，打仗的时候，肯定要等到仗打完了才知道结果，所以应该是先有战再有胜。但孙子的看法却截然相反，他认为真正会打仗的战略高手是先有胜才有战。因为高明的战略家，通常把注意力放在常人关注不到的战线上，他会直接将战略对抗点前移，把功夫下在作战之前。等到了真正打仗的时候，战略高手们可能去睡觉了，去钓鱼了，又或者去蒸桑拿了，因为他们在作战趋势上早已经赢了。既然胜败已决，其他的事情也就无所谓了。

为什么英雄往往无名无功？

我曾在上课的时候讲过"三个船长"的故事。

第一位船长带船出发后，在航线上遇到了特大风暴。这位船长十分英勇，轮船破损的时候，他亲自带着水手抢修；乘客掉进水里，他亲自跳下海把乘客救上来……经过和大风大浪一番惊心动魄的搏斗之后，这位船长终于把乘客平安送到目的地，但他自己却身负重伤，轮船也严重受损了。

　　第二位船长同样走这条航线，也同样遇到了特大风暴。但是因为他事先准备充分，组织严密，增强了整条船抗风险的能力，所以这个船长既没有受伤，轮船也几乎没有受到破坏。

　　第三位船长是一位经验丰富的老船长，他在航行之前就做了调查研究，判断出这条航线会有特大风暴。于是，他换了另外一条风平浪静、安全舒适的航线，绕过了风暴圈，平安到达目的地。

　　假如你是一名普通的乘客，在你不知道这三位船长事先做了哪些准备的情况下，你下船的时候最感激哪一位船长？如果你是一名新闻记者，你又会去采访和歌颂哪一位船长？

　　一般情况下，大家肯定会感激第一位船长，因为他在乘客遇到死神的时候，救了他们的生命。如果市长要颁发勋章，按照正常的舆论和民意，也是要颁给这样一位有故事、有传奇的大英雄。

　　但请大家仔细想一想，第一位船长真的是最棒的船长吗？

　　也许在所有人看来，第三位船长经历的航行，不过是一次时间比较长的正常旅程，他的航行故事更是平淡无奇。但站在上帝的视角，你才能真正明白第三位船长才是最厉害的。因为他把战略对抗点前移了，他已经提前判断出风险，并化解了风险。所以，他总是遇不到风险，也救不了人，更没有名气，得不到勋章。

　　和打仗的战略一样，真正会赚钱的人是不做交易的。但你说他们真的没有交易吗？没有运作力量吗？当然不是，他们只是表面上没有交易而已，实际上已经在无形中，深层次地、间接地运用了潜在的力量完成了交易。

　　"三个船长"的故事深刻地诠释了《孙子兵法》中所说的"故善战者之胜也，无智名，无勇功"。不用之用，才是大用，不战而战，才是更高明的战略，这也是《孙子兵法》中"不战而胜"的道理所在。

商业博弈中为什么绕弯比直线更容易成功？

我有个学生是个非常优秀的老板，他曾在江苏做路桥生意。他刚开始做生意的时候都是直接和政府对接参加招标，中标之后，先期需要带资投入项目。他告诉我，按照这种模式运作利润很少，竞争也很艰难。自从听了我的《孙子兵法》课，他改变了原有的运作模式。

有一次，政府拿出一块地做文化旅游小镇的项目。这次，这位学生没有直接参加政府招标，而是掉头去了北京，找到一家全国知名的大型旅游公司，请旅游公司出面去和政府谈判买地。旅游公司也觉得这个政府项目不错，但是他们没有足够的资金，拿到这块地要花费七个亿。于是，这位学生就答应旅游公司，提前帮他们支付四个亿，等旅游公司盈利之后再偿还，条件是文化旅游小镇的项目拿到之后，由这位学生来做，另外把旅游小镇周边配套的基础工程建设项目一并要回来。

由大旅游公司出面去和政府谈项目，政府方面看到有大公司来投资，也不想错失这么好的机会，就同意了旅游公司提出的条件。

对旅游公司而言，项目给谁不是做？他们帮这位学生拿到旅游小镇项目后，这位学生给旅游公司返还了五个利润点。所以旅游公司很高兴，投资项目的时候他们几乎没出钱，也没有费多大力气，最后还可以盈利。当然，政府方面也很高兴，有了大公司的投资，很快就能看到政绩，也能快速实现税收等各个方面的指标。

按照这种运作模式，这位学生不但拿到了文化旅游小镇和它周边的基础工程建设项目，还拿到了其他省份的七个项目。单凭文化旅游小镇项目就能盈利二十八亿，可想而知，其他项目的利润远不止于此。不仅如此，最初是这位学生去求旅游公司和政府帮忙，现在变成对方反过来求他："哟！老兄，您这种投资模式可以花更少的钱获得更大的收益，您能再帮我们运作一下吗？"

这个案例体现了《孙子兵法》中很多重要的思想。

第一，对抗点上移。这位学生不是只看到眼前一个城市的项目，而是把目光放远到一个更大的区域。他也不仅仅着眼于与政府的双边关系，而且考虑到整个大棋盘中的各种联系。

第二，以迂为直。这位学生如果直接和政府对接，要花更大的代价，成功率也不高，所以他拐了个弯，让旅游公司出面，这不就是一个典型的"以迂为直"的商业案例吗？

第三，借势造势。这位学生通过北京大型旅游公司能量场的转化和运作，来对接政府这个更大的能量场，比他自己出面更容易成功。

第四，致人而不致于人。这是《孙子兵法》中所说的要掌握战略的主动权，不要老是被动地去求别人。这位学生知道利在哪里、害在哪里，他便退居到幕后运作，平衡各方的需求，让对方围着自己转，以此来掌握主动性。

真正的高手看似先吃了点亏，但之后他能从中获得更多收益。所以，只要大家掌握了《孙子兵法》中"以迂为直，欲取先予"的战略演化和理念，就能掌握全盘的动态平衡。

梁冬结语

　　我相信很多朋友在读完洪兵老师的这篇文章后，都会结合自己的实际情况，生出一个觉察心。当你在读《孙子兵法》的时候，你心里想的到底是什么？什么是你现在问题的中心点？其实，很多人不知道自己内心真正在关心什么，只有在听别人讲述的时候，才会发现自己正在为什么事情而焦虑。相信洪老师的课程可以成为一面镜子，映射出你最关心的问题。

　　最后，我希望大家都能系统地学习一下《孙子兵法》中的智慧，我也希望每一个人都能够做到"不战而屈人之兵"，无论在战略上还是战术上都能有所启发。

梁
品

魏承思：

南怀瑾的大学问

梁冬导语

　　南怀瑾大师是很多人心中的神，相信无论是在国内还是在国外，很多人都是在阅读过南怀瑾大师的书和了解了他的思想之后，才知道，原来中国文化是这样的，原来修行是这样的。当然，外界对于南怀瑾大师也有很多揣测、争议和不理解。

　　魏承思老师和南怀瑾大师有很深的渊源，在这篇文章里，魏承思老师将和大家一起分享他眼中的南怀瑾大师。

梁品。

- 如何与南怀瑾老师结缘？
- 南怀瑾老师是如何成为一代大师的？
- 如何看待外界对南老师的质疑？
- 我为什么要和南怀瑾老师学习？
- 如何修得一种超越烦恼的能力？
- 南怀瑾老师认为该如何学佛？
- 佛学是迷信吗？
- 学佛会产生什么样的改变？
- 就算成为南怀瑾那样的大师还是有很多烦恼，那还有必要修行吗？
- 佛学和科学兼容吗？
- 如何建构南怀瑾老师的学问？
- 南怀瑾老师会对学佛的弟子们说些什么？
- 为什么要学佛？
- 如何判断是妄念还是本心？
- 在《南怀瑾大学问100讲》中，最核心的内容是什么？

○ **魏承思**

香港中文大学社会学博士、华东师范大学和美国加州大学洛杉矶分校
（UCLA）历史学硕士。20 世纪 80 年代曾在上海市委宣传部任职；20 世纪
90 年代起，先后担任香港《亚洲周刊》《明报》主笔、亚洲电视新闻总监、
《成报》总编辑和台湾《商业周刊》专栏作家等。香港佛学研究协会会长，
太湖大学堂专任教授。著名国学大师南怀瑾的关门弟子。

如何与南怀瑾老师结缘？

我大学就读于上海的华东师范大学历史系，我读研究生时的研究范围
是隋唐文化。因为研究隋唐文化就一定会涉及佛学，由于某些因缘，在
接触佛学的过程中，我看到了南怀瑾老师的文章，那时候我还以为南老师
是个古人。后来，在某种机缘巧合之下，我才得知南老师就在香港。直到
1994 年，我从美国读完书回到香港，经由朋友的介绍，大约在 1995 年结
识了南怀瑾老师，并向他请教佛学和国学上的一些问题。

因为两个特别的原因，我和南老师比较亲近。

南老师是浙江人，说普通话时带着很重的浙江口音，所以很多在香港
的学生和朋友，对他的有些语句听得并不十分清楚。我和南老师一样都是
浙江人，所以我和他交流的时候，就没有语言障碍。而且"老乡见老乡，
两眼泪汪汪"，南老师离开家乡这么多年，他也很想了解浙江老家的风土

人情，我可以和他谈起很多老家的事情，这是第一个原因。

南老师有时会在吃晚饭的时候，聊起很多民国的人物。一般的人，尤其是香港的学生宾客，对中国的近代史完全不了解，所以他们和南老师搭不上话。而我之前学的是历史专业，所以知道他讲的这些人物，也能与他聊得起来，这是第二个原因。

南怀瑾老师是如何成为一代大师的？

南怀瑾老师最小的儿子南国熙曾经提到，南老从大陆去了台湾之后，搞了一个船舶公司。其实，并不是南怀瑾老师想做生意，只不过是迫于当时的生计。对南老师而言，做生意只是他人生当中很小的一部分。在我的节目《南怀瑾大学问 100 讲》之中，有 21 讲都在说南怀瑾老师的生平经历。从这里就可以看出，南怀瑾老师是个经历非常丰富的人。这也说明如果想要成为一个思想家或者大师，一定要有各种各样的社会经历。

国内对于"思想家""学者""文人"这三个概念的界定，并不十分清楚。事实上，这三者的概念完全不同。文人未必一定要有思想，只要他文章写得漂亮一点，就可以称为文人。比如，我的老朋友余秋雨就是一个文人。学者也未必会有思想，但是他可以非常严密地去论证别人的思想。而思想家就必然要有非常活跃的思想。只有将这三者集中在一个人的身上，这个人才能被尊称为大师。

南怀瑾老师之所以能成为一代大师，就是因为他这一生的经历非常丰富。如果南怀瑾老师只是从学校到学校，完全走一个学者的道路，就没有这么丰富的经历，也就成就不了今天我们所看到的南怀瑾。

如何看待外界对南老师的质疑？

国内一些做学问的人，尤其是一些做佛学研究、文学研究和道学研究的人，都会质疑南怀瑾老师，指责他说话信口开河、不严谨。有人也曾经问过我如何看待这些关于南怀瑾老师的争议。

如果是作为一个学者，自然必须要做到言必有据，但南怀瑾老师从来没有把自己定位为一个学者。他无论讲儒家、道家还是佛家的思想，都只有一个目的，就是为人生而做学问，继而对我们当代的人有所启发。

南怀瑾老师出版的很多书，基本上也是在他讲完课之后，学生根据录音整理出来的。所以，这些书有些整理得好，有些整理得不好。我也曾经参与过南怀瑾老师书籍的整理，他随口引用的经书，无论是"十三经"，还是"大藏经"，肯定会和原文有所出入，但仔细对照原文后，可以看出相差并不太大。可以说，南怀瑾老师有着惊人的记忆力，在现场听过他讲课的人，无一不佩服。

有一次，我带我的朋友刘再福去南怀瑾老师那里。刘再福是个文学家，那时正担任社科院文学所的所长，当时在中国也很有名气，可以说是典型的学院派。

刘再福对南怀瑾老师很好奇，跟着我一起去见南老师。刘再福见到南老师后，南老师就问他最近在研究什么。刘再福就告诉南老师，自己最近在研究《红楼梦》。南老师听了，就说自己对《红楼梦》中的诗词特别有兴趣，紧接着南老师就开始一首接着一首，背起了《红楼梦》里的诗词。背完之后，南怀瑾老师又说，自己最喜欢的其实不是《红楼梦》里的诗词，而是石达开的诗词。然后，南老师又开始一首一首地背起了石达开的诗词，刘再福当时就被惊到了。南老师的知识面之广，记忆力之好，在当时是极其少见的。

我为什么要和南怀瑾老师学习？

我是 1978 级的历史系学生，后来又在国内读了硕士，是最早的一届历史系毕业生。离开中国之后，我又去美国继续攻读历史。可以说，我经历了非常严格的中西学术训练，是一个非常典型的学院派。

一般来说，学院派的人都看不起非学院派的。所以，很多学院派的人完全不了解南怀瑾老师，他们看到我跟南老师学习觉得很奇怪，就问我，为什么会想和南怀瑾老师学习。

我告诉他们，对我而言，想要成为一名学院派的教授并不是难事，但如果想要像南怀瑾老师一样，把儒释道打通、把古代和现代打通、把文史哲打通却真的很难。在一百年之内，西方教育可以培养出专家，却无法培养出一个像南怀瑾老师这样的大师。当今世上，也很难找到一个像南怀瑾老师这样的人，所以，我想要"通"，就只能跟随南老师学习。

如何修得一种超越烦恼的能力？

有一段时间，南怀瑾老师在四川闭关修行，从他闭关之前的照片上可以看出，南老师的脸方方正正的。但是，等南怀瑾老师出关之后，他整个相貌都变了，虽然还能看出南老师原来的样子，但现在想来南老师出关后的模样就属于仙风道骨的典型了。

当然，读书是肯定读不成仙风道骨的，只能通过修行来修得。所谓"条条道路通罗马"，关于修行，每个人都有自己不同的方法。

我刚开始接触南老师的时候，并不相信佛学，甚至我连打坐都不相信。后来，因为我要写社论，又要做博士论文，同时还要炒股票，把自己弄得很憔悴、很疲惫。南怀瑾老师见了之后，就对我说："你看，像我这样七八十岁的老人，身体还能这么好，不管你信不信，都可以去试一下打坐。"确实，南怀瑾老师七十岁的时候，仍然健步如飞。他的办公室坐落在半山腰上，但南老师从来不坐车，每次都是走路来回，我们时常跟不上他的步伐。就这样，我开始跟随南怀瑾老师学习打坐。

打坐是修行入门的必修课，所以，想要修行得好，就要在打坐上花很多年的工夫。如果没有练习这门基础必修课，是不可能修行到更高的层次的。当然，修行也有很多不同的方法。我用得比较多的是"数息法"，也叫"安那般那法"。因为南怀瑾老师说，我是一个知识分子，脑子用得比较多，坐下来就会有各种各样的妄念，很难压制下去，所以让我从最基本的数息法开始修行，再一步一步地深入。我觉得南老师讲得十分有道理，即便到现在，我还是最常用数息法。

数息法其实很简单，就是去数自己的呼吸。一呼一吸就是一，从一数到十，再重新回到一，就是一环。如果数息期间脑子里出现了别的念头，就作废了，又要重新开始数。听起来或许很容易，但实际上要一次性数到十环，至少要花两三年的工夫。因为一环就是二十个呼和吸，十环就是两百个，中间不能间断，也不能起任何妄念和邪念。所以，说起来容易，做起来却非常难。

南怀瑾老师认为该如何学佛？

想要学习佛学，就一定要去实证。

我大约是在 1985 年开始接触佛学，当时我只是把佛学当成一门学问来学习，完全不去实修，因为我觉得实修这些东西就是迷信。就因为这个原因，我学到一定程度，就无法再继续深入下去了。因为佛学本身就是一种需要经过自己证悟之后，才能真正豁然开朗的东西。

举个简单的例子，在当时的中文世界中，没有任何人讲过《达摩禅经》，但南怀瑾老师曾经讲过。《达摩禅经》是一本完全关于修行的书籍，我几乎每个字都认识，即便遇到不认识的字，我也可以查字典。但是，如果没有进行修证的话，哪怕我有过多年学习佛学的基础，也完全看不懂这本经书。我修证到哪一步，才能读懂到哪一步。佛学是需要靠自己一步一步去修证，才能继续深入学习的学问。

这也是南怀瑾老师看任何东西都能记住，并且能够融会贯通的原因。人修行到一定程度，就会豁然开朗。

在南怀瑾老师离世前的一个月，他留了一封信给我，相当于他临终留给我的一份遗嘱。在信中，他特别关照我，让我用愚夫的方法念一百遍《楞严经》。因为他知道，像我这种做学问的人读书的时候有一个习惯，碰到一个不懂的名相，就会马上去查《佛学大字典》，遇到不理解的地方，就一定要去找资料搞懂它。

愚夫就是只认识几个字的人，他们读书的时候一般会不求甚解。南怀瑾老师就跟我说，不必想着每一次都马上去弄懂这些佛经，只要像愚夫那样一遍一遍地念，就可以了。第一遍、第二遍的时候，你可能完全不懂自己在念什么。当你读到第七遍、第八遍的时候，就能弄懂其中的一部分，这时你自然而然就能记住这一部分了。当你读到第二十遍的时候，又记住了更多的东西。当你读完一百遍，就可以大致将这本书全部理解通透了。当然，我早已完成了念一百遍《楞严经》的任务，在读书的过程中，我认识到除了用理性的读书方法之外，这也不失为另一种很好的阅读方法。

我过去要教书和写作，读了不少经书，遇到经论都会去翻一下。南怀瑾老师就对我说："佛学讲来讲去，无非是在不同的时空条件下，对不同根基的人讲。如果能把与自己相对应的一两部佛经读熟、读烂，再去看别的经论，其实就能很容易地理解了。所以，读经不在求多。"我认为，南怀瑾老师所言是非常有道理的。

佛学是迷信吗？

很多人没有接触过佛学，总觉得佛学就是烧香拜佛的迷信活动。经常有人会问我，你怎么也会去信佛？我之前受过的教育，最初让我也觉得佛学就是迷信。但是，我在接触了佛学之后，渐渐地推翻了原有的想法。

我常说，最愚蠢的人信佛，最聪明的人信佛。最愚蠢的人认为，我只要花钱买一把香就能求子、求财了。这是最愚蠢的人信佛的方式。

但如果你仔细去观察近代历史上的很多大思想家，例如梁启超等人，就会发现，他们最后都进入了佛学之中，因为佛学的学问真的很大。

我经常和学生讲这样一个例子：青蛙妈妈告诉小蝌蚪，外面春风和煦、阳光明媚。这时，还没变成青蛙的小蝌蚪是无法体会到的。只有当它变成青蛙跳上岸之后，才会真正明白妈妈所说的"春风和煦、阳光明媚"是什么感觉。佛学也是这么一回事，当一个人只是学习理论，而没有去实证的时候，他就和故事中的小蝌蚪无异。

南怀瑾老师曾经说过，自己都没有去试过，就说这佛学是不科学的，这才是最大的迷信。

学佛会产生什么样的改变？

就拿我自己来说，我今年已经快七十岁了，在我这一生中，曾经遇到过很多坎坷，有时候会觉得非常痛苦。我这辈子也经历过很多事情，我下过乡，留过洋，还做过官。在我们这一代中，可能很难找到有过我这样经历的人。

有一次，我在美国的餐馆里打工时，遇到了一位故人。他就问我说："之前我们还在台下听你在上面做报告，为什么现在你会和我们一样，在餐馆里打工洗碗？"之后，还有很多人问我，是怎样度过最艰难的那段时间的。

我就告诉他们，我之所以能走出来，靠的就是佛学思想。如果一个人真正接触过佛学，他的人生观就会发生很大的变化，他就不会那么在乎所谓的成败。他会把自己的一生，看成一段长长的旅途，那些坎坷而又痛苦的经历，不过是旅途中的一小段而已。

也有人问我："魏承思，你是不是一个真正的佛教徒？"我回答说，我并不是一个彻底的佛教徒。

一个彻底的佛教徒，内心必须是相信六道轮回的。只有相信了六道轮回才能了（liǎo）生死，才不会把生和死看得那么重要。了了（liǎo le）生死之后，才能真正地看淡功名利禄。所以，当今这个世界，很多人都说自己信佛，实际上真正信佛的人并没有几个。

我从小受到的就是理性主义和科学主义的教育，我从来不相信自己没有验证过的东西。过去别人问我是否相信轮回，我的回答是肯定不相信。自我学佛多年之后，我的内心虽然没有完全相信，但也不会将其全部否定，只能说我用将信将疑的态度来看待轮回，所以我不能说自己是一个彻底的佛教徒。这就是我学佛后的第一个改变。

我学佛后的第二个改变，是思维方式上的改变。最初，我习惯用自己从小接受的理性主义和科学主义的方式，去看待世界上的一切问题，总要判断事情合理与否，遇到任何事情总要去找出一个答案。我也一直认为，世界上所有事情都是有答案的，也都是可以解决的。

对一个人来说，最难的不是学习知识，而是学习多种思维方式，不被一种思维方式困住。现在很多知识都可以通过网络查询，马上得到答案。我接触佛教后最大的收获，就是我发现世界上还有另外一种思想和思维方式。所以，我现在思考问题的方式和一般人不一样。很多人觉得我讲话很奇怪，其实那并不是怪话，而是我内心真正想说的话。如果我继续去接触基督教和伊斯兰教等其他宗教，可能我的思维方式又会变得不一样。

就算成为南怀瑾那样的大师还是有很多烦恼，那还有必要修行吗？

不仅仅是南怀瑾老师有烦恼，我们每个人都有自己的烦恼。我们活在这个尘世之间，都还没有成佛，怎么可能没有烦恼？问题是该如何去处理烦恼。

有些人碰到烦恼，可能一个月都走不出来；像我这样修行了十几二十年的人碰到烦恼，可能几个小时就放下了；如果是南怀瑾老师遇到了烦恼，他可能只需要几秒钟就彻底放下了。

我们年轻的时候所烦恼的事情，现在看来，可能根本就不是什么烦恼。我记得我年轻时，第一批发展团员的名单上没有我的名字，我一个礼拜都睡不着觉。加工资的时候，有的人加到了45块钱，而我还只有41块钱，那时候我烦恼得想去上吊的心都有了。

遇到这些烦恼的小事，会一个礼拜都睡不着觉——我年轻时候大概就是这样的境界。现如今，即便遇到天大的事情，我可能只会一笑置之，到了晚上照睡不误。怎么去对待人生，如何去处理烦恼，这就是修行者与普通人之间的区别。

一般人认为是天大的事情，可能在修行者的眼中，根本算不上什么事。人的一生，往长了说，也就七八十年；往短了说，可能只有五六十年。遇到一件事情一年都放不下和一个小时马上就能放下，这完全是两种不同的人生。马上能够放下的人，就可以去享受更多的人生；而放不下的人，这一辈子大部分时间都活在灰暗之中。

佛学和科学兼容吗？

正如前文所讲，科学和佛学其实是两种不同的思维方式。比方说，一座山，你可以从南面看它，可以从北面看它，也可以从东面看它，这并不矛盾。佛学和科学之间的关系也是相同的道理，它们就是从各自的角度看世界、看人生，并且互相补充。

科学能看到的东西，佛学未必能看到。佛经中很多对世界和宇宙的描述，在科学技术高度发达的今天看来，是有误差存在的。

反之也是一样，很多佛学能看到的问题，是科学无法解决的。科学也有很多无法进入的领域，比如，人生、道德和美等等，就不可能用科学的方法去定量。

所以我认为，科学和佛学是可以兼容互补的。

现在，很多科学家谈论佛学的时候，硬要把科学中的某些理论与佛学中的一些名相对应起来。实际上，这种思维还停留在激进的唯物主义思维层次上。

这一点和中西方文化的对比很相似。原本中国文化和西方文化就是两个完全不同的文化系统。它们之间可以是互补的，同一件事情，东方人这样看待，西方人用另一种方式看待，并没有绝对的对错可言。

如何建构南怀瑾老师的学问？

我最早对南怀瑾老师学问的建构，是在写《南怀瑾全集》序言的时候。当时我花了将近一年的时间，阅读了三十多本南怀瑾老师的书籍，又把他的学问体系做了一个归纳，最后写出了一万字的序言。南怀瑾老师看完这个序言之后，一字未改，就直接放在了书上，所以我对南怀瑾老师的定位是他承认的。

为什么我这次要重新站出来讲南老师？是因为自从南怀瑾老师走了之后，外面对南老师的说法五花八门。很多人打着"南怀瑾弟子""南门弟子"的幌子，把南怀瑾老师说成一个有神通的人。实际上，真正读过南怀瑾老师的书的人，就会知道南老师对"神通"这种东西很反感，他也非常讨厌那些佛里佛气的人。

佛教，是一种直指生命的东西。而佛学，尤其是禅宗，也是非常活泼的。反而是那些佛里佛气的人，把佛教弄得十分僵化。

南怀瑾老师会对学佛的弟子们说些什么？

很多人见到南怀瑾老师就对他说："老师我想学佛。"南老师就问他："你为什么要学佛？"对方就回答说："为了求佛，也为了成佛。"老师就说："你已经很辛苦了，既要上班赚钱，又要照顾孩子，还去求那些干什么？还是别学了。"南怀瑾老师之所以这么说，就是因为这些人本身学佛的动机就不对。佛学讲究因果，学佛的因不对，怎么可能得到果。如果带着这样的动机学佛，就是在浪费时间。

所有的学问都是求，但佛学不是求，而是放下。其他的学问都是在做加法，比如学数学，在我一二年级完全不懂数学的时候，开始学的就是加法，包括学语言和语法，也都是在做加法。佛法实际上是在做减法，佛心就是童心，随着我们的心被污染得越来越多，就要把这些污染去掉，最后回到自己的本心。

南怀瑾老师遇到那些敷衍的人，他当面一定会恭维他们说："学佛好啊！"这就是佛教中的欢喜语。我们不能见到人家，就给人家当头棒喝，而是要说欢喜语。但如果你真的做了南老师的学生，跟着他学习久了，他也觉得你可以造就，可以学佛，他就会骂你是"糊涂蛋""蠢货"。有时候，总会有一些来找南怀瑾老师合影的人，他们和南怀瑾老师一起拍个照，就去外面到处说自己是南怀瑾的弟子。南怀瑾老师曾经戏称自己是"国宝大熊猫""三陪老人"，说自己要陪吃、陪聊，还要陪着笑。

但不扫别人的兴，也不当面给人难看，这才是一个佛家人应有的胸怀。

为什么要学佛？

我们首先要搞清楚为什么要学佛，然后才能真正深入地去学习佛学。学佛是一件很欢喜的事情。其实，真正能深入学佛的人中，笨的人比较多，也比较容易学得进去。聪明的人总喜欢自作聪明，特别是像我这样的学者，总是自以为是，反而很难学进去。

佛学确实讲了很多道理，但是对我自己而言，年纪越大，烦恼也越多。这些年我最大的体会就是，学佛可以让我放下烦恼，让我自己的人生比较快乐。

现在，很多人活着好像是在比赛谁能活得更长。其实，人生不在于活得长还是短。了却了生死之后，你就会发现，寿命的长短在某种程度上是命定的。用佛教的道理来讲，这些兴许是上辈子或者什么时候就已经决定了的。

有些人生命很短暂，三四十岁就离开了这个世界，但他一辈子都活得很精彩；也有的人活到八九十岁都很窝囊。所以，人的一生不过是六道轮回中的一站而已，至于这一站是五个小时，还是十个小时，又有什么关系呢？

我可以毫不夸张地说，即使我明天要离开这个世界，我也是高高兴兴地走，因为我觉得我这辈子做了很多事情，学了很多东西，已经值了。

如何判断是妄念还是本心？

通俗来讲，当一个人的境界达到五层楼高的时候，才能辨别出他在一层楼高时做的事情的对与错。在他还没有达到五层楼的高度时，他根本没办法判断自己上的楼梯究竟是对还是错。所以，一个完全没有实修过的人，没有办法辨别本心和妄念。那些所谓跟着自己的内心走的人，其实往往都是妄念。比如他想吃就吃、想喝就喝、想嫖就嫖、想赌就赌，他认为是遵照了自己的本心，那读者觉得这是妄念呢，还是本心呢？

在《南怀瑾大学问 100 讲》中，最核心的内容是什么？

其实，看一个人的书和与他当面交谈是完全不同的感受。想要了解南怀瑾老师的书，首先就要了解南怀瑾老师是个怎样的人。

我把《南怀瑾大学问 100 讲》分成四个板块。第一个板块中，有 21 讲是介绍南怀瑾老师的经历的。听完这 21 讲之后，大家就会大概知道南老师的为人。他既不是一个玩神通的出家人，也不是一个钻进象牙塔里的学者。我在《南怀瑾全集》序言里，给南老师的定位是中国传统文化的弘扬者，这个定位是被南怀瑾老师认可的。

我之所以在文中反复强调这一点，就是不希望大家去曲解南怀瑾老师。请大家既不要神化他，也不要妖魔化他。

第二个板块有 5 讲，讲的是南怀瑾老师的学问，其中包括南老师的治学方法、经史合参，以及他讲学的特点。我会举很多实例来讲南怀瑾老师是如何将儒释道打通的，他又是如何用儒来解释佛、用佛来解释道、用道来解释儒的。

第三个板块，我会一本一本地介绍南怀瑾老师的书籍，大约有 30 本。

最后的 10 讲，我会专门讲一些南老师在书本之外说过的话。比如他对文化的看法，对史实的看法，还有南老师讲谋略学、讲商道、讲养生，等等。虽然这些在书中并不是重点，但也是南怀瑾老师思想学问的一个方面。

这四个板块中最主干的部分，是对南怀瑾老师书籍的解读，当然，我还会将我自己和南老师学佛时的一些体会分享给大家。

梁冬结语

　　我常说读书不如读人，这些年我最大的收获就是：很多时候你读一个人的书，是在读他在某个时空状态下想要表达的东西。当你与他面对面交流的时候，兴许问的问题比书本更加浅显，但却是你对自己当下生命状态的一个印证。

　　在和魏老师的对话中，我听到了很多他语言之外的东西，这些东西我无法用自己浅薄的语言表达出来。但我印象最深刻的就是，魏老师反复提到，想要去建立更宏大的视野，去看到更宽广的世界，就要走到更高的位置上。

　　这个世界既没有开始，也没有结束，既没有上面，也没有下面。当我们把自己的烦恼放在更加宽广的世界中时，也就自然而然地放下了。将来有一天，你一定会为今天所有的烦恼而感到可笑，也会发现，人生到最后无非就是一个把抱怨变成玩笑的过程。

　　最后，祝各位都能够不浪费自己的生命，上到一个更高的台阶。

钱文忠：

学佛能为我们带来什么

梁冬导语

现在流行一个词，叫作"佛系青年"，这里的"佛系"大概就是与世无争的意思。这种思想似乎不太符合当前这个竞争的、走丛林法则的、以商业为核心的社会。这时候就有人要问了：学佛会不会无法适应当前这个时代？钱文忠老师的这篇文章或许能帮我们找到答案。

梁品。

○ 钱文忠

祖籍江苏宜兴，出生于上海，20世纪80年代考入北京大学东方语言文学系梵文巴利文专业，师从著名文学家、语言学家、教育家和社会活动家季羡林先生，后留学德国汉堡大学。1996年入复旦大学任历史系教授，兼任中国文化书院导师，华东师范大学东方文化研究中心研究员，北京电影学院客座教授，季羡林研究所副所长。

钱氏家族和佛学之间有什么样的渊源？

在近一百年的学术史上，钱氏出了很多优秀的学者，涉及的领域相当广泛，这些人也都是我非常敬仰的钱姓前辈。

钱姓的家谱至今还比较完好地保存着。根据家谱，江南的钱姓基本是归于吴越国武肃王钱镠的枝蔓。比如，我就是吴越王传下来的第三十五代。唐末，五代动乱之际，钱镠在今天的江苏、浙江一带，包括安徽和福建的部分区域，创建了一个小的割据政权，叫作吴越国。在他的治理下，吴越国相对比较太平，人民的生活也比较安定，文化也有了非常大的发展和弘扬，尤其是佛教文化。

在自然科学、人文科学领域，一些吴越国钱氏的后人做了非常大的贡献，比如我们非常伟大的钱学森先生。钱学森先生和钱锺书先生是杭州钱姓一支的，而在台湾故去的钱穆先生是无锡一支的。

　　自然科学界的"三钱"分别是钱学森先生、钱三强先生、钱伟长先生；人文科学界有钱锺书先生、钱穆先生、钱仲联先生等等。他们之间的亲戚关系有近有远，比如钱伟长先生就是钱穆先生的嫡亲的侄子。论辈分也有一些不同，但大家都是吴越国钱氏的子孙。

　　吴越王本身就是振兴江南佛教的一个非常重要的人物。现在的杭州包括江浙一带，之所以能有"佛国"之称，吴越王也发挥了很大的作用。在唐末到宋朝建立之间叫作五代十国，这是一个割据政权林立、兵火连天的时代。虽然吴越国最后纳土归宋，但那时候的吴越王，眼光和其他人不太一样。他一方面修建寺庙，培养生产，另一方面和当时的海外，比如说和日本保留了佛学方面的交往，也留下了很多这方面的记载。

　　我祖母就是非常虔诚的佛教徒，即使是在那个宗教活动不被提倡的特殊历史时期，她老人家还会去灵隐寺做一些力所能及的事情，相当于现在的义工。我祖母看待众生的观念，看待万般生命和看待这个世界上生活状态的观念，对我有很深的影响。

佛学宣扬的是与世无争吗？

　　其实现在很多学习佛教文化和亲近佛教文化的人，都有过这样的疑问，他们也是带着这个疑问进入佛学领域的。我们不妨从两方面来看待这个问题。

　　首先，佛学和佛教文化的传播途径非常复杂，但基本上都是从印度传到中国的一种外来信仰，或者说是学说。在佛教传入之前，中国人的主流心态、信仰，或者说是处世方式，基本是依照儒和道两家。

　　儒家的基本思想是进取，要"修齐治平"，也就是所谓的修身齐家治国平天下，或者是"君子以自强不息"，等等。这是一种非常具体的思想，也非常了不起。但是如果具体到一个人有限的生命当中，这种思想就会面临这样的问题：万一不顺利呢？比如说，某人始终考不上进士，或者说他在为国服务的过程中遇到了奸臣、昏君。

在"进不得"的情况下，就需要中国文化中另外一种"道"的思想，来平衡这种心态。通俗地讲，我们可以退一退，回归到田园生活中去。不为良相，则为良医。"良相"是儒家的一个梦想，而"良医"是道家的一种理想。当然道家也有另外一些学说，众所周知，法家就是从道家延伸出去的，还有诸如"水至柔而至刚""水善利万物而不争""无为""无不为"等等。

在中国人的生活当中，道家和儒家往往形成了一种互补，进可进，退可退，人们才不会进退失据。但无论是进还是退，都在现实世界中的一个平面里，也都在一个人的人生历程之中。

这就是佛教与这两者不同的地方，佛教思想要求跳出三界外，它不谈论今生今世的事情，而是谈因缘、谈因果、谈过去诸事。你的过去有前世，你的未来有来生，来生之后还有来生。可以说，佛教提供了另外一个层面的生活理念和生活方式，或者也可说是另外一种选择。如此一来，儒、释、道三家，就形成了一种比较稳定的结果。这里的"释"，指的就是佛教的释迦牟尼，因为佛教传入的就是释迦牟尼的学说。

当一个人进也不得、退也不得、进退失据、手足无措的时候，他还有另外一个世界去寻找自己的精神力量和精神资源。这就是佛教信仰和佛教文化的其中一个作用。

其次，现在年轻人在学佛之后，会觉得在面对今天竞争激烈的世界时，十分不相称。这是对佛教文化的一种误解。实际上，佛教文化还有其非常精进勇猛的一方面，比如大乘佛教中"我不入地狱，谁入地狱"的祭祀思想，只要这个世界上还有一个人没有超度，我绝不成佛。又比如说烈士思想。戊戌变法中一个非常了不起的烈士谭嗣同，就是一个佛门弟子，他当时就说："各国变法，无不从流血而成。今中国未闻有因变法而流血者，此国之所以不昌也。有之，请自嗣同始。"意思就是他可为了变革舍掉自己的肉身。这背后就是大乘佛教的菩萨精神在支撑着他。在佛教中，这种勇猛精进的态度也是非常重要的一方面。

众所周知，佛教的主流是人间佛教，而人间佛教的要旨实际上很简单，就是以入世的态度，去做出世的事情。所以，简单地把佛学理解为一种消极的、不进取的思想，这是对佛学的一种误解。

小孩子学佛是否会影响学习？

现在很多家长信佛，家里的小孩也会耳濡目染，所以就有人会问，小孩子接受佛法之后，是否会对学习变成无所谓的态度？

实际上，佛学是非常强调学习、知识和智慧的。按照佛学的说法，一切苦和一切不好的东西都可以归咎于无明。无明在梵语里叫作 Avidyā，意思就是愚昧、无知。其中"明"（vidyā）指的就是知识。如果对万事万物没有正确的了解，这就叫作无明。而在佛学中，最重要的就是要摧破无明，获得正知正见，简而言之，就是要去获得正确的知识和见识。

佛学中还有一个词叫般若（bō rě），梵语为 Prajñā，就是智慧的意思。佛学也强调要通过知识获得智慧，所以，首先就要获得知识。

如果家长信佛，就更应该从这个角度去影响孩子，去打破自己的无明。让他们不仅要具备知识，同时也让自己的知识上升到智慧的阶段，可以去彻底地探究终极问题。比如，自己应该去过什么样的人生？在这个世界上应该如何对待他人？应该如何对待和自己一样的诸般生命？在这一点上，佛学其实是一种非常好的资源。

如果家长本人亲近佛教，应该利用每一个机会去引导和点拨孩子。举个例子，新冠肺炎肆虐期间，大家的学习、生活和工作都受到了很大的影响。那段时间，医学专家不提倡相互握手了，而是提倡拱手、合十。合十不就是佛教的一种仪轨吗？这时候，家长可以把这种古老佛教中的智慧告诉孩子。

有的孩子不爱刷牙，家长也可以借此机会告诉孩子，佛教里对人的生活习惯和卫生习惯是有一套要求的。比如古代印度人很早就用牙刷刷牙；比如喝水的时候要过滤；再比如孩子和同学一起上课，一起参加集体活动的时候，让孩子要注意自己的身体健康，自己生病也不要传给别人……这些内容在佛经中比比皆是，都可以用来引导孩子。

有的人会无意识地说出"学佛"两个字，实际上"学"和"佛"根本就是一回事。每一种思想、每一个学派都有它特别强调的东西，而佛教特别强调的就是学。

学佛和学校中的科学教育体系发生冲突，该怎么办？

现在学校有一套科学的教育体系，而有些学佛的父母，会受到佛教中诸如"前世今生"之类思想的影响。或许一个成年人可以了解这背后的很多隐喻，但对孩子而言，可能会给孩子造成很多困扰，因为父母所讲的东西和他们在学校里学到的东西，可能不太一样。所以，我认为只要传达给孩子佛教中与共同价值一样的东西就可以了，比如说爱、慈悲和精进，佛教中的精进也就是努力。诸如此类的价值观都可以传授给孩子。至于那些非常特殊的、带有明显佛教色彩的东西，就应该让孩子随着年龄的增长，自己去聆听。

同时，我觉得有必要告诉孩子，佛教和科学不一定是冲突的。它们是人类在不同历史阶段的智慧。这个世界上，有很多东西是可以并行不悖的，我们应该用一种包容的心和一种博大的心胸去看待这些问题。

佛教中还特别强调自由、博爱、平等和公正。在佛经里面，漫天都是这样的字眼。我们应该告诉孩子自由、博爱、平等和公正，这些都是好东西，但是，这些有时候也会和我们的生活发生冲突。比如，在课堂上，孩子不可能想做什么就做什么。

遇到冲突的时候该怎么办呢？现在比较普遍的解决办法，不是"虎爸虎妈"，就是"佛爸佛妈"。其实，在这种情况下，我们应该慢慢地、潜移默化地告诉孩子，要求一个心安。哪一种状态让你觉得更加安定、心情比较平静，你就应该去选择或者习惯哪一种方式。

当然，还有更加严重的状况：对自己是佛妈，对孩子是虎妈；今天是佛妈，明天是虎妈；带孩子做作业前是佛妈，孩子做完作业，要签字的时候是虎妈；考试前是佛妈，考试后是虎妈。这个时候，就不是让孩子去选择该怎么办的问题，而是要先去改变大人的观念了。因而，我觉得大人也要慢慢地学习。

实际上，佛学既没有责任也没有义务去提供具体某一个场景或者某一个问题的解决方案。比如孩子做错了一道题，佛学不一定能帮得上忙。但在成年人的心理调节上，佛学是肯定能帮上忙的。尤其在这个纷繁复杂、竞争激烈、节奏很快的现代社会，佛学还是有其独到的地方的。

学佛的父母应该如何面对孩子沉迷游戏、抖音这些情景？

我生于 1966 年，那时候还没有电脑游戏。如果我小的时候有这么多五花八门的游戏，我会毫不犹豫地回答，我百分之一百会去玩，而且可能比现在的孩子玩得更凶。

大家首先要知道，玩游戏对孩子而言，是一种了解世界、获得知识的渠道。父母看到孩子玩游戏最担心的就是孩子会沉迷其中，只执着于这一件事情。其实，这个时候，父母就可以慢慢地引导孩子，改变孩子对一件事情太过执着的这种心态。

父母可以告诉孩子，如果拿起一件事情不放手，实际上人就少了选择做更多有趣的事的机会。除了天天打游戏之外，你还可以去外面踢球。为什么不能多选一样？为什么要让自己吃亏在这一件事情上？如果把自己和一样东西完全绑在一起，那就不自由了。

其实，孩子是很喜欢自由的，他们喜欢游戏，就是因为他们在游戏中找到了梦寐以求的自由。所以，要慢慢地告诉孩子，游戏以外的世界，也是有自由的。

《心经》如何成为佛经中的集大成者？

在学佛的人当中，很多人都会背诵《心经》，更精进的人会背《金刚经》，更厉害的人还去背《妙法莲华经》里的《观世音菩萨普门品》。

其中，《心经》是整个东亚佛教界最流行、最深入人心的一部佛经，对东亚的佛教界有很大的影响。相信学佛的人都会念一句"南无阿弥陀佛"和"救苦救难观世音菩萨"，仅次于这两句的就是被大家所熟知的《心经》和《金刚经》。

《心经》的全称是《般若波罗蜜多心经》。"般若"的意思就是智慧；"波罗蜜多"的意思就是渡到彼岸去，就是让自己从现在停留的世界和眼界所及的范围跳出来，渡到彼岸去，进入另外一个境界；"心"指的就是核心；"经"就是经典的意思。《心经》可以说是所有般若类学说，也就是智慧学说的核心。

《心经》当然有不同的版本，大家一般背诵的都是二百六十余字的简略版。《心经》的二百六十余字，浓缩了佛教智慧的精华。在中国学佛的人的认知中，都会觉得自己对《心经》很熟悉，但实际上很多人并不真正了解《心经》的内容和含义。

比如大家都会念《心经》的最后一句"揭谛揭谛，波罗揭谛，波罗僧揭谛，菩提萨婆诃"，但实际上按照梵语的古音来念，这句话是一个咒语。不知道大家是否看过一部日本的动画片《聪明的一休》，这部动画片的主题曲中唱到的"格叽格叽"（日文版是"すきすき"），就是"揭谛揭谛"的音译，也就是《心经》中的最后一句咒语。这句咒语的字面意思就是：走吧，走吧，到彼岸去吧。

《心经》究竟是中国僧人翻译的，还是原创的？

《心经》是有梵文本的，我们现在市面上的《心经》，就是玄奘大师的译本。所以，很多人会认为《心经》是玄奘大师西行到印度去求回来的。实际上，印度并没有这本经书。

据说玄奘在出国之前，曾经在四川一带游历。当时他碰到了一位老和尚，这位老和尚身上长满了疮。玄奘大师很慈悲，给这位老和尚擦洗涂药，这位老和尚非常感动，就对玄奘大师说："我没有什么可以报答你的，唯有传授给你一卷《心经》。"

《大唐西域记》中也有记载，玄奘大师在西行求法的途中，遇到了各种各样的挫折和挑战。在他遇到各种各样的"妖魔鬼怪"的时候，就是通过诵读《心经》来增强自己的信念，稳定自己的情绪，渡过苦厄的。而当玄奘大师到达印度之后，发现印度并没有这本经书。

现在，学术界认为玄奘大师是在去印度前就背熟了这部《心经》，很多人也高度怀疑，是玄奘大师把《心经》翻译成梵文的。即便不是玄奘大师，也是他之后不久，到印度去的中国僧人将其翻译成梵文的。为什么这么说呢？

印度的传统非常喜欢重复，也非常喜欢华丽，而中国人特别强调的是简洁、扼要。所以，《心经》很有可能是一部由中国古代佛教徒总结概括出来的经典之作。中国人很厉害，他们根据之前被翻译成中文的《二万五千颂般若经》，用二百六十余字总结出这些经书里的要点。

再举一个例子，《心经》的第一句就是"观自在菩萨，行深般若波罗蜜多时，照见五蕴皆空，度一切苦厄"。很多人现在会说"观世音菩萨"，玄奘大师就说这是翻译错了，应该是"观自在菩萨"。但是很多人并不接受他的说法。如果你学过梵文，就会知道玄奘大师是正确的。

事实上，佛教的确也有过倒流的情况。佛教文化非常精彩，中国人绝不仅仅是佛教文化的"消费者"，同时也是佛经的"生产者"。中国的僧人在学习印度佛经的同时，也在"生产"自己的佛经，比如《大乘起信论》也是中国人后来编纂出来的、印度没有的一部佛经。

对此我们有非常详尽的研究，我在讲授《心经》的课程中，会用几讲的篇幅，像抽丝剥茧一样，去讲述这其中的故事。如果听过我的课程，就能够明白我上述所讲的，并不是一个在小的专业领域让人非常意外的观点。这几年，国际学术界基本上对这个观点有了一致的认可，并且也有非常明确的证据。

因为时间传播得太长，传播的面又太广，所以大家都以为这些是自己熟悉的。这也是很多年以来，大家形成的一种传统的思维。我在讲授《心经》和《坛经》的课程中，就会从这些角度，把大家自以为熟悉的、实际上很陌生的东西做一个详细的介绍。

《心经》是一个咒语吗？如何向不信咒的人解释"咒语"？

王羲之、赵孟頫、欧阳询、苏东坡等历史上的大书法家都抄写过《心经》，这是因为《心经》不仅是佛教智慧的结晶，还是东亚传播度最高的一部经书。另外，这部经书是一个大明咒。作为一个咒语，它就承担了很多神秘的加持功能。

《心经》的最后一句就是："故说般若波罗蜜多咒，即说咒曰：'揭谛揭谛，波罗揭谛，波罗僧揭谛，菩提萨婆诃。'"

除了我上述所讲的《心经》的咒语，大家还知道另外一个咒语，就是佛教中六字真言：嗡嘛呢叭咪吽（梵语为 aum mani bed mei hum）。

其中，"bed mei"就是莲花的意思；"mani"是珍宝的意思，武侠小说里常见到的"摩尼宝珠"就是来自"mani"；"hum"就是"在这里边产生"的意思。所以这句咒语的意思是：莲花里的珍宝啊！

大家都知道，按照我们中国的说法，莲花是出淤泥而不染的。所以把佛法比喻为莲花里的珍宝，意为它非常清净、高贵。这就用了一种非常美妙的比喻，来向大家传递佛学的一种争议。

为什么不直接念"莲花里的珍宝"，而一定要念"嗡嘛呢叭咪吽"呢？这就涉及在传统的佛教翻译学上，玄奘大师总结出的"五不翻"的规矩，即有五种情况是不翻译的。

比如：秘密故，不翻——这句话中有很多神秘咒语，所以不翻译；无此故，不翻——中国没有对等的东西，所以不翻译。举个例子，我们不能把可口可乐翻译成美国的王老吉，因为它不是王老吉。还有特别神圣的东西，我们也不翻译，像《国际歌》中的"英特纳雄耐尔就一定要实现"，翻译过来就是国际共产主义一定要实现，但这里的"英特纳雄耐尔"我们不翻译。这些规矩到现在仍是如此。

从这个角度来说，咒语有神圣、神秘的意义，主要传递的是一种精神的触动，能够增强人们的信心，也能够让人们对它产生崇敬心。

念经的时候口音不同，是否会影响与菩萨沟通？

有人提过这样一个问题，在中国有河南口音的和尚，有四川口音的和尚，他们念出来的咒语都不一样，应该把谁的作为参照系呢？

实际上，过去虽然没有现在的普通话，但也有一个官话系统，就是用来读书的音。虽然口音并不会很精确，但大致上还是可以沟通的，而且菩萨是无所不知的。

当然，这也体现了佛教的不执着、佛教的无所不包和佛教的方便。玄奘大师是河南偃师一带人，如果他念《心经》的话，应该也是一口河南音。

如何理解"色即是空，空即是色"？

想要理解《心经》中的"色即是空，空即是色"，就要参照别的般若类的经书。

"色即是空"的"色"，不是"好色"的"色"。这里"色"在根本意义上指的是一种物质性的存在，而它的本性就是"空"。按照佛教的说法，所有的东西都是因缘和合而成的，它们不是亘古不变的东西，本身也没有任何实性。所以"色即是空"的意思就是，这种外在的物质是空的。

而"空即是色"讲的就是不要执着于空。我们要认识到，世界都是由各种条件、各种因素和各种元素组合而成的。

那我们应该怎样去认识外部的世界，怎样去看待这些我们认为是客观存在的东西？我们所看到的"色"，梵文为 Rupa，是指"形形色色"的色。色即是空，意思是各种形状、样态、软硬、冷热、大小、方圆等等，这些样子都是虚妄的，这些"色"也都是可以分解的，不停地细分到最后，就什么都没有了，就是一个"空"。

科学和佛教是否冲突？

我非常尊敬的一位科学家——中科大的第七任校长朱清时院士，曾经在上课时提到过这样一句话："科学家千辛万苦爬到山顶时，佛学大师已经在此等候多时了！"

我认为，这句话在某种程度上是非常有道理的。很多大家熟知的、很了不起的科学家都是有信仰的，这在他们身上并不冲突。

我相信这个世界上，并不只存在科学这一种价值，而是存在着很多价值。如果世界上只有科学这一种价值的话，那科学就成了宗教。而且很多信仰和学说是可以并行不悖的，它们之间的确会有冲突，这些冲突是无法避免的，我们也必须去面对这些冲突。用佛经中的话说，在形形色色的世界中，我们是可以找到一种和谐的。

大千世界中有很多的变化，这些都是不以人的意志为转移的。应该如何去调试？应该如何安顿人与世界的关系？无论是佛教，还是人类历史上其他伟大的宗教，其实讲的都无外乎是这些道理。而在这个冲突严重的世界里，佛学能够带来一种智慧，让人可以借由这种智慧，达到包容与和谐的状态。

为什么说《坛经》是古人"更帖"更出来的经典？

《坛经》是由中国僧人撰写的唯一一部被称为"经"的佛经。它不像《心经》，让普罗大众有"究竟是玄奘大师写的，还是他翻译的？"这样的疑问。

《坛经》和《心经》一样，也是佛经中一部典型的经书。任何一部经典，都有自己的生命史和成长的历程。比如，《心经》就有略本和广本之分，它曾从二百六十字的版本，成长为一部长达几千字版本的经书，甚至还有梵本。《坛经》也有很多的版本系统。最初这部经书并没有那么长，从唐代到宋代，慢慢地，它的篇幅大约增加了一倍。

根据记载，六祖慧能是不识字的，他在广州讲法的时候，他的弟子记录下来，又传给下一代的弟子，一代一代不停地完善。正如《论语》也不是孔子本人写的，而是孔子之后的好几代弟子"更帖"更出来的。《坛经》也是六祖慧能的弟子们"更帖"更出来的一部作品。

每一部了不起的经典都有这样的生命史。在它成长到一定的阶段，它的本体也许已经固定下来了，但还是不断有人去注解它、讲解它、传播它，所以实际上它仍旧在生长，这也是它本身生命的一种延展。

我们该以怎样的心态阅读佛学经典？

我有一个非常好的朋友叫毛丹青，他曾经翻译过一部日本佛教非常重要的著作《叹异抄》，他在传播中日佛教文化中，也贡献过极大的力量。他的夫人廖老师最初在德国留学，学习哲学。后来跟随毛丹青教授到日本，一起做文化交流工作。

这一段时间，新冠病毒肆虐，廖老师就讲了一句非常有意思的话。她说，也许对地球来说，我们人类才是病毒。我觉得廖老师讲得特别好，病毒在地球上的居住年头，肯定比我们人类长很多，兴许它们才是地球上的原住民。

从这一点来看，在面对如《坛经》这种经典佛经的时候，我们或许只是附着在经典上的一粒尘埃，经典的著作才是真正的生命。所以，我们在读经典的时候，应该把主体的意识放低，不能太过执着主体意识。

我们不能认为自己是经典的主人，不能在阅读、讲解和阐释经典的时候一切都以"我"为主。避免主体意识过强的最好的方法就是，以"一粒尘埃"的心态去读像《坛经》这样的佛学经典。

《坛经》的主要内容是什么？

《心经》写的都是一些像"色即是空，空即是色"之类的概念，而《坛经》中讲的都是故事。《坛经》讲的是六祖慧能的经历，大致分为几个部分：他是怎么拜到五祖的门下的，是如何受到五祖的青睐的，五祖又是怎么把衣钵传给他的……

《坛经》就像一部带有悬疑和追杀情节的小说。虽然用的是当时的口语，但是想要非常精确地理解还有一定难度。但因为它不是翻译过来的，所以，无论是在语言种类上，还是在表述上，《坛经》与其他佛教著作相比，还是比较容易阅读的。

前段时间我碰到一位很有意思的朋友。那位朋友平时也学佛，亲近佛教文化，所以他是吃素的。有一天，我们一帮朋友聚餐。因为大部分人是不吃素的，所以没有另外为这位朋友备斋，也就是没有准备蔬菜。我这位朋友非常好，吃饭的时候，他并没有因为没特意准备蔬菜就不吃东西，而是专门去挑蔬菜吃，这就叫作肉边菜。我的这位朋友也是真的领悟了佛教"与人方便"的精神，不去为难大家。

其实，"肉边菜"这三个字，就是从《坛经》里来的。《坛经》中记载，慧能大师得了五祖传法之后，就避难去了。避难的那段时间，慧能大师和猎人生活在一起，那个时候慧能大师就只吃肉边菜。六祖慧能大师就是肉边菜的发明者和倡导者。

所以一整部《坛经》里，其实都是非常写实、有趣的故事。如果在夜深人静的时候读《坛经》，兴许大家会在读到某处的时候会心一笑。

《坛经》中最让人会心一笑的故事是哪一个？

《坛经》我已经读了很多遍，但我每次读的时候，还会有会心一笑的时刻。我也会仔细思考，我这一次的笑和上一次相比，有什么不一样。

《坛经》中有这样一个非常有名的故事。

六祖慧能第一次去湖北黄梅拜见五祖的时候，五祖就问他："汝何方人？欲求何物？"五祖这句话的意思就是：你是哪里人？想来这儿求什么？

慧能就回答说："弟子是岭南新州百姓，远来礼师，惟求作佛，不求余物。"慧能的意思就是："我是新州人，我来是为了做佛，而不是为了求别的东西。"

五祖又说："汝是岭南人，又是獦獠，若为堪作佛？"

我最早读到这里的时候，就会心一笑。因为"獦獠"在当时是骂人的话。那个年代，南方人主要是以打猎为生，这些山间的猎人就被称为獦獠。五祖的意思就是："你是岭南人，还是一个獦獠，谈什么做佛？"

慧能那时是第一次见到五祖，他还没有拜到五祖门下，他就敢说出"人虽有南北，佛性本无南北，獦獠身与和尚不同，佛性有何差别？"这样的话。

慧能是广东人，对他来说，湖北就是北方。六祖慧能的意思是："佛性难道还分南北吗？我是獦獠，您是大和尚，我们虽然不一样，但我们之间的佛性难道有什么差别吗？"

五祖就对他说："这獦獠根性大利……"他的意思就是说，慧能的天资和根器太好了。

其实，六祖慧能说出这句话的时候，就已经悟道了。

对于已经悟道的人，为什么还要学佛？

有一次，五祖让弟子们写一个偈子。因为慧能不识字，所以，他就让人替他在墙上写了"菩提本无树，明镜亦非台。本来无一物，何处惹尘埃"。

慧能写完这个偈子，五祖就觉得他很厉害，但五祖怕有人嫉妒慧能，去伤害他，就脱下自己的鞋子，把慧能写在墙上的偈子给擦掉了。五祖虽然觉得慧能的偈子非常了不起，但当时还是说他"没有通达佛性"。从这里也可见那时候佛门内的人际关系也挺复杂的，并不是不争的。

第二天，五祖看见慧能在舂米，就问他："米熟了没？"意思就是米舂好了没有？谷子脱壳脱好了没？

慧能就回答说："米熟久矣，犹欠筛在。"他的意思就是米早就舂好了，脱壳也脱好了，但最好还要过一道筛。

舂米是非常花力气的事情，即便已经舂好了米，把稻米和稻谷分开了，还要过筛，才能把稻壳筛掉，留下精米。这个比喻就回答了"对于已经悟道的人，为什么还要学佛"这个问题，因为即便已经悟道，也还要得到师父的印可。印可的意思就是印证和认可。

佛经如何常读常新？

有些人会问我，为什么现在讲的《坛经》和之前在《百家讲坛》上讲的不太一样？实际上，距离我在《百家讲坛》上讲课，已经有十多年的时间了。在这十多年中，我也不止一次读过《坛经》，对这本经书的认知程度和当时相比，已经有了变化。

很多朋友认为《坛经》很容易阅读，其实未必。《坛经》是前后呼应的，只有能真正读到它的妙处，才能意味无穷。

我觉得大家对读佛经最大的误解，就是认为佛经很难读，很枯燥。我一直在讲《心经》和《佛经》就是希望改变大家对佛经的这种误解。我觉得读佛经是快乐的，佛经也很有趣，我也想把这样一个理念传达给大家。

佛经中有一个词叫作"喜乐"，就是有欢喜有快乐。佛经中还有一句话叫作"法喜充满"，这里的"法"既可以理解为佛法，也可以理解为世间万物的道理。一旦获得这种快乐，就可以"不足为外人道也"，自得其乐。

梁冬结语

现代人为什么要读佛经？其中最主要的原因就是，佛经能够提供给我们一种别样的快乐。虽然我们也可以在打游戏、吃饭和赚钱中获得快乐，但是读佛经所获得的快乐很独特，只有在自己去读的时候，才能感觉到那种对别人没有依赖的快乐。这也就是所谓的"依自不依他"。虽然我们不能做到成佛去度别人，但读佛经起码可以让我们在某些时刻获得某种自在，这种自在是不足为外人道的。

梁
品

于晓非：

作为一个受过科学训练的人，如何看佛法

梁冬导语　　于晓非老师的《金刚经》导读课程非常受欢迎，让很多从前对《金刚经》没有了解的朋友迅速入了门，也有很多读了多年《金刚经》的朋友发现，自己之前读的可能是"假的"《金刚经》。这一次，于老师将从自己跟佛教最初结缘的故事开始，为大家解读《金刚经》中博大精深的佛法。

○ 于晓非 ━━━━━━━━━━

　　佛教文化研究专家，毕业于南京大学天文学系天体物理学专业。曾任教于中共中央党校哲学教研部科技哲学与现代科学技术研究室，现任净名精舍首席学术导师。喜马拉雅音频平台《金刚经》和《楞伽经》导读课程主播。

科学和佛学是矛盾的吗？

　　我跟佛法的结缘，发生在 1982 年 8 月 5 日。

　　当时我在南京大学读二年级，我是北京人，那年暑假我没有回家，而是跟同学一起在江浙一带旅游。我记得我们是从宁波坐船出发的，那时候从宁波出去的船是不能直接开到普陀山的，因为船太大了，而普陀山的码头太小。我们是在沈家门渔港下的船，住了一夜，第二天早上换乘一艘小船，在海上漂漂荡荡地到了普陀山。

　　那个时候的普陀山上没有什么人，很多寺院还没有归还给佛教界，只在普陀寺里面住了几个和尚。到了普陀山后，同学们都去了海滩游泳，这时我遇到了一位住在普陀寺里的老和尚，法名了空法师。他对我说："沙滩哪里没有？海哪里不能看？你们来普陀山不该是奔着沙滩和海来的，来这里应该看佛。"

　　我觉得了空法师说得挺有道理，于是那天我就没去沙滩，而是请了空法师讲佛。老和尚操着浓重的口音给我讲了一个多小时的佛法，其实我有一半都没听懂，但当他问我听完了之后觉得佛法好不好时，我还是礼节性地给了肯定的回答。没想到他马上说："既然觉得好，那你就要皈依了。"我问："什么叫皈依？"他答："你皈依了不就知道了吗？"

于是我就答应了。然后了空法师就把我拉进屋子里，点上香，让我给佛磕了三个头，又带着我念了皈依文，还给我起了个法名，叫根培。1982年8月5日，这一天就是我跟佛教结缘的日子。

从普陀山回到上海，从上海返回南京。一回到学校宿舍，我做的第一件事就是翻字典，查什么叫"皈依"？这一查我才发现，天哪！老和尚把我弄成佛教徒了！可我从前根本就没接触过佛法啊，于是我赶紧到图书馆去借书，正式开始了这一生的学佛之路。

我之所以会对佛教感兴趣，跟我的教育背景是很有关系的。我的本科专业是天体物理学中的一个分支——宇宙学。宇宙学讨论的就是这世界从何而来，往何而去，研究这种学问的人很容易走到形而上的道路上去。所以我这个人在生活中也是很不现实的，我不会买菜，也不会做饭，每天脑子里想的都是宇宙和人生的大问题，这可能是一种职业习惯，也可以叫职业病。学习宇宙学的人，最终是很有可能走上研究宗教的道路的。

作为教授佛法的老师，我必须要遵照释迦牟尼的教诲去讲解，不能窜改。但是在不同的时代，我对于佛教的表达，要有不同时代的特点。今天是科学的时代，人们都或多或少地受过科学的熏陶。因此，我作为一个受过专业科学训练的人，可以用当代人更容易理解的方法来讲解佛教，这也是我的佛教课受欢迎的原因之一。

为什么佛教说生命观比三观更重要？

我指引大家入门的第一堂佛教课，就是对生命的理解。

其实不仅是佛教，一切的宗教都是如此，它们要解决的终极问题都是生死。离开生死去讲宗教，那一定是讲歪了。所以我选择从生命观入手去理解佛教。

在过去的两千年里，对我们中华民族产生过深远影响的生命观有很多，我将它们总结概括为三大类：一世说、二世说和三世说。

作为一个有一点社会阅历的中国人，可能觉得这三大类听起来有点耳熟。"一世说"认为人死如灯灭。"二世说"更倾向于西方基督教的末日审判，每个人都要在末日到来时接受上帝的审判，上天堂或下地狱。中国古代的人也相信人死后会去阴间跟祖辈团聚，认为人的世界分为阴阳两界，人现在生活的世界是阳间，死后去的世界叫阴间，人在阳间的死亡不是生命的终结，只是把阳间的肉体抛弃了，魂魄则去了阴间。"三世说"就是印度人的古老生命观。印度人相信前世、今生和来世，认为人永远在这三世当中轮转，生死轮回。这些生命观在人们的观念里，其实都是混在一起的，每一种大家都听说过一点，但都没有细想。

我只不过是把这些生命观的脉络很清晰地梳理出来，梳理的目的是什么呢？是让大家在这些生命观中做出自己的抉择，自己认同哪一种生命观，学习佛教的入手点就在哪里。

基督教和中国古代的二世说，区别就在于前者有审判者，后者没有。有人会说："中国人所谓的阴间，其实也有阎王爷做审判官啊。"其实灵魂到了阴间原本是不需要阎王爷去审判的。阎王爷是后来佛教从印度传到中国，中国人受到印度的三世说生命观的影响而产生的。"阎王爷"这个词本身就是从印度语翻译过来的。

佛教没来之前，中国人是一种生命观，佛教来了之后，中国人的生命观也随之出现了变化，很多中国人接受了印度的生死轮回说。这个轮回不只是人这一种生命状态的轮回。古印度把轮回分成了六类：天、人、阿修罗、畜生、地狱、饿鬼。中国人受到印度文化的影响，便开始想，我们的阴间分不分善恶？于是才有了阎王爷。

大家会发现，民间的信仰通常都会混杂着很多种生命观。我把它们捋清晰，帮助大家不要混淆，因为各种生命观其实都是有排他性的。如果大家相信一世说的人死如灯灭，就无法相信上帝审判和死后去阴间的二世说。先把不同的生命观表达清晰了，大家才能更好地做出自己的抉择。

那么，做出抉择具体有什么意义呢？

第一个意义，生命观是我们生命中最重要的东西，不能等到八十岁才决定自己的生命观。对生命的不同理解，决定了当下现实中的行为选择。一个人不论是否学习宗教，都应该先对生命有一个清晰的认识。

首先必须要明确自己的生命观，然后一以贯之，一旦做出了抉择，就不要总去改变，不能今天相信一世说，明天又相信二世说，这样不好。其次就是不要对自己一套，对别人另一套，这样的生命观是假的生命观。

第二个意义，就涉及我的佛教课了。佛教的终极义旨就是要解决生死问题，而印度的宗教文化体系的构建，是基于三世说的生命观的。如果自己对三世说生命观这种理解生命的方式不能认同，那么佛教对自己来说，只能是一种知识文化，而不可能在自己心中建立起真正的佛教信仰。

宗教信仰是基于生命观的。在我的《金刚经》导读课上，一开始的几堂课，我用了很大的精力讲生命观，这其实也是今天每一个中国人都应该认真思考的一个问题——为什么要决定自己的生命观？

首先，在我们一生中，做每一次决策的时候，生命观都在潜移默化地起作用，只不过我们没有认识到这一点而已。

比如有朋友来找我投资项目，今年投资五百万，明年就能回报一个亿，他问我愿不愿意做，我当然得问问具体是什么项目了。朋友告诉我，炼地沟油，做假疫苗。如果我是某一种负面的生命观，我可能就会觉得，这么高的投资回报率，怎么可能不做呢？可是如果我是一种正面的、积极的生命观，我就会坚定地回答，这种不善的业我是不可以做的。生命观影响着我们现实生活中的每一个选择。

其次，生命观影响着我们面对一种生命状态的喜乐感受。快乐和痛苦，都是纯主观的事。面对同一种生命状态，一世说的人认为自己很快乐，但三世说的人可能觉得很痛苦。所以不管大家学不学习佛教，都应该首先选择一个生命观，因为它关乎我们的选择和生命状态。

　　我们中国人在过去的年代，因为种种因素对生命观不够重视，不认为这是个问题，其实这是一个很严重的问题。人这一生，什么最重要？对生命的理解最重要，我实在找不到还有什么事比这更重要。

　　可能有人会问我，应该选择哪一种生命观呢？我已经讲了三十年佛教课了，生命观的课我讲过无数次，但我始终在课堂上保持着中立的态度。我从来不会说哪一种生命观是正确的，哪一种是错误的。而且如果没有人问我，我也绝不主动表达我认同哪一种生命观。我不希望把我对生命的理解强加给别人，包括对别人造成暗示。我希望每个人对生命的理解，都完全是发自自己内心的选择。

　　所以，我不会跟大家说一定要选择哪一种生命观，更不会说哪一种是正确的。

哪一种生命观才是正确的？

　　关于哪一种生命观才是最正确的，这个问题可能源自过去三千年里人类心中一个深深的文化心结——我们总是渴望对这个世界做出唯一性的理解，做出唯一性的判断。比如如果西医是正确的，那中医就是错误的；如果中医是正确的，西医就是错误的。

　　其实大家不妨想一想，每个人都对世界有不同的理解，所有的文化都能够绽放自己的光彩，这不恰恰是我们这个世界好的一面吗？以中医和西医为例，我作为一个中国人，有两种医学可供选择，这总比只有一种要好。而且我要特别强调一点，任何一种文化的合理性，其判断依据只能在这种文化内部去寻找，而不能在外部寻找。

　　比如说判断西医的合理性，判断标准要在西医体系里去构建，拿中医的标准看西医，横竖看都不顺眼。判断中医的标准也是一样，必须到中医体系的内部去构建，不能拿西医的标准去评判中医，不然中医也处处都不合理。我特别赞同西医走西医的路，中医走中医的路，有人要搞中西医结合那是他的权利，我不反对，但我并不认同。

有些人说："中医和西医都好，把中医和西医合在一起，弄个中西医结合，肯定就比中医和西医都好了。"我觉得那只是他们的一厢情愿，事实并不会如他们所愿。道理很简单，当两种不同文明做结合的时候，它们之间能相互融合的部分，往往是它们之间相近的部分，而它们之间相悖的部分是很难融合到一起的。两种文化的差异性，也就是它们之间最不同的地方，才是各自文化的核心价值。

所以每次有人让我推荐医生，我首先要问他："你信西医还是信中医？如果你信西医，我推荐你去协和医院、301 医院，你去找哈佛医学院读博士回来的医生给你看，他给你开的处方里面不可能有板蓝根冲剂和清开灵口服液，他宁愿承认自己治不好你的病，也不会给你开出中医处方，因为那是对他职业生涯的侮辱。如果你说你信中医，那我就推荐你去找那种胡子长长的、有师承的、有家传的、看不懂化验单的老中医们，他们的医术很好。我最不推荐的医生是什么样的？他说他要给你号脉，号完脉了跟你说：'哎呀，你的转氨酶有点高啊。'"号脉居然能号出转氨酶高，我认为这是很荒唐的。

我们中国从唐朝末期开始，主流的思维方式就是三教合一，要把儒、释、道三家讲得像一家。基督教和伊斯兰教传进来之后，又要让我们觉得孔子、老子、释迦牟尼、耶稣和穆罕默德五位先生讲的是同一件事，我们心中总是摆脱不掉寻求对世界唯一性理解的心结。而在我的课里，我最强调的恰恰就是文化的差异性。

我讲佛教是在讲什么？我是在努力阐述佛教的创始人，那位名叫释迦牟尼的先生究竟在讲什么道理。这些道理孔子和老子没讲过，苏格拉底、柏拉图和亚里士多德没讲过，耶稣和穆罕默德没讲过，康德和黑格尔没讲过，牛顿和爱因斯坦也没讲过，只有释迦牟尼一个人讲过。我觉得这种文化的独特性和差异性，才是一种文化的核心价值所在。

为什么提倡原汁原味的佛教?

我的佛教课跟其他老师的佛教课有什么区别呢?

大约二十年前,我的佛教老师跟我说:"你既然对佛教这么有兴趣,想更深入地学习和了解,就应该去学梵文和巴利文。"一开始我不太理解,我的老师便给我举了个例子:"一个西方人要研究唐诗宋词或《红楼梦》,如果他只能看懂唐诗宋词和《红楼梦》的英译本,能研究好吗?"这个例子一下子就打动了我,于是我就跑到北京大学去学了两年半的梵文,后来又跟一个斯里兰卡的比丘学了一年多的巴利文。

从 20 世纪 90 年代开始,我每年都会给一个美国代表团讲课,有一次要讲《道德经》,美国学生们很认真,事先都在自己家附近的书店买了一本《道德经》。《道德经》有好几十种英译本,所以这些人买到的也都是不同版本的《道德经》英译本。等大家来到北京听我讲课的时候,我先翻了翻他们手里的书,然后随便选了一段内容,比如《道德经》的第六章,让大家读一读不同版本《道德经》的这一章。

于是美国学生们就开始轮流站起来,读他们手中的《道德经》第六章。听了五六个人读的之后,学生们自己就哈哈大笑起来说:"不要再读了,听老师讲吧。"因为读出来的这几个译本的同一章节,内容大相径庭。

我们学习一种文化,一定要深入一种语言,我提到的这个"语言",如果你仅仅把它当作一种传达思想的工具是不恰当的。语言其实是思维方法,当你在心里做思考的时候,是用语言来思考的。

一个超过十二岁的孩子,你把他送到美国去生活,英语永远只能是他的第二语言,不可能成为母语,因为不管他在美国生活多久,依然是用汉语来思考问题的,只不过在美国社会生活久了,他脑子里汉语和英语的转换速度更快了而已。但如果把十二岁以下的孩子送到美国去生活,用不了多久,英语就会成为他的母语。

什么叫母语?就是一个人在心里思考的时候使用的语言。语言不仅仅是一种表达工具,更是一种思想方式。所以当我学会了梵文和巴利文之后，特别感激建议我学习这两门外语的老师，因为我发现佛教的思想理念，是跟印度语言的思考方式相契合的。

我读《金刚经》的梵文本，根本读不出歧义，因为它用语言表达出来的就是唯一的思想，很清晰。而一旦把梵文翻译成汉语，理解起来就会有很多的出入。比如佛教说"空"，梵文里的空，发音是Śūnyátā，意思就是"不存在"，在梵文里这个词没有歧义。可是翻译成汉语后，就变成了"空而不空，不空而空"。佛教从印度传到中国，就是从翻译开始，从宗教变成了玄学。

所以，语言学习是很重要的。在遇到难以理解的段落时，我们要看梵文原本；同一句话，我们要看看玄奘法师和义净法师都是怎么翻译的，看原本和比照大师的译本，对理解《金刚经》太重要了，如果不这么做，我们学到的知识会有很多歧义，也就离佛陀的真实思想越来越远。

当然，我还要批评一种反智主义的思想。具有这样思想的人认为，像我这样学会了梵文的人，是很有学问的人，而有学问就意味着我没有信仰，有学问就意味着我没有修行，由此认为我讲的佛学课肯定不能听。这不是玩笑，而是现在佛教界很流行的观点，也是野生佛教泛滥的原因。

大家不妨看看真正有成就的那些佛学大师——龙树、提婆、无著、世亲，按今天的学位等级来评估，至少都得是博导。他们都是有大学问的学者，他们对佛教的延续、对佛陀教法的解读，对今天的人来说是无比重要的。如果自古以来学佛的人都像今天这样反智，那就不会有这些深入经藏的大师。不读梵文原本，甚至蔑视梵文原本，都是极其不好的倾向，这种学习也都是盲修瞎炼。

我个人始终倡导原汁原味的佛教。

佛教最核心的教义是什么？

有些东西是只有释迦牟尼才讲过的，其他的大师都没有讲过，这究竟是什么东西呢？其实特别简单，《金刚经》中有四句话："一切有为法，如梦幻泡影，如露亦如电，应作如是观。"这四句话就是理解佛陀教法的关键，也是佛陀想要告诉我们的东西。"一切有为法"指的就是我们这些凡夫所能感知到的世界，桌椅板凳、人民群众、山河大地、日月星辰等等。

什么是释迦牟尼讲过而别人没讲过的？第一点，也是最重要的一点，释迦牟尼说："你们这些凡夫所感知到的世界是假的，是梦，是不存在的。"

这一点非常重要，而且也涉及宗教和哲学的区别问题。我在大学里是教西方哲学课的，一个能成为哲学家的人和一个不能成为哲学家的人，二者的分野，就在于人对自己能够感知到的世界的真实性有没有怀疑。

如果我走在王府井大街上，指着一张桌子，问大家这桌子存在不存在，大家肯定都会回答桌子存在。如果我问这桌子为什么存在，大家会回答，因为他们看到和摸到了。看到和摸到了桌子，的确是能够证明桌子存在的一个依据。如果一个人对自己的感知如此自信，那么这个人此生就踏踏实实地做一个老百姓好了，成为哲学家这件事是跟这个人无缘的。

哲学的起源就是对我们所感知的现象世界的真实性的怀疑。古希腊哲学家要找到现象背后的本质。什么是本质？就是不真实的现象背后，应不应该有个真实的东西，这就是西方哲学的起源。

古希腊哲学流派里，还有一派秉持怀疑论。什么是怀疑论？如果你认为这个世界是真实的，那么这世界就会出现很多悖论，推理到最后会发现，中间的过程很合理，但出发点和结论是矛盾的。

举个例子，比如我从 A 点走到 B 点，如此简单的事，古希腊哲学家却觉得这里面有问题：我要想从 A 走到 B，我要先走到 A 和 B 的中点，姑且就把这一点叫 B' 吧，于是从 A 走到 B 这个问题，就转化成从 B' 走到 B，而从 B' 走到 B，就要先走到 B' 和 B 的中点，我将这个点称为 B''，接下来从 B'' 走到 B，又需要走到 B'''，如此推理下去，我永远都只是走到一半，从理论上说，我永远都走不到终点 B。可事实上呢？我很容易就走到 B 了，这是为什么呢？

再举个乌龟和兔子赛跑的例子。古希腊哲学家认为，如果乌龟先跑的话，兔子永远都追不上乌龟。道理是一样的，兔子要想追上乌龟目前所处的位置，肯定需要一定的时间，就算兔子跑得再快，追上乌龟也需要时间，反过来说，就算乌龟走得再慢，只要发生了时间，乌龟就肯定会往前走出一定的距离，所以当兔子追到乌龟所在的位置时，乌龟永远都又往前走了一段，兔子永远都追不上乌龟。可事实上兔子追上乌龟了吗？肯定追上了，而且兔子肯定能超过乌龟。这也是推理过程合理，而出发点和结论完全矛盾的悖论案例。

古希腊哲学家提出了一系列这样的悖论，中国人也不遑多让。在中国的先秦时代，有几位得到西方认可的思想家，其中一位就是庄子。庄子做梦这件事就是一个悖论的案例，庄子做梦变成了蝴蝶，梦醒了，又变回了庄子。这是很简单的一件事，可庄子产生了怀疑：到底刚才是庄子做梦变成了蝴蝶，还是蝴蝶做梦变成了庄子呢？眼前这个世界究竟是真实的还是梦呢？庄子产生了怀疑，这种怀疑就是成为思想家的一个最基本的素质，如果没有这样的怀疑，思想者和哲学家就跟你无缘。

释迦牟尼最与众不同的一点也正在于此。如果释迦牟尼见到了庄子，他就会对庄子说："别怀疑了，我告诉你，你眼前的一切就是一场梦！"古希腊哲学家怀疑眼前的世界是不真实的，庄子怀疑眼前的世界有可能是一场梦，而释迦牟尼直接明确地说："不用怀疑，这就是梦！"

如果问释迦牟尼："为什么说得这么肯定？"释迦牟尼会回答："因为我从这个梦里醒了。"

佛陀的梵文发音是 Buddha。Buddha 这个词的词根就是"醒"的意思，所以"佛陀"的基本含义就是"醒了的人"。释迦牟尼告诉众生，眼前的一切都是梦，因为他从这个梦里醒了。

这就是佛教最核心的教义，就这简单。但对我们凡夫来说，最难理解的也是这件事。

所以如果问学佛难不难？有人会说很难，因为佛经里面的很多词人们不知道是什么意思。佛教里的名相很多，这的确是佛教难学的一个因素，但其实也不是真的有多难，遇到不懂的词，完全可以查字典。我的佛学课是坚持用最少的名相去讲授的。在讲课的时候，关于一个词要不要用，我都是经过思考的，如果不用就表达不清楚佛教的思想，我才会用。如果一个词用不用都不影响表达，那我就坚决不用。压缩词汇能够便于大家理解佛教的思想。

那么学佛到底难在何处？难于信。

"观自在菩萨，行深般若波罗蜜多时，照见五蕴皆空。"很多人学到这里就学不下去了。因为佛陀说你眼前的世界是不真实的，你无法接受这个观点。眼前的世界怎么会不存在呢？这桌椅板凳摸起来多真实，佛陀则告诉你，这一切都是你的错觉。学佛人通俗的用词是"错觉"，佛教里的用词叫"虚妄分别"，佛陀告诉你，你眼前的世界是你的虚妄分别。学佛最大的难处就在于，你要相信并接受这一点。

什么样的学问才能成为宗教？

有人说佛教是哲学，有人说佛教不是哲学，双方的争论至今存在。你们当然可以把我讲的内容当作哲学来讲，但一门学问之所以能成为宗教，一定有它的特点。佛教里面有哲学思想，这不可否认，完全可以写一本佛教哲学书，但是佛教又不等同于哲学。

具有什么特点的学问才能成为宗教？学者们总结了很多条件，我只提及其中的两条：

第一条，能成为宗教的学问，必须是超越理性与经验的知识。比如基督教，基督教认为世界是上帝创造的，这靠逻辑能推理出来吗？靠我们的感知能看到摸到吗？如果去问信仰基督教的人，是否看见过上帝？大多数人都会回答，没见过。如果有一天上帝真的现身了，还跟信徒握手、拥抱，人们还会信仰上帝吗？如果上帝能被看到和摸到，信仰上帝跟信仰一个普通人有什么区别？信仰一个没有见过的东西，这才是真的信。

关于佛教是超越理性与经验的知识这一观点，有些哲学家可能会表示不认同。他们会认为"超越"这个词不好，会反问："宗教凭什么超越哲学？"那我再把说辞弱化一点，宗教是不同于理性与经验的知识。其实宗教的基本理论是不能靠逻辑和理性去推理的，也不能靠人的感官去感知。我特别要强调，佛教甚至都不是对理性和经验的超越，而是对人类理性和经验的颠覆。

佛教靠什么去颠覆理性和经验？靠信。这就是信仰，这就是宗教。

我的工作是什么？就是尽我所能地如实转述释迦牟尼对这个世界的理解。听完我的转述，如果你不信，那说明你此生跟佛教无缘，来生再说；如果你听完我的转述，觉得释迦牟尼的思想太了不起了，你信，那么你就是佛教徒。总之，佛陀的思想，不是靠人的感官所能感受到的，也不是可以用逻辑和经验去推理的。

不久之后我还会再专门开一门课，叫作推终论。终论就是立足于凡夫境界，运用逻辑去解构凡夫境界。虽然运用逻辑，但结果却是否定逻辑。这是推悖论，它要告诉你，只要你认为桌子是存在的，最后一定能推理出桌子存在的反面，逻辑是多么不靠谱，你的感知是多么不靠谱，你的思想是多么不靠谱。

第二条，能成为宗教的学问，必须要解决一个核心问题，那就是生死问题。生从何来，死向何去。回避生死去讲宗教，那就是开玩笑。不关注生死问题的学问是不可能成为信仰的。比如儒家，学生问孔子："老师，人死了以后会怎么样？"孔子答："未知生，焉知死？"孔子的意思就是，你连活着的事都没搞明白，琢磨死干什么？孔子对于生死问题是持回避态度的。回避生死的学问，是不可能成为信仰的。所以想把儒家搞成儒教，肯定是会失败的。

不同的思想家解决人类的不同问题，宗教要解决的核心问题就是生死问题，所以我的佛学课必然要从生命观开始讲起。如果生死问题没有讲清楚，后面的话就无从说起了。

中国人对佛教最大的误解是什么？

佛教徒必须相信六道轮回，相信死了之后就要进入轮回。很多人认为这就是释迦牟尼的佛教思想，殊不知在释迦牟尼降生以前，印度人就已经相信六道轮回了，这不是释迦牟尼的思想。当然相信六道轮回是理解佛教的前提，如果你不相信六道轮回，佛教后面的课就说不下去了。

如果你只停留在相信六道轮回这个阶段，认为"善有善报，恶有恶报，不是不报，时候未到"就是佛教，那就错了。早在释迦牟尼降生前，印度人就已经信仰六道轮回了，这不是释迦牟尼说的。

那么，释迦牟尼到底说了什么呢？

其实佛教课很简单，三句话就能讲完。

第一句：你相不相信生命是六道轮回的？如果你不信，后面的课我就讲不下去了。如果你信，那么就可以看第二句：轮回苦不苦？如果你说不觉得苦，那么后面的课我也讲不下去了。

其实第二句话，很多年轻人是接受不了的，但只要有一定社会阅历的人，应该都能理解。人活到一把年纪，基本都会发现生命中苦多乐少，乐是苦因，今天你乐了，就为明天的苦种下了因。所以，如果你觉得轮回苦，第三句话就自然出来了：生命苦，你肯定要解脱，所以如何解脱？

其实这三句话里前两句，都是早在释迦牟尼降生以前，印度人就已经讨论很久的问题，释迦牟尼讲的只有第三句：怎么解脱？

其实佛教用一句话就概括讲完了：你的生命正处在轮回中，生与死都是一场梦，是假的，怎么解脱？你醒了自然就解脱了。

如果你能接受六道轮回是梦，佛教你已经学完了百分之八十，接下来就要学习怎么醒了。

释迦牟尼醒了，他看到其他人都没醒，还在梦中受苦，于是他老人家又回到我们的梦中，告诉我们眼前的一切都是梦，因此他老人家回来这件事也是梦。在《金刚经》里，佛陀阐释得非常清楚，那些诽谤佛陀的人，其实还是把佛陀当真了，把佛陀说的法当真了，这样就永远都醒不了。

佛陀在《金刚经》里举了很多好例子，他说他讲的法只不过是凡夫过河的筏子，是一个工具，不用把这个筏子当成真实。坐在筏子上研究筏子，这就学偏了，佛陀本身也是梦。

佛陀智慧真的能解决我们的现实问题吗？

当我们感觉自己被世界绑架，说到底就是因为我们把这个世界当成真实了。

当我们知道这个世界只是一场梦的时候，哪怕依然还得每天上班，每月还房贷，却不会再有被绑架的感觉了。举个禅宗的例子，弟子问师父："如何才能让自己解脱呢？"师父就问："你想解脱，那是谁捆着你呢？"弟子一想，好像没人捆着自己啊。师父这时大吼一声："没人捆你，你解什么啊？"弟子当即开悟。

佛教最大的现实功用是什么？我们是凡夫，想要成佛是需要历程的，不可能今天学佛明天就解脱了。一个领受了佛教解脱思想的人，跟没有领受过佛陀解脱思想的人，在旁人看来，他们的生活状态好像没什么不同，一样要买房，一样要还贷。但领受了大乘佛法的精神的人，他能够认识到这些被视为负担和绑架的东西，都只是一种幻觉，那么这个人就不会有被捆绑的感觉了，这就是学佛最现实的意义。

有人问，学佛能不能让我们变得更快乐？其实从佛教的究极意义上讲，生命里根本就没有快乐，因为一切都是假的。我们的欲望也是假的，快乐也是假的，一个假的欲望是不可能被满足的，因此我们在轮回里永远都是苦的，没有快乐。当然这是佛教究极意义的讲法，如果大家听不进去，我们还可以退一步来讲。如果我们能够领受这世界的如梦如幻，能够知道这一切的捆绑其实是自己的错觉，没有人真的在捆着自己，如果用世俗的标准来衡量，自己的确是要比那些没有佛教信仰的人生活得更快乐些。

学佛是可以让人更快乐的，当然这只是一种方便说法，是我退一步的说法。以我个人为例，这几十年来，我不断地听佛、教佛和学佛，拜访老师，这些生命经历可能是充满光环的，被很多人羡慕的，但我也经历过很多痛苦。走到今天，如果问我，学佛给我的最大的帮助是什么？我会回答，作为一个讲佛教、学佛教、修行佛法的人，当下每时每刻关照着我的一切，都是我内心的显现，都是一场幻觉。

现在中国比较有实力的大学，都会在哲学系里开设佛教研究室，还配有专门研究佛教的教授。这些教授大多都不信仰佛教，他们只是把佛教当作一种思想文化知识来研究和传播。我们不能否认这些教授工作的价值，他们的工作是很有意义的。但是，这些佛教教授没有对佛教建立起信仰，并不是真正的佛教徒，也就谈不上修行。这就涉及一些问题，比如修行人要不要在理论上理解佛教？要不要读经？要不要听课？

其实佛陀讲得很清楚，我们的修行解脱是三件事——闻、思、修。"闻"，就是听闻，用耳朵听佛陀的正法；"思"就是如理的思维；"修"就是如法的修行。在弘扬佛教的过程中，我们既要赞叹那些不讲经但如法修行的人，也要赞叹那些尽自己的心力去传播佛教道理的人。在今天这样的时代，传播佛教道理其实变得更重要了，因为整个世界对佛陀教诲的误解太大，太多人把不是佛陀所说的事情当成佛陀的正法来学习，这是现在中国佛教界最大的问题。

信仰对人性的善恶是否真的有约束作用？

有人问："既然佛陀说善恶都是梦，那我行善和作恶岂不是都一样了？"这个绝对不一样，虽然善恶全是梦，可当你还不能够证悟善恶是梦的时候，你还是要行善，而不能作恶。因为佛陀说"善"跟日后的真实相顺，"恶"跟真实相背。

佛陀所说的"真实"，可以分等次来讲，最低的一个等次就是"我"。比如说，你相信轮回，那么你就是信佛吗？不是的。佛陀没降生以前，印度人就已经相信轮回了。佛陀想要告诉你的是，在生死轮回的过程中，没有一个永恒不变的轮回主体。你以为是自己死了再来，这是你的一个误解，佛教的第一条重要真理是"无我"。

举个例子，我到大街上给一个穷苦人布施十块钱，和我拿着刀枪去抢银行，从世间法来看，这两件事都是"有我"的。我给别人布施十块钱也是"有我"的，因为善有善报，今天我给你布施了十块钱，日后我就能获得一个善的回报。但学了佛之后的我，布施给别人十块钱，是不求回报的，这时候的我是"无我"的。佛学能够引领人从一个"有我"的众生走向"无我"的境界。

抢银行这种事肯定是"有我"的，它不可能引领人趋向于"无我"。很多人做善事的时候，其实都是"有我"的，无非是为了给自己换个善报，甚至为了得到一个世间的名誉。有人捐了一所希望小学，希望报纸杂志都来报道一下，把自己的照片刊登在头版上。这虽然是"有我"的，但可以引领这个人趋向于"无我"。这就是行善和作恶的区别。

到了最后，佛陀说："你要知道，你就是那个善，你见到穷苦的人，给了他十块钱，那也是一场梦，还是假的。"这是佛陀终极要说的道理。退一步讲，抢银行是梦，杀人放火也都是梦，但是作恶不能够引领你趋向于"无我"，反而会使你离"无我"越来越远。

我们在看电影的时候，不管电影演得多真实，我们心里都知道那是假的，会始终有一种抽离感。对于这种感受，我借用了后现代主义的一个词——解构。

学电影的人在看电影的时候，跟普通观众看的东西是不一样的，他们会把一部有着丰富情节、令人感动的电影，解构成一个一个枯燥的镜头，这就与修行的人和不修行的人眼中的世界的区别是一个道理。佛陀就在解构凡夫自以为的真实世界。凡夫眼中的桌子，佛陀会问："那是桌子？

那是木头。""是木头吗？是从山里砍来的植物。"……他就是这样一步步地把凡夫眼中的真实场景抽离了、解构了，最后让人明白："哦，原来我眼中的每一件事物都不是我想象中的样子。"

如何避免走上野生佛教的歧途？

佛陀说我们现在正处于末法时期，离佛陀越远的人，对佛陀教诲的理解能力就越弱。今天很多学习佛教的人，实际上学的是野生佛教，很多观点都是与佛陀的观点相悖的，是他们自以为的佛教。

关于学佛教的方法，我只有一个建议，那就是回归经典。我不赞成大家去阅读某某学者对佛陀经典的解读，包括我自己的课也一样。我希望大家不要把我说的话就当成真实，所有的解读都仅仅是筏子。我的佛学课只是一个向导，我只是想告诉大家，往这边走可能离佛陀更近一些，但请大家别把我说的话就当成真实的，每个人都应该尽可能地回归到佛陀的经典上。

对于我的《金刚经》导读课，我的团队在课程推广上做了很大努力，但收听率还是没有明显上升。如果是一个不学佛的老师，可能内心就会充满焦虑。而我作为一个自身就是学佛、讲佛的人，就应该用佛陀的见解来观照这件事。真实佛法在世间传播的难度，是要远远高于相似佛法的。

所谓的相似佛法，就是似是而非的佛法。比如讲点心灵鸡汤，到体育馆里去讲，场内有几万人为之欢呼。而讲真实的佛法，学生可能都不会超过十个，因为佛陀的见解跟我们这些凡夫对世界的理解的距离太远了。凡夫内心所欢喜的，恰恰是跟我们内心的无明相呼应的，跟无明相呼应的东西凡夫就欢喜，但这恰恰不是真实的佛法。

我用佛陀的思想去观照课程推广的困境，得出了这样一个结论：因上精进，果上随缘。我跟我的团队说，我们努力去把工作做好，在这样一个移动互联网的时代，我们有责任去好好推广这个课程，但最后的结果是有多少人真的来听，我们从心里让这件事随缘，以此来弱化甚至是消融我们内心的焦虑。

修行佛法，就是在当下的每时每刻对眼前的世界进行观照，这既是修也是悟。

为什么说佛教是人类文明发展的刹车？

有网友提问说："相信一世说的人很怕死，所以紧迫感特别强，内心无敬畏，无道德底线，可今天中国的繁荣和发展，恰恰依靠的是这些无神论者或是相信一世说的人的努力奋斗。他们为了让人类摆脱现实的不公平与宗教的欺骗，前赴后继地斗争，难道仅仅因为他们不相信轮回，就能把他们的功劳全部清零，还要对他们加以谴责吗？"

我很理解这个问题的提出者，与其说这个问题是对相信一世说的人的偏见，倒不如说是提问者对宗教本身的偏见，他并不理解宗教。

相信一世说的人，难道就没有楷模吗？雷锋就是最知名的楷模。佛教并没有说每一个相信一世说的人一定都是罪恶的，只是在我们这个社会当中，相信一世说的人的比例过高，在这样一个社会状态下，很有可能会发生道德沦丧的事情。

宗教在社会生活中扮演着什么样的角色呢？我认为宗教是社会发展的刹车。

我们这个社会要发展，需要发动机，科学、技术和文化就是发动机，推动着人类文明不断前进。就如同提问者所说，我们中国的经济腾飞，是多少劳动者辛勤地努力换来的。我们不否定发动机的重要性，但如果只有发动机没有刹车，只有对欲望无限制的满足，而没有对欲望的遏制，这辆车迟早是要翻车的。

在课堂上经常有人问我，难道所有人都相信宗教的社会会更美好吗？

我的回答是："不一定。"

在人类过去的文明史中，其实人类总是在试图寻找刹车，而且发动机性能越好，刹车也必须越好，因为这样的车才是安全可开的。到今天为止，人类一共找到了几个有效的刹车呢？我总结有三个，宗教是其中之一，但并不是最好的刹车。

人类找到的最好的刹车是法律，是对权力的约束。一个人在什么时候才能不运用权力去贪腐？只有在他没有贪腐的可能性的时候才不会贪腐，只要给了可能性，很多人都会贪腐。所以真正有效的刹车是法律，靠制度、契约来约束。不仅是我们中国人，全人类到目前为止找到的能够治理人类社会的最有效的一部刹车，就是法律。放眼全世界，没有哪个国家不依法治国的，习近平同志的"四个全面"战略布局里，就有一条是全面依法治国。

然而法是人建立的，总是有空子可钻的，因此人类又找到了第二个刹车，就是宗教信仰。民众普遍的宗教信仰，是对法律的弥补，是自律加他律。一个基督徒不敢做坏事，既有他的自律因素，也有上帝监管的他律因素。佛教徒为什么不做恶？既有自律的因素，更重要的是他们相信生命的轮回，相信恶有恶报。

第三个刹车是最弱的，就是道德，道德是纯自律的。每个人的内心其实都充满了欲望，我们不能说每个人的内心都没有善，只是我们需要道德去调动我们心中的善。道德教育我们要做一个有素质的人，一个脱离低级趣味的人，一个有益于人民的人。社会需要这样的道德教化，社会需要树立一些供人学习的圣人和典范。

提问的那位网友，就是更多地强调自律所获得的成就，而他没有看到的是，真正治理好一个社会的最好刹车，是法律和信仰。法律、宗教和道德，这三个刹车的顺序不能颠倒。

佛教中的舍利子到底是什么？

"舍利"的梵文读音是 sarira。"舍利"在梵文里是什么意思呢？就是骨灰，死后烧出来的一切骨灰都是舍利。

北京八大处二处的灵光寺，供养着一颗佛牙，我们管它叫佛牙舍利；陕西扶风法门寺，供养着一块释迦牟尼火化之后的指骨，我们管它叫指骨舍利。其实在印度，人去世以后烧出来的所有骨灰都叫舍利。只不过我们认为释迦牟尼是一位证道者，是一位从梦中醒来的圣者，所以我们觉得他的舍利更尊贵。当年佛陀被火化之后，大家都争抢他的舍利。

后来一些有修行的人被火化之后，骨灰里有一些特殊的东西，比如晶莹剔透的带颜色的小石子，有人给这些东西取名为舍利子，渐渐地有人认为这些小石子才是舍利。这个语言表达是很不准确的，正确的表达是，人死后烧出来的所有骨灰都是舍利。

今天被我们认为是舍利子的这些东西，对一个修行者来说，又意味着什么呢？如果从佛教经典上去考察，一个人持戒持得越好，死后烧出舍利子的可能性就越高。舍利子确实对这个人生前的修行是有一定证量的，但这绝不是什么真实有效的判断标准，用死后能不能烧出舍利子来评价一个人的修行是不准确的，佛陀从来没有过这样的表述。

甚至现在还出现了舍利子造假的事件。有些弟子的师父去世了，没有烧出舍利子，弟子就偷偷抓了点东西扔到骨灰里。没有这种必要，大家不要执着于这些东西。佛陀告诉我们，这世界的根本道理就是如梦如幻，能不能烧出带颜色的小石子，也全都是如梦如幻的事，执着于这些东西干什么呢？没有意义，这不是佛教追求的真实。

除了执着于舍利子，还有些修行者追求肉身不坏。慧能大师都已经圆寂一千三百多年了，现在还在广东韶关南华寺里坐着，九华山也有好多肉身不坏的大师。

我们这些凡夫的肉身是肯定会坏的，死了之后肉身就会腐烂，世界本来就是无常的。我们这些凡夫刚强难度，没办法接受世界如梦如幻，因此菩萨要度化我们的时候，往往要实现一些让凡夫以为很神奇的事情。对一个登地菩萨或一个有修行成就的人来说，要做到死后肉身不坏并不难，但是我们这些凡夫会觉得很了不起，并由此相信佛法的伟大。

实际上一个人死后能不能烧出舍利子，肉身腐不腐烂，只是佛陀和菩萨在度化我们的时候，用了一点"方便"，凡夫没有必要去执着这些，一切都是梦而已。

梁冬结语

语言真是一个伟大的东西。前两天在一个饭局上，有一个人说他坚决不相信灵魂。旁边立刻有另一个人说："那你现在就宣告，你是一个没有灵魂的人。"两人的对话体现出了我们对世间的思考。为什么有的人更有趣，有的人更无趣？为什么有的人把他的思想能量放在了这个方面，有的人把他的思想能量放在了那个方面？为什么有的人选择相信一世说，有的人选择相信二世说，有的人选择相信六道轮回？其实这一切都是个人的选择，无关对错，真正重要的事情是，你不可以不知道自己有做出选择的权利。

如果一个人连自己有选择的权利这件事都不知道，那真是很大的人生遗憾，或许这就是于晓非老师的佛学导读课的意义之一。

齐善鸿：

为什么说人们误解了
《道德经》

梁冬导语

在齐善鸿老师的这篇文章中，我读到他对《道德经》最大的体悟，就是要不断地清空一个内在的我的主观判断，尽可能地去体悟他者的状态。这一点与我们从小到大所受的教育很不一样。

梁品。

○ 齐善鸿 ━━━━━━━━━━━━━━━━━━━━━━━━━━━━

中国老子道学文化研究会副会长，南开大学商学院教授、博士研究生导师。出版作品有《人生密码：心解〈道德经〉》《新管理哲学：道本管理》等。

什么是自私？

当我们觉得自己比别人高的时候，一定是抬高了自己，忽视了别人。抬高了自己的时候，我们就会膨胀，智力也会随之下降；忽视了别人的时候，我们会失去从其他人身上吸收能量的机会。所以，其实我是个很自私的人，不想因为膨胀伤到自己，也不想放过任何一个从别人那里学习的机会。

实际上，我们日常生活中所谓的自私，根本不是真正的自私。

在成长历程中，我们很多人都曾经为自己盘算过，为自己的面子打拼过，甚至为了一句话跟别人争论不休过。我们所做的这一切，也都是为了"我"。我们想要自私，但最后却发现，这种我们自以为的自私，实际上并不符合我们的私利，恰恰相反，这种自私实际上是一种自虐、自损和自毁。

"利他者利己"这句话在我们中国文化中是不被接受的。我们在日常生活中说，你看我们对别人好，所以我们就对自己好了，这实际上是不成立的。我认为老百姓说的"尽人事，听天命"这六个字，更接近中国文化。

所谓的"尽人事"，就是你对别人好，不要去想着这样做会利己，要先把"利己"这两个字消灭掉。别人是否"利"你，是看你做得怎么样。如果你能做到三分，别人就会利你二点五分；你能做到七分，别人就会利你五分；你做到十分，别人就可能利你十二分。这些都是因果规律在起作用，根本不用去想"我对别人好，也是对自己好"这回事，把"利己"中的"己"字去掉，这就是中国文化中最干净的心灵领地。

那究竟什么是真正的自私呢？

过去我们常说皇帝是真命天子，这其实是皇家文化塑造出来的。实际上，我们每一个人都有真命和天命。一个真正自私的人，就是要知道我们每一个人都是天地造化之物，都和天理有着千丝万缕的联系，只不过在我们的主观变得越来越强大之后，这些联系被弱化甚至切断了。

只要有自私的念头，生命的最大利益就不能被实现。换句话说，自私的念头就是我们获得最大利益的障碍。生命修行的过程，就是要把强大的、狭隘的自我弱化，做到无我，继而恢复到我们天命中与天地万物相接通、相融合的状态。这就是人生美妙的一种状态。

老子在《道德经》中提到，我们修来修去，最后都要复归于"朴"，复归于"婴儿"。一般人可能会认为，这种状态就是没有那么多算计、比较简单的状态。但实际上这是一种高级的减排，是经过了低级的、复杂的愚昧之后，上升到更复杂的、更系统的智慧，最后呈现出来的简单，就是大道至简的具体体现。

齐善鸿老师是如何走上学习《道德经》这条路的？

我学习《道德经》最直接的原因，要从三十年前说起。那时的我已经是很多人眼中的青年才俊，我也占有那个时代的很多优势，掌握了很多资源。但实际上，在有些人夸我"小有成就"的时候，那个卑贱的我是承受不起的。于是我便启动了自我膨胀和智力下降状态。当时的我已经狂妄到几乎不用思考，就能发现别人的缺点和弱点的程度。

　　所以，我那时候最中意的职业就是当一个批评家，去批评所有的人和事。大家应该可以想象出那是一种多么狂妄、多么令人讨厌的生命状态。那种自负和狂妄，曾经一度让我遍体鳞伤。虽然不知道有没有来世，但我一直在想，怎么也要把自己的这一辈子活得好一些，这是一种非常强烈的生命渴望。

　　用几句话来形容我当时的困境就是：跟别人说不清楚，自己又走不出来；往前看，不知道前途在哪里；想自己，又觉得自己很有道理；看别人，觉得别人都对我不好。我就被困在这样一个自己解不开的局里。

　　后来，有人送了我几本书，其中有一本就是《道德经》。我看到《道德经》的第一个感觉是，他让我看《道德经》是不是觉得我缺道德？在我读了几遍《道德经》之后，发现自己的第一感觉非常准确，我之前所有的困境都是因为缺乏道德而起。

　　很多时候，我们在专业知识上受了很多训练，拥有了较强的专业能力，但在道德方面，我们所受到的训练强度还远远不够，所以就出现了专业和道德的一强一弱、一高一低的现象。

　　专业上的"强"可以让我们活着，但道德上的"弱"就会构成我们人生中的波折和灾难，几乎任何人都逃不出这个规律和模式。

　　一个缺乏道德的人，也总是在说别人缺德。当我们自己的道德得到提升的时候，就会慢慢地觉醒。也会慢慢发现，我们可以从别人那里学到很多美德，也能洞察到自己身上很多缺少道德的地方，这才算是真正地回到了生命的正确轨道上。

读《道德经》是否时间越长，领悟就越深刻？

　　有的人读了一二十年的《道德经》，仍旧是一睁眼就看到别人的弱点，一说话全是自己有道理，别人没有道理。他们一直在读《道德经》的文字，却没有理解老子的真意。于是，他们仍就使用着这样一种魔鬼程序：我永远是对的，错永远是别人的。

所以，书读多少不能和领悟得深刻与否构成简单的因果关系。当然，有的人会有一种读的时间长一些，领悟也会深一些的感觉。

人们对《道德经》最大的误解是什么？

学过哲学的人都知道，外因是辅助性的，内因才是决定性的。如果一个人想要改变自己人生的局面，就一定要从改变自己开始。一方面，因为我们无法改变别人；另一方面，既然关系是双方的，那么只要一方改变了，整个关系就会随之改变。而在双方关系中，我们最有权力、最方便去改变的那个人，就是自己。

我是学医出身的，从某种意义上说，医生的工作也是个技术工作。所以，当我想去认识某件事物的时候，就会给它做很细致的分析。

每当我想起自己在过去遇到的问题时，我就会去分析自己做错了什么，继而引发了后续一系列的问题。在我用这样一种"程序"思考自己的过去之后，冒起了一身冷汗，那一刹那就是我生命之中更改轨道和模式的时刻。

我在小的时候，经常跟我父亲出去给别人看病。我父亲无论走到哪里，都要先了解病人之前的治疗情况。作为医生，如果有了药就想要给所有病人吃，这一定是一个害人的江湖医生。所以，不应该是医生想给病人吃什么药，而是要先知道对方患的是什么病，需要吃什么药。遇到事情也是同样的道理。我们不应该自己认为这件事应该怎么样，而是要先了解这件事的情况。

大约在十年前，在我担任全国高校管理哲学研究会副会长的时候，我非常偏爱哲学这门学科，也是在那里，我提出了客体思维，就是你能否像你的对象那样来思考问题。一般哲学上说的主体思维，指的是由思维主体进行的活动；而像我父亲做医生的这种思维，就是所谓的客体思维。

　　比如说，在家里的时候，丈夫如果能像妻子那样去思考，夫妻之间一定是和谐的；父母如果能像孩子一样思考，那亲子之间的关系一定会像朋友一样；如果一个人能像家里养的小狗一样思考，小狗也会和他成为非常亲密的朋友；如果一个人能够像自己的对手一样思考，那么对手也会和他成为朋友。

　　总而言之，一旦你能站在对方的角度来思考自己和世界时，你就进入了对方的心中，和他的灵魂站在一起，这是一件非常美妙的事情。

《道德经》中的"道德"和世俗间的"道德"有什么区别？

　　中国文化的起点，是一种完全由内在生发、在生命中放大和成长的力量。离开了这个起点去谈其他的道德，都是无源之水、无本之木。搞清楚了道德的底线问题，也就明白了道德底线的核心原理。

　　世俗间的道德教会了我们人伦纲常。比如我们知道在家要孝敬父母，见人要打招呼，对陌生人要客气礼貌，不要做损人不利己的事情，损人利己的事情是亏本生意，也不要去做。

　　如果我们掌握了世俗间一般人理解的道德，就能够与别人有一种比较和谐的关系，也能帮助我们守住人性的底线。有的人做了缺德的事情，还觉得自己有理，还认为不会被别人发现，还会觉得可以不受惩罚。此刻，这个人便开始堕落、沉沦，只是他不知道时间什么时候会找他算账。

　　我们平常所说的道德，是为了满足我们日常生活的需要，但是老子所说的"道德"远远超过世俗的"道德"。

　　我们的人生就像打仗时的阵地战和防御战，光防守不进攻，肯定不是一个好的战役。因为，如果我们的人生只是守着底线，是很难让自己的生命向上提升的。与一个无限的空间对接，让自己处于无我、无念、无私的状态下，才有机会获得更加高深的智慧。

　　老子在《道德经》中告诉我们，不要拿红尘中的道德去做交易。

很多人认为，我对别人好，别人也必须对我好。我对别人好三分，别人对我的好至少也要有三分，当然，最好是四分或者五分。

可能别人觉得对你已经很好了，但是没有达到你的标准，你就觉得别人做得还不够好，就会产生怨恨，甚至在私底下说人家忘恩负义。

很多人觉得自己对别人很好，但是别人对自己却不够好，越是这样想，怨恨就越多，自己的心理也就越阴暗。我们把这种思维称为"魔鬼程序"。在这种模式下生活的人们，是无法找到人生光明的方向的。

老子为什么要说"上善"？

很多朋友都知道"上善若水"，可真正能领悟这句话的人会少很多。经常有朋友问我，我们说"善良"或者"良知"不就可以了吗，为什么要说"上善"呢？老子既然说"上善"，难道还有"下善"吗？

老子之所以这样说，是因为他在人间看到了太多的伪善，也就是下等的善。而下善出现的原因，就是我们的心智级别太低了。

平时大家聊天的时候，时常会说起某个人是小人，因为他用到谁就对谁好，用不到谁就不理谁。而且他还从来不理那些没身份、没地位的普通人。他会对别人好，但是他不会对所有人好，只是选择对那些对他有用的人好。

把这种内在想法和对别人好的行为联系在一起的时候，我们就会发现，这个人对别人并不是真的好，而是一种虚伪的好。像这种伪善和利用，这种拿上桌面就见不得人的东西，只是用了"善"这个字眼而已。

老子正是看穿了这一切，才告诉我们"上善若水"。他在伪善和下善之间画了一条线，将两者区分开来。只有理解了伪善和下善之后，才会明白"上善"究竟有多重要。

老子在《道德经》第八章中讲道："水善利万物而不争。"这句话里的"万"指的是所有、一切。

现实生活中，我们有谁能够带着满满的、纯粹的善心，去善待生命中遇到的每一个人呢？不管这个人是谁，不管他是什么模样，不管他对自己是否有用，也不管他如何对待自己，这些念头全都没有，心中只保留一个念头，就是善待自己遇到的每一个生命和事物。能过这道关口的人，这辈子的灾难和麻烦至少会减少一半。

"水善利万物"是什么意思？

很多朋友有时候会好心办坏事。本来是想对别人好的，结果别人不能接受，或者做的事情伤害到了别人，这就是因为缺"善法"，也就是智慧的方法。所谓智慧的方法，就是我们需要体会对方是什么个性，在什么样的时刻是什么样的心情，不能用自己的方式，把自己认为的好心硬塞给他。

举一个典型的例子。我之前经常和朋友开玩笑说，如果李逵和林妹妹开个玩笑，会发生什么事情？对李逵来说，开玩笑很简单，他可以随性而发。但对林妹妹而言，情况就完全不同了，因为林妹妹会因为一句玩笑话，产生很多的联想。所以，把李逵和林妹妹放在一起，他们之间是很难沟通的，李逵几乎不可能理解林妹妹的感受和思维方式。

日常生活中，即使我们怀着好心对别人，如果不知道别人感受的规律和方式，那我们的好心也有可能会办坏事。"水善利万物"的"善"其实就是道，是通向别人的规律的一条道。如果按照别人的规律，去做自己该做的事情，就是行走在"道"上。这里的"别人"，也可以理解为是我们的客观，即按照客观规律去做事。

如果我们掌握一大堆的工具和方法，但是到了具体的人那里，不知道他的实际情况，这也是不行的。所以，这个"善法"最后的落脚点，应该是我们所面对的对象，无论这个对象是人还是另外的生命，又或者说是一个物体，我们都要想办法来服从其规律，才能产生良好的客观效果。

如何真正地做到与众生相连接?

古人在几千年前就有了"万物皆有灵"这样的论断，所以能否与众生相连接，主要看一个人是否具有接通的能力。道家所谓的修行，儒家所谓的格物致知，佛家所谓的寂静涅槃，等等，都是在教我们如何与自己之外的、不同形态的生命和事物进行对话。

可能有人就要问了，真的有方法可以做到与众生相连接吗? 答案是肯定的。

禅宗的"无念为宗，无相为体，无住为本"，意思就是心中不要有那么多自己的念头，自己的念头越少，与对象接通的可能性就越大。这是禅宗里的方法。

老子在《道德经》中提到的"致虚极，守静笃。万物并作，吾以观复"也是要告诉我们，被自我的、自私的、狭隘的、有限的主观想法充斥了心灵之后，我们就没有办法与别的事物对话了。因为每天与我们对话的，都是心中那个连自己都说不清楚的自我。老子告诉我们，入道，就是跟万物通感的一个法门。

儒家中与众生连接的方法是格物致知，就是让我们去学着认识事物自身的规律，并借此去发现万事万物的总规律。

格物就是对眼前某个事物的深入体悟和理解。就像我们看到一棵树，一阵风吹来，我们可以看到树干、树枝和树叶都随风摆动，但是却看不见下面的树根。如果能够明白树根在干什么，它为树干提供了什么，以及整棵树的所有部位是如何联系的，就能明白树的规律了。所以，致知就是对总规律的认识。

很多时候，我们已经失去了和外物连接的意识。我们总是被各种念头包围，生活在自己的想象之中，没有办法让自己的心灵很清净，更没有办法去感受身边的万物，也不知道它们是什么。继而我们又错误地认为，它们就是如我们想象中这般。这几乎是人类所有错误的一个总的模式。

如果我们觉得观察自己很困难，就可以去借助观察外部的事物，把它们做一种拟人化的分析、理解和体悟。这也是我们可以用来认识自己内在的一种方法。

齐善鸿老师是如何修习《道德经》的？

学《道德经》的人分成两种，一种叫作江湖人士，另一种叫作庙堂人士。这些年我也接触过各门各派修行的朋友和师父，他们都对我很好。

刚开始的时候，我还会向他们请教，问他们能不能传点功法给我。直到后来，我才发现自己问了一个很蠢的问题。因为有功力的人从来不藏着掖着，就看自己有没有能力接过来。有时候是我自己接不过来，反而怪师父没有传授给我绝活。

我是没有门派的，实际上各个门派也是后人命名的。有了门派之后，就有了文化的山头，就会有"我这个山头比你那个山头要高""我这个山头最好，别人的山头不太行"之类的想法。当然，这也是一个很难避免的毛病。

这些年我一直在吸收，我也从未认真总结过自己修习《道德经》的方法。所以，当有朋友问我属于哪一个门的时候，我都开玩笑说，我是串门的。对于修习《道德经》，我一直在体验整个过程，这个过程既不是质疑，也不是批判。

我觉得我们应该做真理的信徒，各式各样的、各门各派的学问都要去看一看，而不是喜欢的我就去学、不喜欢的我就不学。用我导师的话说，见门就进，但最终必须要破墙而出，否则一定会死在院子里面。

等到我们有了足够的时间，游历了圣人的思想圣域的时候，就会发现，即便这些圣人在不同的地方，使用着不同的语言，引领着不同的人，但他们都走向同一个目的地，就是万物和谐的一种本真状态。

如何与外界保持一种和谐？

我们之所以会遇到很多问题，就是我们让自己和别人对立了，和自然对立了，甚至和我们自己都不能和解。这些祖师就是来告诉我们，如何看清自己被什么困住，以及与万物感通的渠道在哪里。让我们重新回到"我们是万物中的一个小精灵"这样一种状态。

实际上，我们本来就是宇宙万物乃至这个世界整体中的一个分子，我们与这一切也都融为一体，是一家人。当我们懂得了别人，懂得了万物，没有了和他人的冲突时，我们的生命才真正进入和谐。

人的一生中，最完美的快乐应该是什么样的？

佛教中将最完美的快乐称为极乐。极乐就是乐之极，而乐之极就是无乐无悲，人类红尘中两极的情感消失了，合二为一变成了道。过去我们常说要用一分为二的方法去分析问题，但实际上，想要真正地认识问题，就必须把这个"二"重新合在一起，这样才是事物的本体和它生命最圆满的状态。

只要我们追求快乐，就永远都断不掉痛苦；只要我们想要"好"，就一定会有"坏"跟着；只要我们想要顺利，就一定会有挫折；只要我们想要财富，就一定会损失很多诸如身体的健康、家庭的和谐、朋友的信任等等财富之外的东西。

到最后我们发现，有形的财富似乎已经很多了，但是无形的财富却越来越少了。这也是为什么很多人在有钱之后，会发现钱并不能给他的人生带来完整的幸福和快乐。

《道德经》中的"万物负阴而抱阳，冲气以为和"和"天下皆知美之为美，斯恶矣；皆知善之为善，斯不善矣。故有无相生，难易相成，长短相形，高下相倾，音声相和，前后相随"，所表达的就是这样一个道理。

所以，极乐就是无乐，无乐即无苦无乐，这是我本人一点粗浅的理解。

学习《道德经》会不会产生一种与外界格格不入的副作用？

曾经有人跟我说，学习了《道德经》之后发现，不但与身边的小伙伴们没办法聊天，甚至有时还会觉得自己与现在这个时代和社会格格不入。我也曾有过这样的感受。我不愿意和别人说话，觉得他们都是俗人，别人也觉得我是一个怪人。

但是，当我从中国文化和中国圣人的智慧里，把"程序"接过来的时候，就会把身边遇到的所有人看成我还不认识的亲人，把他们看作一种近乎神一样的存在。

在大学的课堂上，即使是面对那些对文化接触不太多的朋友，我也把他们看作自己主观世界中的一个客观真理的化身。我会按照他们的"频道"去聊天，就是不要用"我"的状态去对接别人，应该是处于一种没有我、没有状态的状态。这样一来，"敬天爱人"这个逻辑才会顺畅。哪怕我和小狗一块玩耍，玩到最后，它也会把我当成朋友。

有时候我们觉得别人有缺点，那是因为我们不懂。如果我们在和各式各样的生命形态对接时，能按照它们的频率去行事，就能有一种解脱自我的感觉。当然，这也是一件非常不容易的事情。

哪一个版本的《道德经》最贴近老子原意？

我在学习《道德经》的过程中，也曾经遇到究竟要学习哪个版本的《道德经》这个问题。从学术上来说，这个问题至今都没有得到解决，《道德经》原版至今尚未被发现。现在人们常说的竹简、帛书版，只能说比较靠近老子那个时代而已，但并不能确认就是原版，学术界也没有下过定论。我读的是王弼的通行本，这个版本是从古至今用得最多，也是被许许多多比我优秀的人认可过的。

其实，无论学习哪个版本的《道德经》，只要不离开老子的核心思想就可以了，即人间之道一定要服从天地之道，主观要服从客观。我可以斩钉截铁地说，离开了这一点，任何人的解释都是违背老子原意的。

学习《道德经》真的能够改变人生吗？

学习《道德经》确实能够改变人生，否则从古至今不会有那么多人倾尽心力去学习、研究和体悟《道德经》。《道德经》可以让我们变得更加智慧，或者说《道德经》可以修改我们灵魂的"程序"。

我们所谓的命运，不过是由想法、做法和结果组合起来的不同阶段的生命状态和终极状态。当一个人的想法改变了，他的想法和做法也会随之改变，得到的结果就会不同，命运也就因此而改变。

为什么说人生处处是修行？

不知道大家有没有思考过这两个问题：我们要吃的饭在哪里？我们如何去获取饭？实际上，吃饭本身就是一种道德。很多人没有搞清楚吃饭的道德，是因为没有想明白这两个问题。当一个人有能力为别人创造价值的时候，他就一定会有饭吃，而且还有好饭吃。如果一个人为别人创造的价值很小，他就很有可能吃不饱饭。

如果带着一颗修行心，人生处处都是修行。在我们的修行心还未真正觉醒的时候，就一直在寻找修行。不可否认，这个阶段确实比较痛苦，但只要大家多一点耐心，走的时间再长一点，就一定会找到修行的感觉。

如果所有人都悟道了，那人还会有个性吗？

假设这个问题的前提成立，如果大家都悟道了，这个时候的人的个性是什么样的呢？要讨论这个问题，首先要明确"个性"究竟是什么。

心理学上所讲的"个性"，指的就是一个生命个体全部的心理属性。而我们日常生活中经常说的"个性"，指的是一个人不同于其他人的地方，这里的"个性"指的是"个别性"。所以我们要把"个别性"和"个性"区分开来。

事实上，我们跟别人的不同之处只是现象，跟别人相同的东西才是本质。如果说我们刻意地营造自己与其他人的不同之处，就一定会因为差异的增加，而导致我们与其他人对接的难度增加。等到最后我们修到极致的时候，就成了孤家寡人，因为那个时候我们会认为别人都是错的，只有我们自己才是对的。

从道家的角度来讲，人的个性就是道性，也可以说是天性，就是我们与万物和解的一种和谐之心。如果我们跟这个也过不去，跟那个也过不去，还觉得这就是一种个性，一定会伤害到自己。

所以，在平时的修行中，和那些与我们不一样的人在一起时，我们一定要"求同"，这样才会有和谐。有人可能会问，这样一来我是不是变得没有个性了呢？恰恰相反，当你能完全做到这种"求同"的时候，就是一种圆满的个性，而不是有缺陷的个别性。

当然，从学术上来说，这个问题根本就是一个伪命题。这个情况根本是不可能出现的。从古至今，那么多人在努力，也没把所有人都变成悟道的状态，因为悟道是生命的一种奢侈状态。大家都会说自己要好好修行，会改变自己，但真正能做到极致的永远是少数。

既然说自私是生物的天性，那违背了天性还怎么求道呢？

在西方的一些思想中，确实提到过自私是生物的天性。我们看到自然界中比人类低级的动物，为了自己的生存，可以吃掉食物链下端的生物，会觉得它们很自私，其实不然。在正常食物链中，为了满足自己生存的运行过程，并不能称作自私。为了获得生存之外的更高利益，而去伤害其他人的利益，这才是真正的自私。

有时候，很多人不吃这个不吃那个，好像显得自己很慈悲。实际上，这些人只是借用这种方式，让自己去体会如何去平等地对待所有生命。

如果我们认为石头是生命，蔬菜也是生命，小猪是生命，蚊子也是生命，我们要爱护它们，不能伤害它们，试问我们还如何活着？除非有一天，我们真的变成了吸风饮露的真人，才可能不再伤害任何生命。

《道德经》和《马太福音》的某些思想是否冲突？

有人曾问过我这样一个问题。《道德经》中有云："天之道，损有余而补不足。"《马太福音》中却说："凡有的，还要加给他，叫他有余；凡没有的，连他所有的，也要夺去。"这两句话究竟哪一句是对的？

老子说，"天之道"损有余而补不足，而"人之道"却恰好相反。"损有余"的意思就是去掉你多余的东西，这也是天道的慈悲和规律。

如果一个人在某些方面拥有的东西太多了，而没有意识到要去减少那些不需要的，就会对他的生命有所伤害。"天道"也会按照规律去减少一些东西，因为它要保持你生命规律的一种平衡。如果自己去做减排，就叫作觉悟，但如果是由天道来做，那对不修行的人而言，就叫作灾难、损失或者挫折。

而《马太福音》中"凡有的，还要加给他，叫他有余；凡没有的，连他所有的，也要夺去"这句话，所表达的意思就是，多了的东西，还要给你更多，你缺少的东西，上帝还要继续剥夺。只不过这句话中并没有提到，究竟是多了什么东西。

试想一下，当一个人的德行和智慧越来越多的时候，他的财富、尊严、信任以及社会的声誉也一定会随之增多。这之间原本就存在着因果关系。反之，如果一个缺少道德的人拿到了不属于他的钱，他就变成了罪犯，从"缺少道德"到"罪犯"，不正符合所谓的"凡没有的，连他所有的，也要夺去"这一规律吗？

所以《马太福音》所要表达的意思，与老子在《道德经》中所说的客观规律，根本上是一样的道理，只不过换了一种表述的角度而已。

梁冬结语

"道德经"这三个字，在中国人的印象中意味着很多东西，即便是再没有文化的人也多多少少知道《道德经》，即便是再没道德的人，也都知道"道德"二字。

齐善鸿老师的文字给我最大的感触就是，他很少去直接回答一个问题，通常情况下，他会先兜一个圈子，再回到原来的话题上，最后落到一种"无我利他"的状态。我相信现代社会中的很多人在走到一定年龄的时候，一定会慢慢理解齐老师在此文中和大家分享的状态。

第二章

修心修的
是什么

梁品

陈允斌：

顺时饮食，
顺时养生

梁冬导语

世界本身是时与空的结合，而食物是我们与世界沟通的一个重要媒介。所以，饮食从来都不是单独存在的，我们可以借由饮食，看见时间行过的轨迹。家中掌管饮食起居的女性，如果能够懂得饮食养生之法，就可以用很简便的方法做出不但美味而且对身体有益的食物，这些食物最终可以成为一个孩子幸福童年的回忆。

梁
品
。

○ **陈允斌**

食疗养生作家，国家公共营养师，致力于推广中华传统的健康饮食方式，是生活食疗养生的倡导者。提倡家常便饭保健康的理念，宣传环保、节约的生活态度，并将祖传的饮食保健偏方无偿公开。各大企事业单位特邀健康讲座讲师。著有《茶包小偏方喝出大健康》及《回家吃饭的智慧》等健康饮食畅销书。

什么是顺时饮食？

顺时饮食，指的就是我们传统养生学中所说的，顺着一年四季的节气来吃饭。

我外祖母家世代都是中医，他们会特别留意诸如草根、葱根、树皮和橘子皮之类的边角废料，总是想着如何能将它们充分利用起来。比如说，他们会让买不起药的人回家剥个橘子皮用来做药，或者用做菜时切下来的葱根来治疗感冒。就这样，外祖母家几代人积累了丰富的经验。家里人也被培养出不仅到任何一个地方都能生存，而且还能用任何一种饮食养好身体的本领。哪怕是最便宜的家常便饭，在我家也能变成补药。

对我们这一代人来说，童年的回忆大都与吃相关。每次忆起童年，大概都是哪一天母亲给我做了什么好吃的；或者某次生病的时候，母亲给我做了一碗特别美味的汤。

说起来，我小时候还挺容易生病的。每次我生病，母亲就会单独给我做一份食物，而且每次都做得很好吃。我母亲是个很细心的人，如果我跑出去玩着凉了，回来咳嗽了两声，被她听到了，她就会立刻去厨房用炭火烧一个橘子给我吃。这个橘子吃下去之后，就不会再感冒咳嗽了。

我最想吃的，是一种在我们家被称为"病号饭"的食物。这种"病号饭"其实就是将一种腌制的、有点像雪里蕻的咸菜切碎了，再放一点猪油下锅去炒，然后再加入开水和剩饭，最后煮成一碗泡饭。每次小朋友感冒发烧的时候，会觉得恶心，什么都不想吃，我母亲就会去给孩子们准备这样的"病号饭"。她在厨房炒饭的时候，我们光是闻着味，就觉得很香，很有食欲。而且因为腌制的青菜是辛散的食物，吃下去之后会马上出一头汗，然后孩子们的烧就退了，病也就好了。

如何从节气的角度来看待食物？

我个人将顺时饮食解读为天、地、人三个方面，即顺应天时、顺应地时、顺应人时。听起来似乎很玄乎，实际上却很简单。天时，就是我们所说的一年四季，二十四个节气。地时，主要指的是我们应该食用一些应季的、地上长出来的东西。人时的意思就是，我们每个人因为年龄不同，所要吃的食物也是不一样的。比如说，即便在同一个节气，老人家和小孩子吃的东西可能也会有一些区别。总而言之，所谓顺时，就是指顺应我们的生命之时。

一家人的饮食，一般都是遵照二十四节气的规律来安排的，也就是顺应了天时和地时。一年之中，二分二至这四个大的节气是最重要的。古代天文学家讲的二分二至就是春分、秋分、夏至和冬至。因为冬至阳气升起，所以从养生学的角度来说，冬至才是一年养生的原点，或者说是起点。

为什么冬至要喝羊肉汤？

冬至的时候一定要喝羊肉汤，我相信大家小的时候都曾经喝过，尤其是在南方。这碗冬至的羊肉汤又被称为补心养阳汤，可以说这碗汤中凝聚了中国人的传统智慧。

虽然家家户户都会喝羊肉汤，但很多人却不知道为什么要喝，也有的人单纯地觉得，羊肉汤喝下去身上会觉得暖和。实际上，羊肉汤补的是我们的心阳。冬至的时候，很多人会犯心脏病，心源性猝死的概率也会增加，医圣张仲景曾经有一个专门治疗心脏问题的方子，就是在羊肉汤中加入一些生姜。一碗普通的羊肉汤看起来并没有什么神秘之处，但可以说得上是一个家庭的保护神。

实际上，最早在冬至喝羊肉汤的人，并没有什么特别的想法。或许正是因为体会到了它的好处，所以每年大家都会想着去喝上一碗。就这样，冬至喝羊肉汤的习惯也就一代代地传了下来，成了我们现在开始一年养生的起始点。

在我家中，冬至的前一天就要把煲煮羊肉汤的药材准备好，第二天一早就要起来熬汤，要连续熬上好几个小时，直到中午才能喝上一碗。我家在做羊肉汤的时候，还会在汤里加入黄芪、当归、红枣等，这样一来，羊肉汤不但可以养护阳气，还能帮助我们补气血。除此之外，我家煲羊肉汤还有三个讲究。

第一，就是要在汤里加一小段甘蔗。如果没有这段甘蔗，这碗羊肉汤就不能被称为药膳了。为什么呢？因为羊肉是燥热的，而甘蔗是润燥的，但它又不寒凉。这样一来，甘蔗就能恰到好处地化解羊肉的热性。很多人炖羊肉汤的时候喜欢放萝卜，但我不建议在冬至的时候这样做，因为萝卜是下气的食物，气血不足的人不适合食用，所以要用甘蔗来代替萝卜。因为甘蔗不会破气，还能补气健脾。将长长的甘蔗削皮，切成小段放进羊肉汤中一起煮，这样煮出来的汤不但不会燥热，而且口感清甜。

第二，就是要放胡椒粉。胡椒粉在羊肉汤中起着引火归元的作用。因为羊肉是热性的，所以很多人会认为吃了羊肉就会上火。我有个中医朋友，开四逆汤的时候，一般会用桂枝来通路，很多时候上火并不是意味着食物热性太强，而是这些"热"没有去到该去的地方，这个时候就需要一些开路的药，将通路打开。而羊肉汤中的胡椒粉，就相当于桂枝的角色。胡椒粉虽然也是热性的，但它并不会热上加热，反而会引火归元。加了胡椒粉的羊肉汤，不但不会让人上火，反而还会使我们的身体暖暖的。

我们家喝羊肉汤的最后一个讲究，就是要配一点黄酒，黄酒在这里起着一个药引子的作用。平日里，我是一年四季都不喝酒的，只有在冬至的时候，就着羊肉汤才会喝上一小盅黄酒。

每年一到冬至，我的一些朋友就会惦记起我家的羊肉汤，想尽办法都要来喝上一碗。

春夏两季该如何顺时养生？

现在的人对立春没有什么概念，只是觉得立春时节还是很冷的，更分不出立春的前一天和立春当天有什么区别。

在我们家，立春当天，小朋友就会感觉到很明显的变化。立春前一天，我家的餐桌上摆的还是冬天滋补的食物，第二天就完全不一样了，餐桌上立刻变得绿意盎然。我们会摆上春盘，古人也叫五辛盘，也就是五种辛辣的蔬菜，其中包括薤白、葱、韭菜、萝卜缨和荠菜，有时也会用油菜薹。这些全是发散的食物，可以帮助我们打开身体中气的通道。因为这些都是通气的食物，所以吃完五辛盘，我们就会觉得神清气爽。

立春开始，我们还会做一些饼卷着蔬菜吃，这也是为什么我们把它叫作"春卷"。而到了雨水，我们就要吃嫩韭菜，因为韭菜在雨水前后是最嫩的，杜甫不是有句诗说"夜雨剪春韭，新炊间黄粱"。古人认为，早春的韭菜和晚秋的大白菜就是世界上最美味的蔬菜。

过完雨水,很快就到了夏至。和冬至完全相反,夏至时我们需要养心阴。夏至的前一天,很多人都会睡不好觉,尤其是更年期的妇女,因为她们阴虚,手脚心很烫,半夜就会醒来。这个时候就要吃一些桑葚。

现在的桑葚都结得太早了,这就是不应时令。实际上,桑葚应该在六月份才完全成熟,这时候的桑葚特别滋阴。在我小的时候,孩子们在夏天都会爬到桑葚树上,躺在上面摘桑葚吃,现在已经看不到这样的景象了。

毒五月前后该吃些什么?

端午节一般在芒种和夏至之间,端午节的饮食也是特别讲究的,因为端午节的食物不只是吃一天,而是要吃一整个农历五月,也就是传说中的毒五月。

端午节要吃的东西,一般要在清明开始准备。比如说咸鸭蛋,吃的时候我们不能现腌。所以,在清明前后,我母亲就会准备一个陶瓷的盐水坛子,把鸭蛋放进去腌制起来,细心的母亲腌制好鸭蛋后还会写上日期。

清明时节的鸭蛋也是最好的,因为水已经暖了,鸭子会在水里吃很多的鱼虾和螺,把自己吃得肥肥的,鸭子产的蛋也绿莹莹的,非常漂亮。从清明到端午,鸭蛋大约腌制了一个月左右,我母亲就会把鸭蛋拿出来,煮熟了给孩子们吃。这时候的鸭蛋是最好吃的,蛋黄还会流油。

所以我常说,如果像一个家庭妇女一样,每天深入地研究我们的家常便饭,也会发现其中有很大的学问,比如说鸡蛋、鸭蛋、鹅蛋和鸽子蛋,它们虽然看起来都是蛋类,但功效却大不相同。

鸡蛋是偏凉性的,鸭蛋却是偏平性的,小朋友咳嗽的时候,如果吃鸡蛋会更容易咳痰,这个时候可以给他吃鸭蛋,尤其是咸鸭蛋。而鸽子蛋是专门用来补虚的，做完手术或者女性小产的情况下，我会推荐他们去吃鸽子蛋，因为鸽子蛋有助于伤口恢复。

鸽子蛋和鸡鸭鹅蛋或许在口感上差别不大，但它们之间最本质的区别在于，鸡鸭鹅蛋放在水里煮，会越煮越老。那是因为鸡鸭鹅蛋煮得久了，蛋白会变性，如果煮了超过一个小时，蛋白就会变得跟橡皮一样无法下口，吃下去也没办法消化。鸽子蛋却恰恰相反，它会越煮越嫩，到最后外面的蛋白都变成透明的，看起来像是不太能凝固的样子。如果把鸽子蛋放到火锅中去煮，到最后兴许只能找到蛋黄，因为煮得太久，蛋白都化成一摊水了。所以，煮火锅或者串串香的时候一般都用鹌鹑蛋，因为鹌鹑蛋和鸡蛋一样不会散。

端午节所在的这一整个毒五月中，除了吃咸鸭蛋和桑葚之外，大家最常吃的应该是粽子了，但很多人并不知道为什么要吃粽子。其实，吃粽子并不是为了吃里面的糯米，而是为了外面的叶子。叶子不能直接吃，所以就让叶子的味道和药性充分渗透到糯米里面。

现在，我们常用箬叶来包粽子，而古人一般用菰叶，菰叶就是茭白的叶子。箬叶很粗大，而菰叶却很细，所以包出来的粽子也很小巧。通常情况下，古人会用黍子，也就是黏性较足的黄小米包入菰叶中，做成粽子来吃。这样做出来的粽子有清热解毒的功效，到了七八月的时候，就不容易长疮、长痱子。夏天的时候，很多人会皮肤过敏，就是因为在农历五月的时候，没有去好好地清一下自己体内的毒。

过完五月，还要吃另外一样重要的食物，那就是大蒜煮鸡蛋。六月正是新蒜上市的时候，用来煮鸡蛋的大蒜就一定要选用六月的新蒜。将一整个大蒜连皮一起放进水里煮，煮得差不多之后晾凉，再把鸡蛋放进去继续煮，煮到鸡蛋完全熟透为止，这时候鸡蛋就会吸收大蒜的味道。

可能有人看到我这样描述，会觉得鸡蛋煮熟后一定很难吃，会有一股大蒜的味道，其实不然。用大蒜煮出来的鸡蛋，蛋白并不是纯白色的，而是偏黄色又带些透明，看起来像是一种温润的玉质，吃到嘴里会有一种奇异的香味。

吃大蒜煮鸡蛋有两个好处：第一，当然是好吃；第二，就是可以补气。新蒜富含阳气，但蒜本身是有热毒的，搭配鸡蛋来煮，可以过滤掉大蒜中的热毒，食用之后一整年都会觉得很舒服。

我每次吃东西的时候都会心怀感恩，这些生活中的小细节，看起来只是些鸡毛蒜皮的事情，却饱含了我们祖先的智慧，更是一代代传承下来的宝贵遗产，哪怕我们能从中学到些皮毛，都会觉得受用不已。

我的外祖父母如何因食结缘？

我的外祖父母就是因为饮食的小事结下的姻缘。

我的外祖父十六岁的时候第一次见到我的外祖母，那时，我的外祖母十五岁。他们见面的时候，正好是吃柚子的时节。当时，我外祖父去外祖母家相亲，我外祖母就剥了个柚子招待他。剥完柚子之后，外祖母就离开了。外祖父坐在大厅里喝着茶，又和外祖母的家人聊了一会儿。

外祖母趁着他们聊天的时候，拿着剥下来的柚子皮进了厨房。等到外祖父起身要走的时候，我外祖母就捧出一包包装好的蜜饯递给我的外祖父，让他带回去吃。外祖父拿回家打开一看，竟然是用柚子皮做的糖。看到这包柚子糖，我外祖父的第一感觉就是外祖母是一个值得娶回家的女子。

做柚子糖的时候，首先要把最外面的一层青皮刮下来，这层青皮可以晒干留着做药，有止咳的效果。刮掉青色的外皮之后，就只剩下里面白色的内皮了。然后烧一锅水，把内皮放进去煮，煮完之后挤出柚子内皮中的水分，如此反复三次。这样做是为了挤掉柚子皮中的涩味。当柚子皮看起来有些透明，捏起来像海绵一样时，就差不多了。

这时候，取一口大锅，放入糖和水熬成糖浆，再把柚子皮放进去，开小火咕嘟着，等到糖浆全部被柚子皮吸收之后就可以起锅了。起锅之后的柚子糖还是很软的，要在上面撒一些白砂糖防止粘连，等到柚子糖彻底凝固成一块块的蜜饯，就可以装起来了。这样制作出来的柚子糖，可以存放很久。

以前人们常用白砂糖制作柚子糖，这样做出来的柚子糖会比较好看。现在，我也会用红糖来熬制。如何判断糖浆是否熬好了呢？这里面还有一个诀窍，就是准备一碗清水，将锅里熬好的糖浆蘸一点滴在水中，如果糖浆能够滴水成珠，就说明已经好了，这也是以前中医熬膏滋的诀窍。我外祖母常说"熬糖烤酒，充不得老手"，虽然我说起来很简单，但做起来未必就能成功。

就这样，不过一盏茶的时间，我外祖母就用一包传统的柚子糖，让外祖父全家对她刮目相看。外祖父的家人都觉得外祖母很能干，也就同意了他们二人的婚事。外祖父和外祖母结婚以后，突然有一天，外祖母的家人又把她叫回去了，说她的白案手艺还不过关，要回家再培训一下。

白案是以前厨师的一种专业说法，指的就是做面食。我家常做的有春卷、荷叶饼和溜粑等等，其中我外祖母做得最好吃的就是红薯馒头了。取一份红薯和一份面粉揉在一起做成馒头，因为红薯有甜味，即便不放糖，蒸出来的馒头也很甜。

公历的七月和八月该如何进补？

我们常说一年要补一冬一夏，公历的七八月份是夏天中人体最虚的两个月。这个时候要进补，必然要用到两样东西：黄芪和荷叶。

夏天时容易出很多汗，人体就会变虚。所以每年夏天，我们家都要喝上两个月的黄芪粥，就是煮粥的时候放一点黄芪水。我从小就这么喝，刚开始也没有多想，直至后来自己研究饮食，才发现很多古人也是这样做的，比如苏东坡、白居易等等。他们不但喝黄芪粥，还把这些事情写进了诗里。每每想起这些饮食习惯传承了这么多年，我就觉得十分有趣。而荷叶有祛湿和升举清阳的功效，夏天喝荷叶茶可以让我们的头脑变得更加清醒。

除了上述两样之外，其实我最想说的是姜枣茶。喝姜枣茶是有讲究的，必须从每年的立夏时节开始喝，一直喝到三伏的前一天。我曾经测试过在其他季节喝姜枣茶，但效果确实不如在夏季喝好，后来也有其他人验证过，确实如此。

姜在秋季不适宜多吃，而在春季、夏季和冬季都可以放心地食用。但如果要把姜吃出最好的效果，必然要在春末夏初，我们的身体正慢慢地打开，用我母亲的老话说，这个时候要清除掉体内在冬天积聚的沉寒和浊气。从入夏就开始喝姜枣茶，相当于给身体添了一种助力，随着天气越来越暖，我们的身体也能慢慢地适应天气。

真正到了夏天，人的体表很热，血液就会浮在体表，内里比较虚寒，这个时候喝姜枣茶，不但可以暖身，还可以发散排毒。需要注意的是，喝到三伏的前一天就要停下来。因为三伏天之后人会出很多汗，如果继续喝姜枣茶就会一直出汗，这样会让身体变得更虚。

因为现代人夏天多用空调，所以我将这个方子稍做了一些调整，我会建议那些经常待在空调房里的人一直喝姜枣茶，直到空调关闭为止。因为开了空调的房间很冷，即便是三伏天也是不出汗的。

姜是发散的食物，不适宜直接食用，所以要加一个枣，因为枣是补气的，可以牵制姜的发散，另外还可以养脾胃。张仲景的《伤寒论》中，有几十个方子都是由姜枣配合来用。因为姜是打开的，枣是收的。虽然枣和黄芪都可以补气，但黄芪是完全过表的，枣却比较温和。

另外，姜皮和姜肉的性质是相反的：姜肉是发散的，姜皮是收的；姜肉是热性的，而姜皮是偏辛凉的；姜肉是发汗的，姜皮是止汗的。我们可以将其称为一对阴阳。所以，如果做姜枣茶的时候，连着姜皮一齐食用就不容易发汗，这一点很少有人提到，大家可以回去验证一下。还有很多食物也是如此，比如说吃了桂圆上火，可以用桂圆壳煮水去火；古人吃银杏中毒，就会用银杏壳煮水来解毒。

我的外祖母曾经说过这样一句话，她说："十步之内，必有克星。"大家如果吃了什么东西或者遇到了什么问题，就可以低头去找，一定会在十步之内找到解药。站在心理学的角度，可以理解为互补，也是一种平衡。

生活是有很多层面的。现在的小孩子虽然有条件去吃很多美食，但他们的舌头似乎已经麻木了，又或者是接触了太多化学的东西，感觉不到香的味道，也没有心思真正地去品味，我觉得这是非常可惜的一件事情。

立秋当天吃什么食物？

到了立秋，天气马上就要变冷了，北京人将立秋这一天的进补叫作"贴秋膘"。如果这时候家里有体虚或者大病初愈的人，就要准备一只十全大补酒糟鸡。

做酒糟鸡要选小的、嫩的柴鸡，炸制的时候一定要用猪油，把鸡炸酥了之后，再弄一口锅，加入少量水和大量醪糟煮开，然后将炸透的鸡放进醪糟里浸透煮软。这样煮出来的鸡肉非常补气血。

为什么一定要用猪油呢？因为动物的油脂对人体非常好，既能养内，又能养肤。我母亲就很喜欢用猪油，现在她已经七十多岁，每次去按摩的时候，美容院的女孩都夸她背上的皮肤嫩滑。但我母亲从来不涂抹任何润肤露，靠的就是动物油脂的滋养。

立秋时，小孩子进补就要吃甜黄泥，因为甜黄泥不但可以补脑，古人还认为它对治疗小儿多动症也有一定的帮助。小时候，我母亲总说吃了甜黄泥就会变聪明。等我长大后做了研究，才知道甜黄泥中含有的乙酰胆碱，可以帮助细胞传递信号。甜黄泥的主要材料是蛋黄，蛋黄有类似阿胶的作用，但又没有阿胶的黏腻感，对小孩子而言是滋养之物。

做甜黄泥还是要用猪油。取十个鸡蛋，将蛋清和蛋白分开，再在锅里放入猪油和糖，等糖融化了，就把搅拌好的蛋黄倒进去炒，炒熟之后就可以盛出来装盘。这样做出来的甜黄泥香香的、甜甜的，小孩子特别喜欢。很多小孩子不爱吃鸡蛋，觉得鸡蛋有一股奇怪的味道。这种情况下，大人就可以将鸡蛋做成甜黄泥给孩子吃。

做完甜黄泥剩下的蛋白也是好东西，我们家通常会做成鸡酪汤。鸡酪汤有一个说法叫"吃鸡不见鸡"，十分珍贵，所以一般情况下只用来孝敬老人。

做鸡酪汤首先要用四根筷子把蛋白打成泡沫状，一直打到筷子能立在蛋白中间不倒为止。然后把准备好的鸡肉用刀背捶成肉茸，捶得越细越好。还要烧一锅鸡汤，等鸡汤开了之后把鸡肉茸撒进去，再将打好的蛋清泡沫倒进去。蛋清遇到煮沸的汤，就"哗"的一下，变成了朵朵"白云"漂在鸡汤上面。这时，再拿一个大海碗，在碗里铺上烫好的青菜或者豌豆苗，再把煮好的汤浇在绿色的蔬菜上，一碗青青白白的鸡酪汤就煮好了。这碗汤最大的特点是既没有油也没有盐，很是清淡，老人家吃了特别补气。

秋冬时节又该如何进补？

过完立秋，很快又要迎接冬天的到来。如果你仔细去观察每一个节气，就会发现在不同的时节，人的身体都会发生一些小小的变化。

秋季的时候容易伤肝血。所以一到秋天，很多人就会感觉到自己总是掉头发，指甲也会变薄，这些都是肝血不足的表现。除此之外，肝血不足的人还会多梦，我询问、观察过很多肝血不足的人，他们会像连续剧一样，不断地做梦。不仅如此，他们还经常会在半夜一点到三点醒来，尤其是在霜降节气，肝血不足的人在霜降的前一天必定会失眠，这个时候就要吃墨鱼。

古人把墨鱼当成一味妇科良药，因为墨鱼是专门补血和养肝血的。以前的人一般都吃墨鱼干，其实在秋冬时节炖一锅墨鱼汤来喝，也是个不错的选择。需要注意区分的是，如果是在秋冬季节凌晨一到三点容易醒来，我才会推荐吃墨鱼。如果是在春季发生这种情况，一般是因为肝火旺盛，这个时候就要喝一些玫瑰花茶。

墨鱼汤该怎么做呢？如果是在立冬当天吃，我会建议做双莲墨鱼汤。双莲指的是莲子和莲藕，因为它们是一家人，所以在性质上可以互补。双莲墨鱼汤就是用莲子、莲藕，再加一点陈皮和一块肥猪肉，跟墨鱼一起放进锅里去炖。如果不吃猪肉，也可以用鸡肉来代替，但前提是一定要用肥的肉，这样炖出来的墨鱼汤才会鲜美。

立冬的早上喝上这样一碗墨鱼汤不仅可以养肝血，还可以暖胃。

有一次，我在湖南卫视做一个饮食节目。当时的编导正是因为看上了我的双莲墨鱼汤，才邀请我来做那期节目的。我在节目现场炖双莲墨鱼汤的时候，那位编导老师就在旁边眼巴巴地看着，等到节目拍完，他去洗了个锅，回来发现汤已经全都被摄像老师喝完了。

立冬我们要吃的另一个菜就是茴香。茴香可以补肾阳，北方人通常会用茴香菜来包饺子，但是这样吃并没有发挥出茴香的最大作用。

我母亲最喜欢把嫩的茴香菜切碎，放在一个小碟子里。然后在锅里放一点油，再放一点豆瓣酱稍微炸制一下。最后把烧好的热油往茴香菜上一浇，只听着"刺啦"一声，茴香就被烫熟了，而且特别香。

古人常说"秋收冬藏"，到了冬天必然少不了养藏汤。养藏汤的做法很简单，就是将核桃、栗子和莲子这些东西放在一起煮。当然，煮养藏汤也是有讲究的。

煮汤用的核桃和栗子，都要带着外面一层软皮，这样煮出来的汤会带着一些微涩的口感，但正是这一点涩味，可以帮身体"收藏"。这层软皮是养藏汤的关键，如果剥掉了这层软皮，就不能被称作养藏汤了。

平时我们吃栗子的时候，只吃里面的栗子仁，这样吃只能起到健脾的作用。当然如果直接吃带着毛茸茸软皮的栗子，又很难下口，而且也无法很好地吸收。所以要把它煮进汤里，这样才能激发出栗子皮的药性，古人也是这样做的。

众所周知，陆游很长寿，也很会养生。据说有一次他有齿根浮动之症，他就把栗子挂起来风干。等到栗子完全干了之后，再剥掉外皮，内皮上的茸毛就倒伏脱落了，然后每天生嚼几粒栗子，可以用来治疗齿根浮动之症。

过完了立冬很快就到了冬至，就这样，我们经历了春夏秋，转了一圈又回到了原点，又到了一年一度该喝补心养阳汤的时候了。

有什么食疗方法可以预防老年痴呆？

老年痴呆这种病，是有很多家族遗传因素在里面的，我们根本没有办法用食疗去治疗或者改善，只能通过饮食去预防或者延缓它的发病，但要预防老年痴呆，必须从年轻时就开始注意饮食。

打个通俗的比方，老年痴呆就好像是大脑里长了斑块一样。所以想要预防老年痴呆，无非是让自己排毒的通道更加通畅，让大脑不要被瘀住。因此，活血化瘀就是饮食的关键之处。但并不是一年四季都可以随便活血的，一定要选好时机。我一般会建议大家在春秋两季要特别注意保养。春天就尽情地让身体通畅、排毒，冬天就尽量地给身子滋补。

老年痴呆虽然看起来是大脑的问题，但中医一般认为肾脏系统不好也会影响病情，所以我们还要注意调养好下焦系统。除此之外，睡眠也很重要，因为大脑只有在睡眠状态下才会排毒。我们的大脑每天大约要排出七克毒素。如果睡眠不足，毒素没有被完全排出，就会慢慢地在大脑里累积起来。

所以除了要早睡以外，我还给家里的每一个人按照中药方配制了一个药枕，让他们每天枕着入眠，这样可以帮助大脑排毒。现在很多人没有办法做到早睡早起，保持充足的睡眠，这种亡羊补牢的补救方法也是值得一试的。但是，我这些关于老年痴呆的食疗建议，并不是一朝一夕就能见效的，还需要大家长期地调理。

如何去调整肺气问题？

前文提到过，如果是在凌晨一点到三点容易醒来，一般是肝脏的问题，而如果是在凌晨的三点到五点容易醒来，一般就是肺气的问题了，很有可能是肺热或者是肺阴虚。

调整肺气一般是在夏秋两季。很多人误以为到了秋天才养肺，实际上秋天才开始养肺已经太晚了，一定要从夏天开始。我曾经编过这样一个顺口溜：

春吃甘，脾平安；

夏吃辛，清肺筋；

秋吃酸，护肝胆；

冬吃苦，把肾补。

我们在夏天吃辛味的东西，就是为了帮助肺部排毒，包括前面提到的姜枣茶也有这样的功效。现代人的肺是很脏的，如果把肺比作一杯水，肺里的浊物就像是泥。如果到了秋天才去补肺，就像是在泥水中继续加入清水，无论怎么加都是混浊的。所以我们一定要在夏天的时候，让水变得干净、清澈，这样到了秋天再来润肺养肺，才会有效果。如果已经过了夏天，就要先用陈皮去化痰、祛湿、通气，然后再食用润肺的食物。

秋冬季节养肺的最好食物非银耳莫属。虽然银耳一年四季都可以食用，但如果想要让银耳发挥最大的效用，就要把握住每年吃银耳的黄金一百天，也就是从中秋到立春这段时间。在这期间吃银耳，会有事半功倍的效果。有条件的，还可以在煮银耳的时候加入一些燕窝。

很多人认为银耳只适合女性养颜之用，实际上银耳是非常滋润的食物，它最大的功效是可以滋养五脏。不仅如此，银耳还很平和，无论是八十岁的老人，还是刚会吃饭的小孩，都可以食用。像一些患有慢性病、高血压、糖尿病等体虚的患者，也可以每天食用银耳来补身。

煮银耳最重要的就是要把银耳中黏糊糊的胶质煮出来。我一般会将银耳放进一个小小的紫砂锅内，熬煮一整个晚上，第二天早上起来喝。煮到最后，银耳只剩下一些纤维。银耳中富含蛋白质，早上饮用可以帮助提气，喝下去之后会觉得非常有精神。

梁冬结语

这篇文章让我真正地了解到，古人是如何认真地、温暖地、柔顺地、喜悦地过好每一天的。在一年四季二十四个节气中，我也深刻地感受到，一个中国人是如何认真对待自己的生活的。它不需要很贵，即便是在葱、姜、银耳之类很便宜的食材中，也能体会到我们的生活充满了美好。

你是否愿意真正地对自己好一点，这不仅仅是一个结果，更是一个积极的反应。一个真正爱生活的人，生活才会同样爱你。

张德芬：

如何变得轻盈

梁冬导语

　　很多女性在三十岁左右，可能会觉得自己的婚姻很不幸福。她们大概率明白自己未来要独立，但却总是很害怕，并且也很依恋亲密关系。在这种情况下，是应该"早断早超生"，还是应该怀着一颗积极的、重塑内在和完善自我的心，重新构建和谐关系？希望大家能在张德芬老师的文章中找到答案。

梁品。

○ 张德芬

毕业于美国加州大学洛杉矶分校，作家，中国心灵领域书籍的拓荒者和奠基者。代表作品包括《遇见未知的自己》《遇见心想事成的自己》《活出全新的自己》《心灵突破 60 问：张德芬 & 马丁纳带你找回生命的大自在》等。

如何变得轻盈？

大家看到的我，表面上也许很优雅，但我在家里的时候也是粗手粗脚的。实际上，我们每个人都有自己天生的个性，比如像我这样，我本来就是个粗手粗脚的人，就很难成为一个优雅的人。因为我们每个人的气质里，都藏着他走过的路、读过的书和爱过的人，甚至还有他看过的电影、吃过的东西和受到过的伤害，等等。

以前我一直觉得，像我这样的女人是不可能没有男人爱的，也不可能找不到男人。所以自我十八九岁谈第一次恋爱开始，从来没有单身过，我总是准备好了才分手。一直到了 2015 年，我最后一次分手。刚好那时我女儿去美国读大学，我儿子也不在家。从那时起，我不但单身而且空巢。

我最后一次和男人分手的时候，已经忘记了自己的年龄。很多人突然间恢复单身，会觉得很不习惯，我也不例外。刚开始我也觉得很痛苦，大概过了三年，我才慢慢地接受和适应单身生活。当然，现在我即便是单身一人也可以过得很开心。

在这四五年中，我深居简出。偶尔有人会问起我为什么还是单身，是不是我眼光太高了，答案绝对是否定的。

在中国，五字头以上的女人基本上很难找对象了。因为一般来说，男人还是喜欢有青春气息的女人。虽然我看起来比实际年轻很多，但我身上已经没有那种青春气息了。

当然，也不是说一定要保持单身，我觉得能和伴侣相处也是挺好的事。但是像我这种从十九岁谈恋爱开始，就再没单身过的情况，戒断男人是有必要的。因为男人对我来说，有点像药物一样上瘾，这让我规避掉了自己生命中很多必修的功课。以前我总是要透过男人来体验这个世界，我会觉得一定要有个伴在身边，才有心理上的安慰。所以对我而言，戒断男人一段时间，保持单身、放飞自我是有必要的。现在，我已经走出原来那种状态，凭自己一人也能活得很快乐。

在这四五年中，我做过的最辛苦的功课就是"亲密关系"的功课，在此之前我从来没想过自己可以单身生活。也许有些人看到我现在的样子，会觉得我比四五年前更年轻了一些，这是因为这几年我调整了心态，也放下了很多东西，比如我放下了一些习性，放下了对亲密关系的执念，放下了自己的傲慢和自以为是，还放下了很多的欲念和念想，所以才变得越来越轻盈。

如果我被一件事情钩住，无法放下的时候，我就会去检视这个钩子究竟是什么。是名利的欲望，还是讨别人喜欢的欲望，抑或是怕得罪人，等等，检查之后我就会去切断这些欲望。

应该如何找回自己？

以前，也许你会每天等待男人的电话，等他回家；或者想和丈夫说话的时候，他却情愿玩手机也不愿意与你沟通；又或者他只想着出去和朋友玩，而不愿意在你身上花时间。

对三十多岁的女性而言，事业做到了一定程度，小孩也到了一定年龄。或许将来的某一天，孩子上大学离开了，他也许想留在美国，又或者想去上海发展，而你自己只想留在北京；又或者男人也靠不住，没有人照顾自己了。在这些时候我们应该如何找回自己？

在这个时候，如果你能够开发自己，增长自己内在的力量，慢慢找到自己玩乐的能力，找到自己的生活重心，那时候你的男人可能会反过来看你：我的老婆在干吗？她怎么越来越漂亮，越来越有活力了？她在做什么？

我曾讲过打造女性成为自己内在女神的七种力量，这七种力量分别是觉知力、情绪力、选择力、复原力、玩乐力、生命力和创造力。

当女人有了这些内在的力量之后，再回到婚姻中重新审视自己的男人，就会发现一切都有所改变：你应对婚姻的方式有所改变，男人对你的能量也会有所改变。婚姻就像是一个固定的、守恒的能量场，彼此之间你进我退，可以是一曲很美妙的双人舞。

如何应对婚姻中的冷暴力？

曾经有人问我，应该如何面对婚姻中的冷暴力？

冷暴力，说白了就是对方摆脸色不理你。家中的另一位之所以会有冷暴力，是因为他对你有怨气。你的伴侣为什么会有怨气？那是因为不喜欢你的做法，却又说不出口，于是只能含恨在心。

很多时候我们有怨气，却不愿意告诉对方："你这样做伤害到我了。"仿佛说出来之后自己就处于弱势。所以一定要端起来，觉得自己很棒，不能让对方觉得自己很容易受伤。这种怨气对夫妻之间的感情带来的影响是很大的。

我们见到很多人总是摆出一副很高傲、很冷漠的样子，直到后来深入交流之后，才发现他们原来并不如表面看起来的那样。他们之所以会表现出冷漠和高傲的样子，是为了保护自己，不给任何人进攻自己的机会，避免自己被伤害或者瞧不起。

如果这个时候，我们可以温柔一点，与对方分享自己的感受，而不是一味地责怪对方，我相信慢慢地，对方也愿意与你沟通。当他发现你既亲和又可爱，还认可他的时候，他心中的冰山就融化了。尤其是认可，这一点特别重要，所有人都希望被认可，当你认可伴侣的时候，他心中的冰山就融化了。

现在离婚率越来越高了。我离过两次婚，也算是个过来人，在我看来婚姻也不过那么一回事。我们的婚姻之所以变得格外困难，那是因为我们对婚姻抱有了太多幻想和期望。只要你把自己的生活过得足够精彩，你的伴侣也就自然而然地不再冷了。

如何重塑正能量？

夜深人静的时候，你是否可以什么都不做，又或者看书、写东西，而不是追求一些外物，就可以让自己开心？你是否可以真正做到，做所有事情都是为了取悦自己，而不需要通过其他人让自己喜悦？

比如说，我喜欢捐款给需要的人，在我捐出去的那一刻，我就觉得很开心了，而不需要对方来感激我，像这样的幸福，就叫作一手幸福。如果我捐款了，需要对方感激我，对我很恭敬，这样的幸福只能是二手幸福。

我和前任刚刚分手的时候，到一些风景秀丽的地方就会觉得特别感伤。因为以前我都是和他一起来看这些美丽的风景，现在只剩我独自一人。这个阶段过去之后，我再次看到这些美丽的风景时，又会觉得它们和从前一样美丽。当我独自行走在山水之间，独自徜徉在森林的步道上，毫无由来的喜悦让我的嘴角不自觉地上扬，这就是真正的一手幸福。

如果你一直需要身边有人陪着，需要任何事情都顺利，需要得到什么东西才能觉得幸福，这也是二手幸福。

很多人在独处的时候，就会有很多负面情绪，比如觉得自己不够好，又或者自我厌恶和自我憎恨，连自己都在攻击自己，这些我也曾经历过。记得有一次我去南极参加一个十六天的漂流。漂流时，我们有时候两天都看不到陆地。那时候，我一个人关在房间里，就突然觉得自己实在太差劲了，觉得自己德不配位，并开始自我憎恨。这时，我就要去面对这个问题，而不是去逃避。

那在我们的生命当中，应该如何累积一手幸福？又如何在自己能控制的范围内得到快乐呢？

一手幸福需要靠我们自己去开发，除了"张德芬的女性成长必修课"之外，我还在喜马拉雅平台上推出了视频课"30天重塑内在力量"，就是帮助大家面对和调整负面情绪。在重塑正能量的课程视频中，我借鉴了美国神经科学家的一本书，这本书中提到，人类的大脑会有一个习惯的神经回路，这个神经回路的线条会比较粗。

举个比较通俗的例子，有的人看到别人瞪他一眼，就会觉得很糟糕，觉得自己是不是又说错了话，还是自己脸上长了什么东西。但很有可能是因为对方的眼睛比较大，或者他的眼睛不舒服，转了一下眼珠。看到任何事情就一直想着往自己身上带，这就是一种神经回路。

又比如说，看到别人生气的时候，有的人就会想起自己小时候父母在吵架，有一种莫名的无力感和恐惧感，这也是一种神经回路。

这些神经回路以及我们的情绪习惯，都不是短短的一两天形成的。很多人看待事情的时候之所以会负面悲观，或者正面乐观，都是从小跟着父母学习的。人们会不自觉地学习父母看待事情的角度。这时候，我们就要考虑应该怎么样去重塑正能量。

重塑正能量需要四个步骤：首先你要去试着回想起一些美好的事物，其次再用这些美好的事物去感受正能量，再次把这些正能量覆盖到原本不好的感受上面，最后再去做一些很短的冥想。如此这般，不断地举出各种负面情绪的例子，比如觉得自己不够好，觉得自己会被抛弃，又或者觉得自己没有办法赢，等等，经过上述四个步骤，不断地提示和练习之后，再去想那些不好的事情，负面的情绪就会少很多。

在成为女神的七种力量中，哪一种力量最重要？

在打造自己成为内在女神的七种力量中，我认为觉知力是最重要的。为什么这么说呢？

最近，我有两个朋友感觉身体不舒服，到医院去检查，结果发现离他们往生只有两个月的时间了。其中一位朋友才六十出头，之前还去日本旅游，回来之后觉得腰痛才想去看医生，结果进了医院就直接留在了里面，两个月后他便离开了这个世界。他在生命的最后两个月过得很痛苦，尤其是最后一两个礼拜，每两个小时要打一次吗啡来缓解疼痛。

这位朋友从来都不知道自己有病，发现的时候已经太迟了，癌细胞已经扩散到全身。如果他有觉知力的话，可能不至于等到生命倒数两个月的时候才发现自己身体的问题。

在我没有成长的时候，我也是没有觉知力的人，尤其是在对待孩子的问题上。当时，我的前夫就告诉我，他很想把我对孩子说的话录下来，让我自己听一下这些话有多伤人。但我却并不这么认为，我觉得孩子不就应该挨骂吗？他们只有被骂了才会变得听话呀？当时的我，就处于一种"不知不觉"的状态。

等到孩子五六岁的时候，有一次我发完脾气之后，突然觉得刚才自己不应该那样骂孩子，那些话确实会让他很受伤害。这时候的我就处于"后知后觉"的状态，因为我总是在发完脾气之后才醒悟过来。

在我儿子十几岁时，他正处于青少年脾气正旺的年龄，每当他要和我吵架的时候，我就会提出"我们不应该用这种态度对话，你先去冷静一下，我们待会儿再说"。等到我们彼此都冷静下来的时候，我儿子就会和我道歉说："妈妈对不起，刚才跟你发脾气了。"也是在这个时候，我开始有了"当知当觉"。

再到后来，我慢慢地变成了"先知先觉"。比如说，我儿子某件事情做得不够好，我看到了很想说他，我就会等到自己的烦躁和不满过去之后再找他沟通，而不再对着他发脾气了。

实际上，我年轻的时候脾气非常坏，但现如今已经很少有事情能让我生气发火。我的脾气能够变得越来越好，就是通过对觉知力的训练。

张德芬老师对男性有什么建议？

虽然我的课讲的是"女性成长必修课"，但是男性了解之后也可以帮助他们成长。比如我刚才提到的觉知力，对男性而言也同样重要。

大部分男性都希望自己在事业上能够被肯定，但这种肯定必须来自做这件事情本身会让你觉得很爽，而不是为了做成之后可以得到很多人的鼓掌。如果是为了兴趣和热爱去做事，才会按部就班、脚踏实地去做，而不是想要一步登天，一下子自己就想做很大的项目、挣很多钱。

曾经有人问巴菲特，为什么不和大家分享自己的致富之道？这样别人就能复制他的人生，都变得和他一样有钱。巴菲特回答说，不是我不愿意分享，而是大部分人都不想慢慢变得有钱，而是想要一夜之间暴富。他的意思就是，很多人只能奔着"钱"这个结果去，而不考虑中间的过程。这样是非常不好的。

我反复强调，过程很重要，我们要学会享受当下做的每一件事情，享受身边每一个人。当你讨厌身边的任何事的时候，就要去思考自己是否有某些投射，并试着去转化。

比如说，大家都很讨厌偷懒的人，但实际上我们每个人或多或少都会偷懒。如果是自己在偷懒，你是否还会特别生气，能不能和自己和解，原谅自己？当你思考了自己之后，再去看对方，或许就不会有那么反感，能理解他为什么有的时候需要偷懒，也可以更加平静、理性地与之沟通偷懒这件事情。如此一来，也能让自己的人际关系变得越来越好。这需要很高的觉知力。

如何弥补自己所说和所做之间的差距？

我们所表达的意思和真正的修为之间相差很远，这实际上是一个常态。

之前，有人到我家来拍抖音，因为摄影团队的动作很慢，我心里就不是很喜欢，因为我不喜欢低效率的事情，也很讨厌别人浪费我的时间。当时，我能够感到自己心里一些不高兴的情绪起来了，我就会提醒对方是否可以动作快一些，比如灯光可以不用调得那么精细之类的。

但如果我是和特别亲近的人，比如说和我儿子在一起的时候，我可能就不是这样的态度了。上次我去美国看我儿子，因为倒时差很累，我儿子也挺烦人的。再加上那是我自己的儿子，怎么骂都不会改变我们的关系，当时我很生气，就直接发脾气和他大吵一架。当然，之后我们两人也很快和好，并互相自我检讨。

从这两件事情就可以看出，即便我们的头脑知道这件事情该怎么做，但是在不熟的人面前，可能会用得更好。

如何走出人生的困境？

我有个朋友因为刚刚失恋的缘故，突然想要学习一些个人成长的课程。因为她很喜欢画画，所以有一次，在我看到一个用画画探索潜意识的公益课后，我就介绍给她去学习。但是她的日程刚好和那次课程冲突了，于是她就说："要不就算了吧。"

当时我就跟她说,通常老师开这种公益课,并不只有一次,后面还会有别的课程,如果真的想上的话,可以打电话去询问老师,我发给她的课程单上有老师的电话号码。我朋友听了我的话,打电话给那位开公益课的老师,并参加了这位老师后续的课程。

当时她对我说:"德芬,难怪你会成功,因为你真的很积极。"

按照世俗的标准,我确实算是一个比较成功的人,我个人认为怀着积极的人生态度,就是我自己最成功之处。如果把我们自己比作一桶想要逃跑的龙虾,我永远会是最积极想要爬出桶的那一只,因为我不愿意被限制在一个桶里,哪怕是从一个桶里掉到另一个桶里,至少我也换了不同的地方,玩了不同的项目。

不要一辈子困在同一个"桶"里,至少换个领域玩一玩,这样才能不断地进步、进化。

以前我并不是一个很愿意独处的人,也无法耐得住孤独。我大约花了两三年研究怎样自给自足地生活也能过得很开心,同时我也在观察单身生活的人,然后去反观自己,给自己不断地做疗愈。渐渐地,我的自我娱乐能力和自我调节能力越来越强。虽然我的人生中还是会有一些淡淡的遗憾,但我至少不会像以前那样不开心了。

在我五十多岁单身空巢的时候,我觉得很痛苦,很不开心,但我会积极地向前走,剪断那些牵绊住我、勾住我的东西,我会积极地想办法让自己开心,为此我也不断地学习,直到把自己的状态调整好为止。

在我写过的很多书中,都提到过亲子关系、自己与父母的关系,以及亲密关系,等等。但事实上我自己对亲密关系的处理并不是很好。但我是一个从哪里跌倒就从哪里爬起来的人,所以我反而对这方面的研究最多。

有的人一辈子困在亲密关系中,有的人一辈子困在婆媳关系中,有的人一辈子都在孩子身上刷成就感,还有的人一辈子都想要获得父母的认同。很多人遇到一些困难,就停下来了,比如有的人婚姻状况不好,有一个难处的婆婆,和老公性格不合,等等。在这种境遇之下,你可以去看一下其他人，为什么有的人有同样的情况，也可以把关系处理得很好，也可以把人生过得很精彩，人家是怎么样做到的？

换作是我，在这种情况下我会去思考，同样的情境之下别人是如何面对，又是如何走出来的。我会很努力去学习，让自己走出眼前的困境。所以，我希望看到这篇文章的朋友，无论你正处在什么样的困境中，都千万不要被困住，每天愁眉苦脸的，我们完全可以去各方寻求解决方案。

世界上有很多解决方案，只要我们动动金口去问，就能得到很多的帮助，但是很多人总是羞于启齿。就像在以前没有导航的时代，男人开车迷路的时候总是不愿意去问路，女人也总是不愿意看地图一样，很多人会觉得开口询问别人是一件很困难的事情，其实不然。如果不开口，只会让自己陷在僵局里受苦。

女人为什么要独立？

我现在总是鼓励女人，不要将情感系于男人身上，要学会独立。但独立并不意味着没有亲密关系，而是在情感上、精神上的独立。

我虽然表面上是个大女人，但我骨子里仍旧是个小女人。如果把婚姻比作行船，在两个人结婚之后，我就会上对方的船，让对方来开船。但实际上，对方的船可能没有我的船好，对方的开船技术可能也没我的好，后面两个人之间就会发生很多冲突。

后来我明白了，结婚之后我们还是各自开自己的船，但我们可以顺道一起走，一起欣赏风景。如果旅途中遇到一个小支流，伴侣想要往那边去，也可以让他过去玩一下再回到我们共同行进的直流上。如果一结合就一定要变成那种"你的就是我的，我的就是你的""你中有我，我中有你"这样的关系，婚姻就会变得很辛苦，也很难长久。我们可以看到，真正能够将婚姻维持长久的夫妻，他们对彼此的羁绊、期望和要求都很少。

我们应该如何看待婚姻？

我自己原来也是很糟糕的人，比如和男人在一起的时候，我一方面会觉得男人很笨、不如我，另一方面我对伴侣的情感依赖又很重，需要他把我当成小女孩一样来宠爱，夸我漂亮、聪明、能干，所以我的伴侣，总是不知道应该把自己摆在什么样的位置上。

我曾经听过这样一个故事。

《一辈子做女孩》的作者伊丽莎白·吉尔伯特结婚的时候，觉得对婚姻很恐惧，就去做了很多婚姻调查。当她来到越南北部的一个苗族村落的时候，她发现村里的苗族女子都特别快乐，她们会每天早上起来一起唱歌、做手工，而她们的男人就出去打猎或者出去做农活。

于是，伊丽莎白·吉尔伯特就问起这些女人关于婚姻的一些问题。比如第一次见到老公是在什么时候？第一次看到他是什么感觉？那些女人听到她的问题觉得特别好笑，就回答她说："我老公就是我们隔壁邻居家的小孩，第一次见到他也没什么感觉。"

然后伊丽莎白·吉尔伯特又继续问她们，是否觉得她们的男人是一个好丈夫。但村子里的女人仿佛完全无法理解这个问题，经过数次艰难的沟通和翻译之后，当那些女人终于明白了她的意思时，却笑成了一团。

这时，伊丽莎白·吉尔伯特似乎有些明白了。她问这些女人她们的男人是好丈夫吗，就等于在问她们，山上的石头是好石头吗？对她们而言，男人不过是用来睡觉、生孩子、繁衍后代、出去种田然后把粮食拿回家的人。

现在的离婚率之所以很高，就是因为女人不愿意忍了，要求离婚的女人多了。我认为婚姻失败，除了一些约定俗成的事情之外，比如彩礼的矛盾，等等，大部分都是精神上面的要求。

现在很多女生找结婚对象，都要找一个精神伴侣或者说灵魂伴侣，他能知道自己的所思所想，要怎么样爱自己把自己宠坏。在这个村子里，女人们对她们的丈夫并没有那么多的要求，所以"好男人"和"好丈夫"根本就无从谈起。

以前的女人比较认命，认为嫁鸡随鸡，无论怎样的婚姻都可以忍受，她们没有那么多精神方面的要求。在我们父母那一代，男人只要出去挣钱养家，每天回家睡觉，不家暴就已经很好了。

现在，由于时代的变化，我们对自己的另一半有各种各样的要求：很多女人要求自己的男人要担任心理咨询师的角色，能在精神上和自己同频共振；还要求他能担任上司的角色，能够抚慰自己；当然身体也要好，还要能挣钱回家；最好颜值也高，能够带得出去；还要是个暖男，在朋友面前能够怎样对待自己……

我觉得这些要求太多了，试想一下，哪个男人能够承担得起这样的重责大任？

其实，婚姻就是我们国家和社会组成的一个基本单元，也是非常重要的一个单元：两个人在一起，共同抚育下一代，让孩子有一个温暖的家。所以，我认为我们应该在结婚前就要把男人的权利和义务想清楚：你和这个男人在一起是为了什么。千万不要觉得找个男人就是自己的终身依托，他只是来与你共同造就一个良好的家庭，成为一个你很好的室友和良伴，以及生理上的伴侣。

到时候你就会发现，把越少的意义赋予到自己的男人身上，赋予到婚姻身上，越是看得清淡，婚姻也就越容易成功。

如何面对人生中的不如意？

我遇到的男人都是比较有竞争心的，又或许我个人不喜欢没有竞争心的男人。我时常在想，有没有这样一种可能：这些男人的出现就是为了成就我，来做我的白马王子的。

我看起来很年轻，也是因为直到现在我还是很天真，并且拥有一颗开放的心。我相信所有的可能性，并不代表我每天坐在那里，什么都不做，只是等待我的白马王子来临，而是说我相信这种可能性的存在。

我虽然已经具备了愉快地孤独终老的能力，但我也具备继续碰到一个白马王子的能力。我从来不限制自己，觉得自己此生再也不会怎么样了。我觉得我们不该用各种观念限制自己，认定自己的人生一定是这样的或那样的。不是的，无论我们处在什么样的阶段，我们的人生都充满了各种可能性。当然，就目前而言，我还是挺享受单身生活的，如果真的有白马王子，我希望他能晚一点来。

这四五年我的变化很大。如果我现在还困在婚姻和原来的亲密关系中，你们可能见到的不是现在的我，而且我也更喜欢现在的自己。很多人对我说："德芬，你一辈子过了别人三辈子要过的生活，特别精彩。"当然，我的痛苦也比别人多，但我还是觉得很划算。

人生不可能一辈子都一帆风顺，从出生到读书、工作、结婚、生子……没有任何惊涛骇浪是不可能的。如果真的一帆风顺，在你离开这个世界的时候，会觉得这辈子似乎没活过。

痛苦就是最好的资粮。一个人的个性是很难改的，但是我们可以通过后天的修行和努力，改变自己回应事物的方式。如果某件事情促使我们有了某种情绪，我们就要去反思这背后的动力是什么，原因是什么。只看到事情的结果是不行的，我们还要去看到因。

我把很多的隐私和经历写在了我的新书《我们终将遇见爱与孤独》里。在这本书中，我会像一个导游一样，带大家去看我曾经一步一个脚印走过的路。我会在书中告诉大家，我在某个地方跌倒了，摔成了什么样子，这里有个坑，大家下次遇到的时候别再摔进去了。我希望大家能通过这本书，少吃一点我曾经吃过的苦，少走一些我曾经走过的弯路。

如何说出自己的需求和感受？

很多人无法说出自己的需求和感受，比如说他不是很喜欢朋友的一些言行，但又说不出口，自己心里也很不舒服。但是如果不把这些感受说出来就会有怨气，迟早也会伤害到彼此之间的感情。很多时候，我们之所以不敢直言，就是不愿承认自己内在的需求。我建议在这种时候，可以用"小剂量"的方式，慢慢地练习。

像我就是一个无法在痛苦状态里待太久的人，所以每到这种时候我就一定会想办法走出舒适区，让自己跳出来，这一点对于个人的成长尤为重要。比如，以前我是不肯退让的人，现在我就试着去退一小步。一些大方向的事情，我们可能不愿意开口，但是我们可以从一个无关紧要的事情开始说起。

刚开始的时候说出自己的感受，是非常不舒服的，你会感觉心口有很多五味杂陈的能量在跑动。即使这些能量可能会使你羞愧，你也要试着和这些能量相处，慢慢地接受它们的存在，与它们对话："亲爱的，我想跟你沟通一下，当你怎么做、怎么说的时候，我会有什么样的感受……"

如此这般，先从某个地方用很小的"剂量"开始，你需要把对对方不满的部分，先承担在自己的身上，渐渐地，你会发现自己就会有勇气越说越多。

举个例子，你的朋友拿东西给你的时候，用"摔"或者"丢"的方式，你会觉得他十分不尊重你，你自己在内在形成了一个不被尊重的模式，而这件事情你朋友根本没想太多。这个时候你可以试着和对方沟通说："下次递东西的时候可不可以不要用摔的，或丢的，因为在你这样做的时候，我会感觉没有受到尊重，当然也有可能是我自己的问题……"

这就是一种很好的沟通模式了，因为你把自己受到伤害的责任放在了自己身上。但是，最重要的是你们一定要下定决心走出舒适区，去改变眼前的僵局，否则长此以往，会非常影响人际关系。做这些事情并没有你自己想象中的那么痛苦，对方也没有你想象中那般无法接受你沟通的言语。这本来就是一件很简单的事情，或许在你说出来之后，反而会觉得身心释然。

把终极成功定义为希望自己拥有爱和很多成功的感受，是否很贪心？

判断是否贪心，和"剂量"有关。

人们都想要很多成功的感受和回馈的喜悦，但问题是大家想要的剂量究竟是多少？如果你所有成功的感受和喜悦都是来自他人，你想要的剂量就会慢慢变大，即便你越来越成功，你都不会快乐，因为总会有人比你更成功。比如有的人想要车子、房子，但总有人房子比你的大，车子比你的好。所以真正成功的感受和回馈的喜悦，应该是来自自己的生命中。

曾经有一段时间，有很多粉丝爱我，我的父母孩子也很爱我，但我还是觉得人生很痛苦，没有光亮。所以，并不是拥有别人的爱就是成功，关键是一个人是否能找到自己内在的爱。当一个人有能力去爱自己、爱万物时，才会有余力去爱别人，否则这一切都是假的。

在以前的亲密关系中，我也可以付出很多爱，但是我所有的爱都是为了勾引对方，能够以我想要的方式来回馈我。像这种以高利贷的方式，付出爱是为了得到更多的爱，只会给自己带来更多的痛苦。比如说你种了一朵花，栽了一棵树，它们长得很好，你就能够感受到非常多的喜悦和快乐，而不是为了让别人称赞你。

梁冬结语

　　有的人认为自己应该过一种平常的生活，还有的人觉得自己应该过一种波澜壮阔的、很丰富的生活，但无论哪种生活，都是我们内在的自我选择。对于生命的觉知力，也是可以像肌肉一样，不停地训练、锻炼出来的。

　　当我们能够真正直面自己的情绪的时候，就可以使我们的觉知力慢慢上升起来，即便我们还是不能控制自己，但是能看见就已经是控制的开始。希望大家都能像德芬老师一样，从"不知不觉"到"当知当觉"，最后成长为"先知先觉"，让自己活得更加自在。

彭凯平：

幸福感是可以被测量的吗？

梁冬导语

　　一直以来我总觉得，人们对于快乐和幸福的表述与研究特别社会人文化，比如孔子曰"有朋自远方来，不亦乐乎"里面的"乐"，只是流于文字，而没有一个可量化的标准。但现在我们发现，快乐和幸福也是可以以某种方式被科学化的，它们也是有技术作为支撑的，是由身体的具体某个器官控制着的，也是可能被复制的。这就意味着，我们可以通过科学的方法，让更多人享受到幸福的体验。

梁口□。

- 幸福感是可以被测量的吗？
- 什么是幸福？怎样判断自己是否幸福？
- 如何用科学的方式测量幸福？
- 可以通过注射的方式获得幸福感吗？
- 男人也能分泌催产素吗？
- 心理咨询师更容易患心理疾病吗？
- 提升幸福感是伪科学吗？
- "幸福心理课"的三大部分是什么？
- 好好睡觉能让人变幸福吗？
- 如何在人际关系中获得幸福感？
- 幸福心理学能否跟中国传统文化相结合？
- 假笑真的可以让人获得幸福感吗？
- 对金钱的心理认知，能决定人的贫富吗？

○ 彭凯平

清华大学社会科学学院院长，清华大学心理学系主任，博士生导师，美国加州大学伯克利分校心理学系终身教授，美国密歇根大学心理学博士，中国国际积极心理学大会执行主席。

幸福感是可以被测量的吗？

在很长的时间里，清华大学都只是一所工科学校，是没有人文社会科学专业的。从 1993 年起，清华大学才恢复了人文社科专业，做一些人文和社会科学方面的探索，到了 2012 年，人文和社会科学正式分开，分别成立了独立的学院。

我们社会科学学院试图用自然科学的方法，比如数学、实验和模拟等等，去研究人和社会的问题。目前清华大学的社会科学学院共有经济学、社会学、心理学、政治学和国际关系学五大学科。

很多人可能不知道，至少有四位诺贝尔经济学奖得主是心理学家出身，比如 2017 年的诺贝尔经济学奖得主——芝加哥大学的理查德·泰勒教授，他就是学心理学出身的，是后来才拿到的经济学博士学位。

理查德·泰勒在心理学界还有一个很有名的研究理论，即他发现人类有一种自我赋予效应，一个人对自己价值的评估，会投射到他所拥有的物品上。内心觉得自己比较富有的人，往往花的钱就更多，觉得自己比较贫穷的人，往往花的钱就会比较少。比如享受同样的服务，富人支付的小费数额要远远高于穷人，因为他们对自己的评估评价不一样。

正是因为人类在心理上会为自我赋予价值，并且将这种心理投射到外物上，所以有钱人会花更多的钱，而穷人只花很少的钱就能活下来。一件衣服摆在地摊上，只卖 50 元钱，挂到高档时装店里就能卖到 5000 元。买衣服的人买的其实不是衣服，而是在买自我价值。很多商品的价值其实都是消费者的心理投射，并不是完全由成本和价值决定的，其价值也受消费者的心理需求影响。

再比如道德这种东西，以前我们只认为它是一个哲学概念，而现在我们发现，它是一种可以测量的人类行为，甚至可以在大脑中找到定位。如何用科学的方法来测量和定位道德呢？首先，道德肯定需要通过一种行为体现出来，可以通过观察人的行为，来判断他是不是有道德；也可以通过各种身心反应来测量道德，比如创造一种情境来测试一个人的道德水平，检验一个人对自己的道德水平评估是否准确。

我曾经做过一些有趣的测量实验。比如，有一个企业家，他夸口自己阅人无数，美色当前也不会有丝毫动摇，于是我给他戴上了各种眼动仪和身心反应测试仪，数据检测出的结果是，这位企业家远远比大多数人都好色。嘴巴是会说谎的，而身体的反应是诚实的。

幸福感也是如此。从前我们认为幸福是一个虚无缥缈的东西，现在我们可以用科学的方法去测量它、研究它，并用科学和技术的方法去提升人的幸福感。

什么是幸福？怎样判断自己是否幸福？

要测量和提升幸福感，就要先定义什么是幸福。

有人专门做过研究，仅仅在英文里，就有 150 多种对幸福的定义。我们中国人也有很多对幸福的定义。但我们社科学院是要把心理学当成一门科学来研究，我们希望能有一个比较严格的、大家都能认同的、有最大公约数的方法去定义幸福。

我们给幸福的科学定义，叫作——有意义的愉悦感。

仅仅是有愉悦感，并不一定就是幸福。比如你吃到好吃的东西，觉得很愉悦，但这种愉悦就等于幸福吗？如果你的体重已经超过 200 斤了，你已经严重肥胖了，吃到美食的愉悦感对你来说还是幸福吗？再比如，有些人和美女在一起相处得非常愉悦，这个时候他的太太突然出现了，他内心的幸福感肯定就不一样了。

所以，幸福有双重含义：一是愉悦感，由自己的神经和生理系统激活和反映；二是意义感，由大脑的前额叶负责创造。

那么，这种有意义的愉悦感，对我们个人来讲，到底是一种什么样的感受呢？心理学家一直在探讨这个问题。1975 年，一位名叫米哈伊的美国人，发表了他长达十五年的追踪研究，他的研究对象都是来自各个行业的领军人物，研究目的是想要看一看这些人为什么能够成为各自所在行业的精英。

研究结果是，这些人之所以能成功，并不是因为他们智商超群、学历过人和家境优渥，而是因为他们都有一个很重要的特点：这些人在做自己喜欢做的事情时，特别容易进入一种物我两忘的状态，忘掉时间，忘掉空间，忘掉自我，不知此时是何时，此身不知在何处，沉醉在一种如痴如醉、酣畅淋漓的快乐体验之中。

米哈伊用一个英文单词来诠释这种快乐体验状态——flow。

flow 这个单词的英文原意是"流动"，当用它来描述这种极致的幸福体验状态时，有人把它翻译成"心流"。我觉得把 flow 翻译成"福流"更准确一些，而且是音近、义近、神近，更符合信、达、雅的翻译标准。我很喜欢我自己创造的这个"福流"概念，"福流"就是一种物我两忘的极致幸福体验。

所谓的物我两忘，举个例子，当你看一部好的电影时，会觉得两个小时的时间瞬间就过去了，当你沉浸在看电影的愉悦体验中时，会产生时间的扭曲感。这就是爱因斯坦的相对论。当跟心爱的女人说话的时候，时间会过得特别快；当你在做一件令自己极致快乐的事情时，空间也会扭曲，你会不顾其他人，不顾自己所在的场景。

什么是幸福？科学家有科学的定义，而对个体来讲，我们如何判断自己是幸福的？答案就是，当我们处在"福流"状态中时，我们就是幸福的。

如何用科学的方式测量幸福？

幸福的定义是：有意义的愉悦感。"愉悦感"很好理解，那么"意义"又该如何定义呢？

从科学的角度来讲，"意义"是我们大脑的前额叶产生的一种认知，是一种大脑前额叶的特殊活动。比如当一个人走到水边时，脑中立马想到"行到水穷处，坐看云起时"这首诗，这就是意义感，也叫禅意；如果一个人走到水边，只能喊一句"好多水啊"，这显然就没有意义感。意义感并不神奇，它是人类的一种灵性、悟性、感性和德行，不同人在意义感的认识上是有水平差异的。

意义感是否可以进行培养呢？当然可以。除了文化和知识方面的教育，提升灵性和悟性方面的教育也很重要。很多时候人不是没有意义感，而是没有意识到这样的意义感。有意义感的人，看到花的时候，心里会因为这花的美而感受到愉悦，产生意义感；而没有意义感的人，看到花只会想到花的价格很贵，脑中只有价值感。要想提升意义感，需要教育，需要培养，需要欣赏。

测量幸福感，也就是测量有意义的愉悦感。"愉悦感"比较容易测量，因为它更偏重身心反应，难度在于测量意义感。目前我们已经发现了可以比较明确地测量幸福的方法。

幸福感是特定脑区的对应活动，是脑神经的一种反应。现在我们已经知道这个特定区域在大脑内侧前额叶，叫作 VTA（中脑腹侧被盖区），VTA 负责我们的幸福体验，也有人把它叫作奖赏体验。

另外，我们还发现，幸福体验和一些神经递质的传导分泌也有关系。我们大脑的活动是由神经元完成的，每个神经元之间需要一些"信使"来传递神经信号，这个"信使"就是神经递质。目前已经发现了四种跟幸福感密切相关的神经递质，分别是多巴胺、催产素、血清素和内啡肽，它们的作用是让人产生弥散性的愉悦感受。

既然发现了跟幸福感有关的神经递质，是否可以通过外敷或注射的方式让人获得幸福感呢？

很遗憾，在目前的研究阶段，我们还无法通过外敷或注射的方式让人获得有效的幸福感，这四种神经递质只能靠人体自产。所以经常有人说，幸福要靠自己去创造，无法通过服药或注射的方式去达成。我们只能通过去做一些特定的事，让自己的身体产生这些物质。

除了 VTA 和四种神经递质之外，还可以通过情绪和身体行为来测量幸福感，比如肌肉和体温等等。当我们开心的时候，身体肯定会变得比较温暖，没有人在感觉幸福的时候会冷得全身发抖；当我们感觉幸福的时候，副交感神经的活动也会比较强烈，因为幸福的时候我们的身心都会比较放松。

中国人很早就发现了通过刺激副交感神经来提升幸福感的方法，也就是深呼吸。当一个人感到烦躁的时候，猛吸一口凉气，就可以刺激到副交感神经的活动。所以士兵在战场上冲锋陷阵的时候，需要大喊大叫，把气呼出去，刺激交感神经，而当我们猛吸气，使副交感神经活动，可以让人平静下来。以后大家开车的时候，如果遇到其他车不遵守交通规则，令你瞬间一股火气冲上来时，不妨猛吸一大口凉气，激活自己的副交感神经活动，让自己的情绪平静下来，避免冲动之下发生交通危险。

呼气对应着交感神经，吸气对应着副交感神经，交感和副交感就是人体的自主神经系统，是不受我们的意识控制的。中医认为可以通过呼吸的方法来加以控制，我觉得很有道理。其实中医也是可以用科学的、现代的方式去诠释和解读的，以前我们太强调必须用文化研究去做文化，用传统方法去维持传统，我个人则提倡文化科学研究，很多我们从前认为是玄妙的、抽象的事情，都是可以用科学的方法去探索的。

可以通过注射的方式获得幸福感吗？

科学的作用，就是把一些看起来是有个体差异的、千奇百怪的、个人的、不同的观点思想，用一种普遍适用的规则描述出来，让它们具有更强、更大的适用性。举个简单的例子，长得好看的人和长得不太好看的人，他们获得幸福的方法肯定是不一样的。长得好看的人，只要展现自己的美就能得到幸福；长得没那么好看的人就要去寻找其他办法，用科学的方式去让别人对自己心动，让自己获得幸福。

除了外貌，人和人还有性格上的差异，有些人天生就是更宽厚一些，那么他们追求的幸福或许就是宽容，有些人的性格天生就比较急躁，比较偏执，二者要追求的幸福完全不同。个体的差异是天生的，而科学能够超越个体差异，让每个人都能找到自己幸福的方法。

我的"幸福心理课"的主要内容，就是帮助大家通过去做一些事，产生愉悦的感受，包括催产素、多巴胺等激素的分泌，也包括通过科学的方法去提升意义感。

以催产素为例，我们发现它是一种爱的激素，那种温情蜜意的愉悦感就是由人体分泌出的催产素造成的。要怎么才能让我们的身体产生催产素呢？很简单，凝视自己的爱人或拥抱爱人就可以。缺乏催产素，是一个人不幸福的重要原因。

有些商家宣传说催产素是可以注射或外敷的，比如德国就生产过一种名为"催产素"的香水，号称喷到人身上就可以让男人柔情万丈，让女人对男人产生爱意。但经过科学验证发现，这只是商家的一种商业炒作而已，通过外敷或注射的方式提升人的幸福感没那么容易。

但如果我们还是相信外敷和注射是有效的，这种信念感大约也会有一些类似安慰剂的效应，让人在喷了催产素香水后，感觉自己确实变得更受异性欢迎了。经过一些科学的测量方法，我们发现安慰剂的效果最多能达到百分之三十。

男人也能分泌催产素吗？

"催产素"的英文是 oxytocin，我一直很纳闷为什么会把它翻译成"催产素"。据说是因为女性在生孩子的时候会分泌出大量的催产素，所以科学家一度以为它的作用就是催产，后来发现不是，催产素是从我们大脑的VTA（中脑腹侧被盖区）分泌出来的，女性不生孩子的时候也会分泌催产素，男人也能分泌出大量的催产素。

2005 年，瑞士苏黎世大学的菲尔教授发现，催产素主要可以抑制两种人类大脑的负面信息加工活动，一种叫杏仁核，一种是额叶区域的负耦合。这两种负面信息的加工中心被催产素抑制以后，人就感受不到负面情绪的影响了。所以女性在生孩子的时候大量分泌催产素，主要的作用应该就是让女性忘掉生孩子的痛苦等负面记忆，很久之后回想起来，她们会觉得生孩子是一件甜蜜大过痛苦的事。

很多女性妇产科医师，发誓一辈子都不生孩子，正是因为她们亲眼看到产妇生孩子时的痛苦，而女医师们在这个过程中没有分泌大量的催产素，因而无法忘记这种痛苦。

心理咨询师更容易患心理疾病吗？

有人问，作为一名心理咨询师，有没有什么办法可以在为病人进行心理咨询的时候不受负面情绪的影响？冥想和学佛是有效的方法吗？

我觉得冥想和学佛都是很好的方法，也是很有中国特色的方法。心理咨询是一个很个体化的工作，需要根据具体病人的具体问题来做情境分析，在这样细致的情境下，用佛学和一些超然的方法，让自己变得更慈悲，肯定是有作用的。

但是，能够找到这样方法的心理咨询师是很少的，很多心理咨询师并没有多少中国文化的积累，因而很难做到这一点，很容易被病人的情绪牵着走。

我可以提供三个我认为比较有效的方法：

第一个是理性分析法。很多咨询师很追求爱和关怀，在做咨询的时候，很容易表现得比病人更兴奋或激动。我觉得作为一个专业的咨询师，还是要对病人的情况保持理性的分析，对自己的心理和情绪问题也是如此，如果咨询师自己有了问题，也应该理性地加以分析。

第二个是要有对时间的控制感。咨询师可以把自己的咨询时间做一下合理的分隔，每一次咨询和下一次咨询之间给自己留出足够的休息和过滤时间，这样就能够有效地控制自己的生活和心理，否则就会慢慢地让自己也陷入病态的情绪中，难以抽身。让咨询工作保持一个适中的节奏感和频率感是非常重要的，工作效率高的人做事往往更有节奏感，对于一些比较棘手的工作，可以拆分成若干段，分段去完成。把一些不太好的体验拆分成一段一段去完成，每做完一段就让自己抽离出来，充分休息和过滤掉负面情绪，慢慢就能形成自己的节奏，养成良好的职业习惯。

第三个是寻求同行的相互支持。心理咨询师通常都会加入同行业协会或团体，同行之间的互相交流和分享是很重要的。美国心理学会的一大半成员都是咨询师，因为他们需要同行的支持和关怀。我们国内目前还没有一个国家承认的职业联盟，咨询师们大多数时间都是在单打独斗，很容易陷入个人情绪的陷阱中。

提升幸福感是伪科学吗？

有科学研究发现，每一百万人口当中，至少有六千个人是适合你的另一半人选。这个世界并不存在所谓的最佳配偶，而是每一百万人里就有六千个人适合你。

那么为什么很多人还是找不到自己的另一半呢？一是因为我们的社交圈子太小，二是主动精神不够，三是人际交往技巧也不够。

以上这些也是我的"幸福心理课"里要讲的内容。我们中国人，无论恋爱、找工作还是生养孩子，基本都是无证上岗，也就是没有学过就直接去做了。在其他的很多国家，心理学是最受欢迎的课程，恨不得人人都要去学心理学，而在中国，心理学永远是被边缘化的学科。这也是我选择回国工作的原因之一，我认为中国人民特别需要学习心理学。

用科学的方法去处理生活中的问题，从技术上看，可以更加规模化和标准化，而且是可以证伪的，这很重要。所谓的证伪，就是我可以用其他方式，证明你是不对的。科学是经得起检验的，非科学的东西很容易就可以找到反例，将之驳倒。

有人质疑我说，幸福不需要意义感，那么你就找到一个研究理论去证明幸福不需要意义感；有人说幸福不需要催产素，你也可以用实例去证明。如果你举不出实例，那就说明我的理论是经得起检验的，包括我给出的提升幸福感的方法，大家都可以尝试着去证伪。到目前为止，还没有人能对我们的研究理论成功证伪。

"幸福心理课"的三大部分是什么？

我的"幸福心理课"大致分为三个部分：

第一部分就是福流。这是最重要的定义。幸福是什么？美好生活是什么？人为什么需要有幸福的体验？先给出一个大概的学术定义，也就是先正名，名不正则言不顺，首先要把概念说清楚。

第二部分是如何感受到福流。从身体的感受开始，包括视觉、听觉、触觉和体感。还会讲到在工作中如何产生福流，在学习过程中如何产生福流，在人与人的关系中如何产生福流。这一部分会系统地讲述福流产生的实操技巧和方法。

福流产生的四个重要神经递质——催产素、多巴胺、血清素和内啡肽到底是什么？如何去刺激这四种递质的分泌？比如内啡肽，当人在奋斗到一定阶段的时候，大脑会产生一种解除肌肉疲劳的神经递质，让我们产生愉悦感。比如当我们跑步的时候，跑到一定时间，就会出现一个高原期，感觉自己跑不动了，想放弃了，但只要再咬牙坚持一会儿，就会一下子轻松起来。突破高原期后，人就会特别开心，特别愉悦，这就是内啡肽的作用，这种感觉是会令人上瘾的，这就是习主席所说的"幸福是奋斗出来的"，因为奋斗产生内啡肽，二者之间是有科学的对应关系的。

多巴胺有一个问题，它容易产生适应性。同样做一件事，很难一直都产生同样的多巴胺，当身体适应了之后，要增加刺激的量才行，这就是很多人会对一些事情上瘾、越陷越深的原因，因为多巴胺的适应性需要不断加量的刺激，才能达成同样的愉悦感受；而催产素跟多巴胺不同，它是历久弥新的，没有适应性，在一起的时间越长，越能产生强烈的催产素。

所以，人和人之间的感情，很多时候都是催产素的作用，幸福可以来自人与人之间的感情、接触、对话和谈心等等。很多人在跟好朋友聊天的时候，可以聊一整个通宵，就是因为这种聊天会令我们产生大量的催产素，让我们感觉幸福。

第三部分则上升到一个新的高度，即如何通过意义感的产生去提升我们的福流。福流不光是身心感受，也有意义感受。

每个人都有眼睛，但很多人都不知道，视觉是可以让我们产生意义感的。如何让视觉产生意义感？应该去看什么样的艺术品，以及用怎样的方法去欣赏艺术品？每个人都有听觉，如何去听音乐才能让我们产生幸福感？人类的嗅觉有多重要？嗅觉是唯一可以不通过大脑前额叶就会产生反应的一种感官系统。你是否喜欢一个东西，要看一看和想一想才能得出结论，但一个东西的味道你喜不喜欢，闻一闻立刻就会产生反应。

所以我告诉大家，一定要勤洗澡，保持卫生可以提升幸福感，一个臭气熏天的人，肯定不会让别人开心，别人也不会让你开心；要多去闻一闻玫瑰的芬芳，闻一闻香料的清新。在日常生活中，摆花、听音乐、每天运动十五到三十分钟，欣赏艺术作品，这些事情都是可以提升我们幸福感的方法。

早在几千年前就有哲学家提出，人活一辈子，最重要的是发现并寻找自己的天赋。比如你说自己很聪明，但我们从来没有享受过你的智慧给我们带来的好处，那你这一辈子就活得没有意义；比如你很漂亮，但你用黑布把自己的脸遮了起来，那么你美貌的意义也没有得到体现。如何去找到自己最擅长和最喜欢的事情，是获得幸福感和意义感的关键。

生命的意义从来都不是一成不变的，它本来就是一个主观概念。生命本来是没有意义的，意义是人类自己去创造出来的。一个有意义感的人，他的伟大之处就在于他不断地发现、不断地追寻和不断地创造意义感。

好好睡觉能让人变幸福吗？

睡眠是心理学家很容易忽视的一个领域。从20世纪的70年代开始，越来越多的心理学家发现，睡眠和人的创造力、情绪甚至人际关系有着巨大的关系，睡不好的人更容易发脾气，想事情也不容易想清楚，心情更糟糕。

到了20世纪80年代，美国心理学会开始提倡睡眠研究。我在加州大学伯克利分校有一位心理学教授朋友——博克教授，他就是专门研究睡眠的。在过去很长的时间里，我们都认为睡眠是一件多余的事，很多人通过服药和喝兴奋饮料的方式，让自己不睡觉，长期保持兴奋状态。博克教授通过研究发现，人类是必须要睡觉的，在睡眠的时候，大脑的神经元细胞会收缩，产生一些间隙，这个时候大脑分泌出的化学酶可以通过间隙，把新陈代谢的废物清除和融化掉，使我们的神经系统的通路变得更加清洁和通畅。睡眠是对大脑的一种重要保护。睡好觉后，人会觉得神清气爽，没睡好觉的人则会头昏脑涨，因为他们的神经细胞没有代谢好，废物没有清除掉，通路的阻塞问题没有解决。

睡眠也可以解决人与人之间的冲突和矛盾，以及思维的困境。很多人在工作任务大的时候，常常通过通宵熬夜的方式去赶工，这其实不是一个好方法，很多问题往往睡一觉后就自然能想明白了；有些人晚上跟太太吵架，吵得不可开交，结果睡一觉后就觉得之前争论的事情毫无意义，所以中国有句古话说"夫妻没有隔夜仇"，好好睡一觉，我们对问题的认识就会发生变化，矛盾自然不攻自破。

一次好的睡眠，可以让大脑的神经元的联系变得更加快速简洁，让人产生更多的积极联想和积极的认识，甚至是不同的分析和判断角度，从而使得思路更加开阔，行动的选项也更多了。

如何才能睡一个好觉呢？这件事的个体差异很大。每个人的身体和心理素质相差很大，有些人每天睡四个小时就够了，有些人每天必须要睡至少十个小时。目前我们发现了一些可以相对提升睡眠质量的方法：第一个是锻炼，适宜强度的锻炼，可以让身体产生疲劳感，令人更容易入睡；第二个是放松，一些正面练习，如深呼吸、腹式呼吸、冥想、气功和太极拳等等，都可以激活我们的副交感神经活动，让人安静下来，更容易入睡。

如何在人际关系中获得幸福感？

我们发现，不会说话的人更容易不开心，也会让别人不开心；会说话的人不仅可以让别人开心，也可以让自己更开心。

　　所以要研究如何在人际关系中获得幸福感，我们就要研究如何正确说话。有一个著名的心理学理论，叫作洛萨达比例，该理论指出人在和别人说话的时候，正确的比例应该是五句好话配一句批评建议。

　　一味地说好话、拍马屁，会令听话者慢慢失去兴趣，还会觉得你这个人不真诚，很虚伪；一味地去批评和挑剔，听话者也会不开心。好话和批评建议应该保持一个科学的比例，才会产生最好的沟通和交流效果。生活是丰富多彩的，人的心理也是有很多层次的，既有深度，也有广度。

　　为什么很多人会因为别人的一句温暖话语而感动很长时间？因为语言从来不仅仅是一种简单的交流符号，它可以在说话者和听话者之间产生心灵的反应。优美的语言令人愉悦，粗暴的语言令人受伤，语言是很重要的一门学问。

　　中国的佛学，特别提倡言施。好的语言是双向的回报，当你通过温暖的语言，让别人产生愉悦的时候，对方的正面回应，也可以反馈到我们自己身上。你夸人家一句，人家夸你一句。还有颜施，你对别人报以温暖的笑容，别人也回馈给你一个温暖的笑容。这种言语和表情上的积极传递，会令双方都产生愉悦感和幸福感。

幸福心理学能否跟中国传统文化相结合？

　　我们在做科学研究的时候，经常通过核磁共振的方法寻找幸福感的神经定位、神经递质、行为表现和经济价值。我们中国文化经常谈到一些概念，比如感恩之心、升华之心和敬畏之心等，它们其实也都有神经基础，也有用科学进行研究的定量方法。

　　比如我们发现，感恩之心其实跟自我的觉醒是相关的。很多人认为感恩就是为别人着想，心里总是想着别人，其实懂得感恩的人反而是自我意识和自尊感比较强烈的人，这都是从前的哲学家和思想家所没有涉及的研究领域。感恩之心的神经活动也发生在大脑的特定区域，而懂得感恩的人往往更不容易生病，也会赚到更多的钱。

科学研究不光是研究原理，也研究效应。敬畏之心也是有神经体现的。当我们心怀敬畏的时候，其实正是我们弱化自我的时候，这种时候我们会比较少地想到自己，而是想一些更为宏大的事物。提升敬畏之心也是有方法的，我们发现了一种"统觉效应"。当我们看到特别宏大的画面时，就很容易产生敬畏之心，所以宇航员在太空中远远地看到地球的时候，心中就会产生对宇宙的敬畏感，意识到地球是多么脆弱和渺小。很多宇航员后来都变成了环境保护主义者、生态保护主义者或和平主义者，就是因为他们知道在宇宙中，连地球都只不过是沧海一粟，人应该对宇宙万物心怀敬畏。

我还发现了一个更简单的让人产生敬畏心的方法，即当一个人独自在一间黑暗的屋子里待了很长很长时间，当灯终于慢慢亮起来，音乐声慢慢响起来的时候，内心就会产生一种醍醐灌顶的巅峰状态体验。由于人和人的个体差异，每个人需要在黑暗中独处的时间长短也不同，通常情况下十五分钟左右就可以了。

在完全黑暗也没有声音的房间里，一个人静静地独处，自己去体会，甚至可以感受到自己的心跳，随后灯光和音乐慢慢出现，你会觉得生活非常美好，这是一种很简单的能够帮助我们提升幸福感的方法。

我是一个积极心理学家，一直很希望能够把心理学和中国的传统文化结合起来，用科技手段把传统文化表达出来。中国人是很务实的，推广一种产品，你说得再天花乱坠也没有用，必须得拿出一个实物，让他们去触摸、把玩和感受，这种实实在在的体验是中国人更容易接受的。所以我们研究的目的之一，也是希望能把我们的研究发现，用科技的手段展示出来。

最近我们成立了一个幸福科技实验室，把心理学跟清华大学的工程技术结合起来，生产出能够让人提升愉悦感的产品。现在已经有多项产品正在进行研发。比如我们发现不同的情绪状态可以通过面部肌肉和表情体现出来。当有人说他不紧张的时候，我们就可以给他拍一张照片，让算法去分析他的表情，看看他此时此刻是否真的不紧张，内心的恐惧水平到底是多少，要如何调整自己的心情才能更好地提升愉悦感。

假笑真的可以让人获得幸福感吗？

我们不仅有很专业的表情分析算法，现在还在提倡一种笑法，叫作"迪香式微笑"。迪香式微笑和普通的微笑是不同的，它是真心的笑，是别人看到了也会跟着你一起开心的笑。

迪香式微笑具体是什么样的呢？第一是嘴角肌上扬，第二是颧骨肌突出，第三是眼角肌收缩。这三块肌肉必须组合在一起，才能形成一个完美的迪香式微笑。

很多人在笑的时候，其实是假笑，因为人通常只能控制嘴角肌和颧骨肌，却控制不了眼角的肌肉，所以算法很容易就能识别出伪装出来的笑。而真笑必须是上面提到的三块肌肉同时活动。

真正的笑可以通过很多方式产生。比如听到幽默的笑话，或是遇到开心的事。但经过我们的研究，很多时候如果我们让自己坚持假笑，也是能够转化为真笑的。甚至只要做出一些脸部的肌肉模拟动作，也能引发真笑，比如把一支笔横着咬在嘴里，对着镜子三分钟，你就会发自内心地笑起来。因为这个时候，你的嘴角肌是上扬的，颧骨肌是上提的，眼角肌也在收缩，无形中达成了一个迪香式的微笑，只要坚持三分钟，你就会产生真笑的愉悦感。

大家以后每天刷完牙后，不妨试着把牙刷横着咬在嘴里，对着镜子假笑三分钟，这是一种会让你提升幸福感的小方法。这些小方法我们自己经常会做，也推荐大家试一试。

在日常生活中有很多提升幸福感的方法，比如当我们抬头挺胸的时候，迷走神经就会张开，这时我们就会有开心的感觉，这就是为什么自古以来人类就喜欢赏月和观潮。赏月和观潮的时候我们会不由自主地抬头挺胸，迷走神经随之张开，产生了积极的愉悦体验。所以古代人就知道要把庙宇修得高高的，教堂也一定要有冲天的尖塔，这都是为了让人在观摩的时候抬头挺胸，张开迷走神经，产生高山仰止的愉悦感。

相反，当人低头的时候，就会压迫迷走神经，就容易不开心，表现得垂头丧气。

对金钱的心理认知，能决定人的贫富吗？

现如今市面上有很多抗抑郁药和抗焦虑药，它们的作用是对人类的负面情绪进行预防和抵制。但一个人要想得到真正的幸福和快乐，还是要靠自己的积极心态。

我们现在正在努力探索，想要找到一些生物的、生化的、科学的电子产品，来提升人的愉悦感受。幸福心理学只有不到十几年的历史，所有的研究都只是刚刚起步，现在我们面临一个很大的问题就是如何将技术产品化，这也将是我们未来要面对的很大的挑战。

有人说幸福是一种生理现象，可以这么说，但意义感不是一种生理现象，它是一种大脑前额叶的认识，是一种心理现象。到目前为止，人类对自身意识的理解还是非常有限的。神经科学已经探索了人类的每一个脑区，甚至每一个神经元的作用都已被探明，但即便我们将这些知识全部聚合起来，依然无法复制出一个人脑，无法复制出一模一样的意识，这就是人类大脑和意识的神奇所在，依然有很多细节是现阶段的科学无法解释的。

现在心理学界有一个领域，叫作金钱心理学。这个领域的科学家发现，金钱其实不仅仅是钱，更是一种跟人的身心和体验完全结合在一起的象征。很多看起来是抽象的东西，其实是可以物质化的，很多看起来是物质化的东西，也是可以抽象化的。一个杯子，看在你眼中只是一个普通的杯子，但如果有人告诉你，这是一个古代人使用过的杯子，它在你心中的价值立刻就不一样了，因为这个时候它就不仅仅是杯子这个物，还有诸如文化和历史等新的成分在里面。心物相系是人类有别于其他生物的原因，它不是纯粹的唯物主义，也不是纯粹的唯心主义。

有些人把钱当作物，但也有人把它当作心灵上的感受。我们做过实验，不同的人看到钱时的身心反应是不同的，有些人会表现出明显的兴奋和愉悦，也有些人是几乎无感的。有一位心理学家做过一个有趣的对比实验，他让穷人家和富人家的孩子一起画同样面值的硬币，结果显示，穷人家孩子画的硬币明显比富人家孩子画的硬币更大，因为穷人家孩子对钱的渴望更大，他们眼中和心中的钱也会更大，而富人家孩子对钱的心理感受完全不同。

科学是一个有着独特魅力的东西，它比较简单、直接，任何人都可以理解，学会了就可以使用。而很多哲学、神学、禅学和智慧方面的知识，要复杂得多，很容易令人走火入魔。现在有些人在某些领域把科学过度神圣化了，我觉得大家需要加以警惕。没有必要把科学当作宗教信仰去膜拜，也不要把跟科学不同的事物都称为伪科学。人类文明既需要科学，也需要精神和文化。

最后再总结一下我的两个重要观点：

第一个观点就是，幸福并不遥远和空虚，在吃喝玩乐这些基本需求之外，我们还需要一些意义感，它就在我们眼前，就在身边，并不难找；第二个观点是，幸福和个人的体验有很大的关系，每个人要找的幸福都是独一无二的，虽然科学给了我们一些通用的方法，但具体落实到每个人身上，还是有所不同的，每个人的悟性、身体条件和个人经历都是完全不同的。

不论如何，幸福对每个人来说都是很重要的事情，它不光是我们大脑的工作，也需要我们靠行动去创造，知行合一，才是我们获得真正幸福的一种途径。

梁冬结语

对很多中国人来说，我们从小就没有被教过该如何去跟别人沟通，如何跟人谈恋爱，怎么样去做父母，如何让自己开心和快乐，怎样去寻找自己的价值感，如何定位和定义自己的人生。其实这一切都是有科学的方法可循的，我希望每一位朋友都能系统地去学习一下这些科学方法。我命由我不由天，当一个人内心生起了"我要成为一个幸福的人"的愿望时，整个世界就从那一刻开始，彻底改变。

费勇：

为什么需要修心?

梁冬导语　　相信大家对"命运"这个词并不陌生，无论是中年人，还是年轻人，应该多多少少都有感受到命运的存在，感受到自己总是在命运中奋斗、挣扎。我们究竟应该接受命运，还是与命运抗争呢? 希望你能在费勇老师的这篇文章中找到答案。

梁品。

- · 为什么需要修心?
- · 佛经中的五蕴是什么意思?
- · 为什么要"跳出来"看问题?
- · 金庸如何打通儒释道三家?
- · 为什么要忽略"我"的存在?
- · 为什么说身体的疾病都是心病?
- · 是否真的有神佛和三生三世?
- · 除了顺从和反抗,还有第三种活法吗?
- · 什么是初心?
- · 好人真的没有好报吗?
- · 为什么好人需要历经磨难才能成佛,坏人只要放下屠刀就可以了?

○ 费 勇

著名学者，作家，十五岁考上大学，先后获学士、硕士、博士学位，现为昊达文化创始人、昊达生活方式研究院院长，唐宁书店联合创始人，兼任暨南大学生活方式研究院联席院长、教授、博导。主要作品有《不焦虑的活法：金刚经修心课》《不抑郁的活法：六祖坛经修心课》等，连续多年入选凤凰网好书榜、当当网年度畅销书榜等多种榜单。

为什么需要修心？

我十几岁的时候，对生命有过很多疑惑和痛苦。所以我就想通过读书、考学等各种各样的方式去寻找答案。在我的成长过程中，最初我会觉得自己可以改变现实、改变社会，然后我也非常努力地去做很多事情，结果发现我除了自己，什么也改变不了。但是，在我改变自己的过程中，我又发现，我似乎改变了我的妻子和孩子，慢慢地，也在对这个社会做出些许改变。

后来因为某种因缘，我喜欢上了佛学的思想体系。到了中年之后，我发现佛学其实不是一种思想，而是一种生活方式。随着年龄的增长，我越发喜欢上了佛学。无论是在中国的传统文化中，还是在宗教里面，这些文化和宗教思想都会劝人接受命运。比如说，你出生在哪个城市，出生在什么样的家庭，这些都是人们无法改变的。但仔细回想一下，我们为什么会变成今天这个样子？命运真的是无法改变的吗？

我认为人的命运是由各种原因造成的，第一个原因就是取决于我们成长过程中很多决定性的瞬间，换言之，就是我们每个人的选择，比如我毕业之后是选择去广州，还是留在北京。

除了选择之外，大部分人没有意识到另外一种更深刻的东西，那就是性格。文学中有一个典型的理论叫作性格决定命运。大家只记住了前半句话，却总是忽略了后半句。后半句话是，人想要改变命运，唯一有效的办法就是改变性格。

那又是由什么来决定性格的呢？

影响性格的因素说起来很复杂。按照科学的说法，基因、环境以及父母等因素，都会影响一个人的性格。在佛教中，我们认为是业力在发生作用。业力指的就是经历了过去无数劫之后，积累下来的、沉淀在意识里的一种认知。所以，如果一个人对自己的命运或者生活中某个部分不太满意的话，就应该去寻找自己性格底层中的原因，并做出调整，继而改变自己的行为。简而言之，就是修心。

正如王阳明所说，如果你无法认清自己，无论做什么事情都会不断地遇到麻烦。修心，实际上就是帮助人们去梳理自己的性格和环境。从佛教的角度来说，修心就是去觉知某种因缘的存在和状态。每个人都有自己的独特的因缘，如果能认清这种因缘，就能帮助你改变自己的性格，继而去改变命运的发展。

古罗马有个哲学家叫爱比克泰德，他曾经做了个清单训练。他在清单上列出了几百样东西，最后发现这些东西都很难控制，只有信念是可以控制的，信念其实也是我们的内心。我们活在世界上，唯一能够控制的只有一样东西，那就是心。虽然心离我们近，但它却很难控制，所以我们就要通过训练，学习如何控制它。

佛经中的五蕴是什么意思？

很多人对佛教会有一些误解，比如说，每次一提到佛教，大部分人第一时间想到的就是寺庙、菩萨，或者善有善报、恶有恶报，等等。不错，这些确实和佛教有关，但这些都是从佛教中延伸出来的。无论哪一种思想，当然也包括佛教思想，它的实际意义就在于给人们重新建立一个认知体系。释迦牟尼作为一个伟大的思想家，他给人类提供了一种最基本的认知工具。

相信大家都听过佛经中的"照见五蕴皆空"，我自己本身就特别喜欢"五蕴"这个概念。实际上，佛教的核心就是早期释迦牟尼佛在创立佛教的思想范式时，提出的五蕴，用现在时髦一点的话来说，也叫作认知。

五蕴作为佛教中最基本的概念，指的就是宇宙中的色、受、想、行、识，这五种东西。

所谓色，包含着两个方面的含义，一方面它是时空中的积淀，另一方面，它还是空间中的组合。比如，现在我们为什么会坐在一起，看到彼此？上一次，我们相约去什么地方吃饭会面？过了多少年之后，我们会再次见面？我们就可以用"色"这种认识工具，来分析这些问题。

色，即一种可见的东西。你能看到的任何东西，比如我们能互相看到彼此，甚至你看到桌上放着一杯可乐，这些都属于色的范畴。

看到东西之后，我们脑子里马上出现了一个影像。举个最简单的例子，当你们看到我的时候，脑子里立马就有了我的形状，能感觉到一个胖乎乎的费勇出现了，这就是"受"。

当你们看到我之后会展开联想：费老师怎么又老了，怎么又憔悴了？又或者在我看到梁冬的时候，会想他怎么又变帅了，又变年轻了？这时候色和受在脑子里形成了概念，这就是五蕴中所说的"想"。

五蕴中的第四个蕴是"行"，这个概念很有意思，却很难解释。如果有人能把"行"字领悟透彻，就也对我们所说的命运有了一定的掌握能力，因为命运很大程度上与行有关。

从表面上看，行就是行为的意思。举个例子，当我看到梁冬的时候，首先看到的是他的影像，然后脑子里有了他的形状，知道他是一个人；感觉到他变年轻了，然后脑子里马上又出现了一个念头，梁冬好像现在混得还不错，我要跟他一起去开发个项目。这个时候，我脑子里出现的这种想要做的事情，就是行。行就是在某种意义上产生的一种意欲。

佛教中间经常会讲到业力，佛教认为我们每个人都是带着"业"而来的，而业力中最关键的一点就是"行"。就好像我看到一个美女，如果只停留在色、受和想这三个阶段，那我对美女的判断，无非是一个形状，一堆白骨，或者一个血肉之躯。进入了行的阶段，我就会想要去追求她，或者约她吃饭。就算最后我并没有付诸行动，但这些念头一旦出现，实际上就是一种行为，也一定会发生作用，产生一种业力。并且可以从物理学的角度来理解，当一个作用出现的时候，它就一定会有反作用。

五蕴中的最后一个元素是"识"，识也可以理解为意识或者心识。用现代的哲学语言来说，经历了色、受、想、行之后，会形成一套带着主观成见的意识形态。从三观到整体认知，可以说，我们每一个人都有自己的意识形态，也可以理解为心识体系。

佛教中将识分为八种，其中最基础的六种就是眼、耳、鼻、舌、身、意，也就是六根，这也是人类神经系统中最基础的部分。这六识比较好理解，比如眼识就是由眼睛看到的东西引起的心识，比如我现在可以看到你。从表面上看，我们能感觉事物，仿佛是眼睛、耳朵、鼻子、舌头等器官在起作用。很多老和尚经常会举这样一个例子，比如说死人虽然也有眼睛，但他仍然看不到东西，也感觉不到。所以，光有眼睛并没有用，还需要有意识，发生感觉正是六识在起作用。

第七识是末那识。末那识非常有趣，它会让人觉得很欢喜、很快乐。是的，如果没有神经系统和意识系统，我们根本不会有感觉，我们既不会感觉到快乐，甚至也感觉不到冷。

八种心识中，最深刻的当数阿赖耶识，佛教中也叫作种子藏或者如来藏。瑞士心理学家荣格有一个很形象的比喻，他认为宇宙诞生之初，所有的意识都在阿赖耶识里，也是阿赖耶识在背后起作用。现在的心理学家在分析某个人的性格的时候，常常会提到他童年的创伤、父亲的不友好之类的，荣格把这归纳为集体无意识，在佛教中这种原始记忆，就是所谓的阿赖耶识。比如大家很难解释费勇为什么会是现在这个样子，为什么会喜欢某一种饮料。这其实也是阿赖耶识——一种我们看不见的意识在驱动着一切。

重新回到我们为什么要修心的问题上。经过上述的分析，我们可以看到现象界的东西，都来自色、受、想、行、识这五个元素。这五个元素中的发动机制，或者说真正起作用的就是识。从这五个角度一分析，你就可以发现，心和识也是可以分析和把控的。

为什么要"跳出来"看问题？

幸福的定义是，有意义的愉悦感。"愉悦感"很好理解，那么"意义"又该如何定义呢？我前段时间在看凯文·凯利的《失控》，他的很多书中的观点，在某些程度上，和佛教思想以及中国老庄的道家思想是非常接近的。不知道大家有没有看过凯文·凯利的《技术元素》，在这本书中，凯文·凯利写道，我们不应该去问，人类会创造什么样的科技，而是应该反过来问，科技要什么。在这句话之后，他还写了一段分析。这段分析就和我前文所说的阿赖耶识十分相似。

他说实际上宇宙就是各种元素的奇妙组合，最后才出现了我们看到的各种东西。佛教中的色、受、想、行、识都可以理解为宇宙元素，而不是人的元素，人不过是宇宙运转中的一个过道、一个驿站。宇宙中的一切，不过只是从人的身上经过、流过而已。从这个角度去理解，大家的思路是不是会更开阔一些？

老子和释迦牟尼的伟大之处，就在于他们是人类历史上率先不把人放在人的世界中，而是放在整个宇宙中看待的两个人。所以老庄也罢，佛教也罢，包括所有人生道理，说白了也不过只有三个字——跳出来。

如果想要解决一个问题，困在原有的格局里是肯定解决不了的。从大处说，如果想要解决人类的问题，就必须跳出人类的格局，放在宇宙中去思考，这样才能从根本上解决人的问题；从小处讲，如果想解决我们婚姻恋爱中的问题，在婚姻内部是解决不了的，必须要跳出来去看待这件事情。比如说，我的朋友在单位里遇到问题，他如果一直把思维放在单位内部，这件事情就一直是一个死结，但如果他能跳出来想一想，可能一切就会完全不一样。

释迦牟尼把这种"跳出来"的思维叫作解脱，道教将其称为"纵浪大化中"。

美国的宇航员米歇尔从月球回来之后，整个人都变了。米歇尔在浩瀚的星空中看到了地球，等他再次回到地球之后，体验到一种非常奇怪的感觉，包括他的同伴也是如此。之后，他询问过很多人，但其他人也无法解释。后来，一位布朗大学研究人类学的教授告诉他，这种感觉就叫作三昧体验，可以说是一种完全消融了主、客观的终极宗教体验。按照老庄的说法，也可以理解为法和道合二为一。

从这件事也可以看出，只要放眼于更大的视野，一切马上就会不一样了。

金庸如何打通儒释道三家？

金庸先生从写第一部《书剑恩仇录》开始，一直到写完最后一本《鹿鼎记》为止，这期间他一直在经历一个自我成长和自我觉醒的过程。金庸先生在写《倚天屠龙记》的时候说，自己听到一个很沉重的消息，所以这部小说没写别的东西，就是写了几个男人之间的感情。虽然他没有说那个消息究竟是什么，但大家都知道，那个时候他儿子自杀了，他写这本书实际上是在追忆自己的儿子。像我这样几乎从来不掉眼泪的人，在看到《倚天屠龙记》后记的时候，都觉得特别感动，因为我可以感受到，金庸先生在字里行间表达出的一个父亲对儿子的那种感情。

我特别佩服金庸先生。金庸先生最开始是学儒家思想的，比如他塑造出的郭靖的形象，敏于行而讷于言，这就是典型的"儒家式"的人物。他是在写《倚天屠龙记》的时候开始信仰佛教的，但他信的是小乘佛教。金庸先生最早读的是《阿含经》。《阿含经》是一套非常严密的理论。与大乘佛教不同，小乘佛教偏向于论证方面，需要一步步地进行推理和修行，而不是让人一下子觉悟"凡所有相皆虚妄"。后来金庸先生也曾提到，自己在读到《金刚经》的时候十分愕然。

金庸先生在写到最后一本《鹿鼎记》的时候，道家中有佛教，读起来就特别好玩了。金庸先生可以说是真正地把儒释道三家打通了，他最后也是真正明白了：人生就是这么回事，无论如何，最后都会回归到当下的生活。

为什么要忽略"我"的存在？

曾经有人跟我提到过，说他在读中国古代一些小品文的时候，对"逃逸"这个词深有感触。我们现代人时常忽略的一个点，就是在古代汉语中，很少用"我"这个主语，比如陶渊明著名的《饮酒·其五》——"采菊东篱下，悠然见南山"这句诗中，是没有写到"人"的。诗中，"采菊"并没有说谁在采，"见南山"中的山不是人看到的，而是自己浮现出来的。这就是一种很特别的视觉，这一点不只在中国，还有日本，甚至整个东方艺术中都有过类似的呈现。

现在，我们周围的一些朋友，经常有人觉得自己很烦恼、不开心，很想发脾气。我会告诉他们，摆脱烦恼最简单的办法，就是将关注点放在自己的呼吸上。而且呼吸的时候把那个"我"去掉，去假想有一个烂东西在发脾气，但那不是"我"。如果用这样的方式去观察事物，兴许就能从烦恼中"逃逸"出来。

我自己特别喜欢佛教中的一个观点，就是观察自己意识的觉醒和变化的时候，要跳出来看待。比如，我很痛苦的时候，我站在一个虚空中去观察我自己；比如我现在正在讲话，我可以假装自己是一个旁人，在看着我自己。很多人也喜欢用佛教中的"觉知"这个词去描述，"觉知"同样也是禅修中最基本的东西。

为什么说身体的疾病都是心病？

在我的听众里面，有一位年轻的妈妈，她得了白血病，但她却非常乐观，也非常坚强。即便在她生命最后的日子里，她还在拍视频、听我的课。有一次她在我的微博下面留言说："费老师，医生告诉我，我的时间不多了，我最担心的就是可能听不完您的课了。但我也不相信奇迹，我只希望哪怕我最后真的离开了这个世界，也能带着一份喜乐的心。"看到她的留言，我觉得特别感动。

遇到这种情况，一方面，我会觉得非常无力，也非常痛苦；但另一方面，我也觉得这位妈妈的状态非常好。

再回到命运这个话题上，抛开具体的个案不谈，从理论上来说，一方面，命运是无法改变的，比如这位妈妈得了白血病，这已经是既定的事实，无论是中医还是西医，他们的能力都是有限的；另一方面，现在很多医学界的科研报告中，都有这样一个共识，就是所有的病其实都是心病，是内心的情绪郁结造成的。

实际上，我想要表达的就是，一方面要去接受"生病"这个事实，去好好地看病；另一方面，还可以去创造新的因，就像这位年轻妈妈一样，她生病之后没有任何怨恨，而是跳出来，平静地接受。我也相信未来她会创造新的命运。

从大的框架来说，我觉得每个人都应该学会接受现有的一切，接受自己的父母，因为这些是无法选择的，但是后面的很多东西还是可以改变的，我们还可以创造新的因。这种改变不是等待，不是求神拜佛，而是去改变自己。举个简单的例子，比如我生活在广东，但我想去上海、北京，我可以通过考大学的方式，来达到这个目标。

所以我更赞同人是能够把握自己的命运的。我们不能只看这一世，而是要将目光放远到一个大的时间和空间里面。

是否真的有神佛和三生三世？

蔡志忠老师曾经画过很多禅宗漫画书，他自己也有所体悟。除此之外，他还研究物理学。有人就问他说："蔡老师，您觉得到底有没有神佛，有没有三生三世？"蔡老师回答说："反正我没有见过。但不管有没有，都不是一个人不认真活好现在的理由。"

在我看来，真假是一个伪概念。我年轻的时候非常相信佛学，我也特别喜欢释迦牟尼佛这个形象。佛学对我的帮助很大，至少它没有让我变成一个坏人，反而让我生活得比较健康，基本也没有经历什么太大的苦难。又比如说，我的一些朋友，他们在信仰基督之后，整个人都变了，变得更好了。

其实，这些事情本来不是放之四海而皆准的东西，不管我们学习什么，只要它能让我们变得更加包容和圆融，而不是变得狭隘，就可以了。正如蔡志忠老师所说："如果这种说法能让你活得更好更健康，又何必去纠缠它是真是假呢？"

除了顺从和反抗，还有第三种活法吗？

很多人可能会有这样的困惑：他们年少时为了父母的希望而努力学习，结婚后为了家庭放弃了自己事业上的抱负。一直以来，他们总感觉自己是在为别人的希望和目标活着，甚至走到现在也是被迫做出的选择。他们感觉在整个成长的过程中，已经迷失了自己，也不知道此生真正的目标究竟是什么，也因此觉得很痛苦。

虽然从术的层面，我们确实没有办法改变现实，但是我们可以从道的层面去探讨这个问题。

实际上，人的一生无非是三种活法。

第一种就是按部就班，就是从小到大，社会需要我做什么，我就去做什么。上文中描述的烦恼，就是处于这种状态。通常在这种情况下，人们会经常觉得不开心。

第二种活法，就是去做我自己喜欢的事情。比如最近这些年特别流行的说走就走的旅行。从理论上说，人活在世界上，最终都是要死的，所以要去做自己喜欢的事情。但现实还是有很多考量的，比如做自己喜欢的事情能不能养活自己等问题。

人们往往会忽略第三种活法，就是去做自己应该做的事情。应该做的事情不是由我的父母或者领导来决定的，而是由天道决定的。我们作为宇宙中的一个元素，每个人都有自己该做的事情。我推荐大家去看王阳明的《传习录》，王阳明在心学中曾经提到：一个人不是要成为自己想要成为的人，而是应该成为一个天理要求你成为的人。

有一次，王阳明的学生问他："为什么老师每次遇到危险都能化险为夷，安然无恙？"王阳明就回答说："兴许是我的内心有良知，也因此顺应了天道。假如真的天要我死，我也只能无所谓了。"当时，王阳明还举了孔子的例子。

王阳明一辈子都在做他认为自己应该做的事情，他觉得自己应该成为一个圣人，而不是一个书法家或者旅行家。其实，他的一生就是在完成一种深刻的、人格上的圆满。大家如果能把这种生活状态领悟透彻，自然而然就会变得圆融无碍。

但是在这之前，我们还是要先想办法去做自己喜欢做的事情。即便我们没有一个富爸爸，也暂时无法做到财富自由，但是我们可以发展自己的爱好。比如，我自己可能不是很喜欢做大学老师，但我有自己的爱好，我喜欢读佛经和旅行，我也一直坚持到现在。

我有一个朋友，曾经是政府的公务员，他特别喜欢摄影。现在他已经辞职，把摄影当成了自己的正业，也有很多人找他拍摄。据我对这位朋友的观察，他就比那些没有爱好的人活得更加舒展，他不会像其他人那样，每天下班后还沉浸在单位中复杂的人际关系里。我周围也有很多朋友，最后把自己的爱好变成了正业来做。

大家如果仔细观察过自己周围的朋友就会发现，从总体上来说，有爱好的人会比那些没有爱好的人抗压能力更强。

什么是初心？

我们总是听到"不忘初心"这四个字，我认为应该从三个层面去理解初心的意思。

第一个层面是我们做一件事情最初的目的。比如我今天来到这里，是为了做什么。

第二个层面就是永远不要忘记我们初学时或者初恋时的那种状态。初学和初恋都是很单纯的一种感情。就像我刚刚接触佛学的时候，对佛学充满了激情，每天都如饥似渴地去学习，遇到自己不太懂的地方，总是觉得很新鲜很好奇。后来，我渐渐地产生了一种傲慢心，觉得自己已经懂了，这个时候我就发现自己处于停滞的状态。所以，对一个修行者而言，要时常保持一个禅者的初心，永远像刚开始的那般充满热情。

第三个层面就是我刚才所讲的，作为一个人，不要忘记自己本身应该有的样子，这一层才是最深刻的。姑且用物理学说中的大爆炸宇宙学理论来解释。大家可以想象一下，在宇宙没有爆炸之前，是一片圆融无碍的东西，既没有生也没有死，既没有过去、现在，也没有未来，这种圆融无碍的东西就是"在"。宇宙经历了爆炸之后，出现了善恶、美丑等对立的事情，让我们把宇宙原本的样子忘记了。

所以我们现在可以看到，无论是王阳明还是六祖慧能，他们修到最后的最高境界，就是不思善、不思恶，无善、无恶。这并不是说没有善恶，而是一切都超越了善恶。

好人真的没有好报吗？

很多人学习到"种善因，结善果；种恶因，结恶果"的时候，总会有这样的疑问：为什么现实生活中，种善因不一定会得善果；种恶因，也未必一定会得到恶果？为什么好人没有好报？

关于这些问题，我会推荐佛经中的《阿含经》，因为《阿含经》对于五蕴、因果和轮回讲得特别好。

想要探讨"好人为什么没好报"这个问题，首先我们就要确定什么样的人算是好人。确定好人，至少要有一个科学的报告，比如收入、健康、好人的比例等等。

如果没有这样的标准，偶尔看到一个好人得了癌症，然后就说好人没好报，这其实是一种盲目的、情绪化的判断。我们通常认为，对我们好的人就是好人。事实上，同一个人在单位里面，不同的人对他的评价也是不一样的，有的人觉得他是好人，有的人觉得他是坏人。

所以需要注意的是，善和恶虽然没有固定的标准，但放在整个伦理学中，是具有相对性的。比如我们单看广州是什么样子的，可能根本看不出来，我们把它放在全国，乃至整个国际化的格局里，兴许就会一目了然。

所以，我们要从时间和空间的大维度去思考和探讨这个问题。在今天这个时代，我们都应该静下心来去读一下历史，再下论断。

为什么好人需要历经磨难才能成佛，坏人只要放下屠刀就可以了？

其实这个问题是一个比喻，它和佛教中"行"的概念有关。任何人过去做过的事情，都已经不可改变，他所创造的业力也不会改变。但如果从现在开始，有一个向善的念头，就可以创造一个善果，命运也就会随之改变了。

梁冬结语

　　和费勇老师的对话，让我探寻到应该如何在生活中获得心性的自由和快乐。他的秘诀其实只有三个字，就是"跳出来"。如果我们也能够慢慢地体会和练习这种"跳出来"的能力，就会发现，自由从来都不是别人给的，只能靠自己的独立、自己的超然、自己的投入、自己的切换和自己的成长，乃至自己所经历过的苦难带给自己的启发而来。

孙伟：

怎样睡个自在好觉

梁冬导语　　这十年来，我对睡眠一直非常感兴趣，以前我都是从中医的角度进行学习和研究的，后来发现睡眠研究是不分中医和西医的。不同的研究显示，中国至少有三亿人有不同程度的睡眠障碍，并且睡眠与其他的疾病之间也有一定的相关性。这篇文章，孙伟博士将带大家走进睡眠的世界。

梁晶。

- 睡眠障碍大致分为几种类型?
- 打呼噜也是一种病吗?
- 安眠药是否可以放心服用?
- 服用褪黑素是否真的有助于睡眠?
- 失眠该如何自我筛查?
- 经颅磁刺激治疗失眠的原理是什么?
- 决定睡眠的三个因素是什么?
- 什么是失眠五步疗法?
- 如何在行住坐卧中保持正念?
- 电子设备和电磁波会干扰睡眠吗?
- 睡前适合洗热水澡还是冷水澡?
- 用中医的十二当令解释失眠是否有道理?
- 癫痫真的可以治疗抑郁症吗?
- 中医也可以治疗失眠吗?
- 睡眠与其他疾病之间是否有关系?
- 我国现在的睡眠医学发展如何?

○ 孙 伟

副主任医师，医学博士。现任北京大学第六医院睡眠医学科主任，中国医师协会精神科医师分会青年委员，中国睡眠研究会青年委员。擅长领域为睡眠障碍、抑郁症、酒精、药物依赖及心理治疗。

睡眠障碍大致分为几种类型？

据中国睡眠研究会 2016 年的一个调查研究显示，在中国十八岁至六十五岁的成年人中，百分之三十八点二的人有失眠问题，换句话说，在我国至少有三亿人有不同程度的睡眠障碍。

睡眠障碍大致可以分为三大类：

第一类是睡不着的。比如失眠障碍和不安腿综合征。不安腿综合征的患者，在睡觉时腿会特别酸、痒、胀、疼，这些症状会导致他们无法入睡。

第二类是睡不好的。比如睡着之后多梦或者总是醒来，还有打呼噜、说梦话、梦游、睡觉打人，也都属于这一类。

第三类就是睡不醒的，属于嗜睡类型。嗜睡的人动不动就睡着了，或者连续一个礼拜从早到晚地睡。可能很多人会羡慕这类人，至少他们可以睡着。但事实上，他们嗜睡症发作的时候，会马上睡过去，一睡就是半个月，什么也做不了。

打呼噜也是一种病吗？

打呼噜是我们睡眠科的一种常见病，学名叫作阻塞性睡眠呼吸暂停低通气综合征。它实际上属于呼吸暂停，对人的身体健康影响很大。如果一个人睡眠期间呼吸暂停，就有可能导致缺氧、血压升高或者血糖升高，从而增加患心脑血管疾病的风险。

我们通常采用两类方式来治疗打呼噜，其中，呼吸机是首选。呼吸机治疗法，说得通俗一些，就是给患者戴上一个面罩，用机器给患者的气道持续地施加压力，保证他的气道不塌陷，来纠正他在睡眠中的缺氧问题，这样患者也就不会再呼吸暂停了。第二种是手术治疗，比如腺样体肥大、扁桃体肥大等气道中间的异常导致的呼吸暂停，我们就可以通过手术来治疗。相比之下，手术毕竟风险更大，而且容易复发，所以世界主流的治疗打呼噜的方法还是以呼吸机为首选。目前，西医里还没有药物能够治疗打呼噜。

安眠药是否可以放心服用？

很多人提到吃安眠药就十分害怕，他们觉得安眠药和毒品一样，是一种很恐怖的药物。在此，我想从西医的角度来谈一谈安眠药。

其实，安眠药已经经历了很多年的发展历史。第一代的安眠药，如巴比妥类的安眠药确实副作用比较大。第二代的安眠药，就是安定类的药物，副作用就小了很多。现在，安眠药已经发展到了第三代，也就是非安定类的镇静催眠药，副作用已经越来越小，药物的成瘾性和依赖性也越来越低，疗效也是可以肯定的。

现在我们国内已经有世界顶级的第三代安眠药。第三代安眠药的作用时间不会太长，也不会导致服用者精神昏沉的现象，从而不会影响第二天工作。第三代安眠药唯一的副作用，就是会有一些轻微的成瘾风险。

　　如果一个人真的睡眠不好，经过医生评估之后认为需要服用安眠药，这个时候自然是可以吃的，大可不必谈药色变。

　　或许有人会问，既然安眠药没什么坏处，为什么现在仍旧没有普及？

　　首先，这是因为很多人根本没意识到，失眠是一个很严重的问题。中国目前有三亿以上的人有睡眠障碍，但很多人觉得，不就是睡不着觉吗？他们根本意识不到失眠会对人的身体健康造成损害，所以，很多人根本不会来看病。

　　其次，即便人们愿意来看病，他们也会觉得安眠药太危险，会产生依赖性，会有副作用，因此不敢服用安眠药。

　　基于以上这两个原因，服用安眠药的人确实不太多。

　　我们北大有一位老教授——季羡林老师，也是我特别崇拜的一位老师，听说他从二战时就开始失眠，持续了几十年之久。季老师告诉我们，他每天都要服用安眠药入睡，但季老师不也很长寿吗？实际上，如果能够保证睡眠质量和生活质量，即便是长期服用安眠药，也不是什么大不了的事情。

　　当然，目前基本上所有的安眠药都会存在着耐受性增加的问题，这也是安眠药的世界难题，这个问题一直没有解决。什么叫耐受性呢？说白了就是越吃越多。或许，刚开始你只要吃半片安眠药就觉得挺管用的，吃了一个月之后，发现效果不如原来那般好了，就要增加一些剂量。

服用褪黑素是否真的有助于睡眠？

　　现在很多人一失眠就会吃褪黑素。大家也经常来问我，褪黑素究竟是什么东西？是否真的对睡眠有帮助？实际上，我们大脑中的松果体本身就会分泌褪黑素，这种内源性褪黑素本身就能够促进睡眠。

　　但是，外源性的褪黑素对失眠的治疗是分类型的。如果是睡眠节律紊乱导致的失眠，褪黑素的治疗效果是可以肯定的。但如果是由慢性病导致的失眠，褪黑素的疗效就不确切了。褪黑素对于这类失眠的治疗，也不能说是完全无效的，只能说不肯定，至少有些人服用之后会有心理暗示效应。

失眠该如何自我筛查？

患者来找我们看病的时候，我们首先要明确失眠的原因，究竟是原发性的失眠，还是继发性的失眠，然后才会给出相应的治疗方案。比如，前文所说的不安腿综合征。不安腿，就是会在睡觉时觉得腿又酸，又疼，又麻，老是想要踢腿。这种失眠患者是因为腿部的不适造成的失眠，只能让他服用安眠药。如果服用安眠药的效果也不好，我们就考虑用药去控制他腿部的不适症状，睡眠自然就随之改善了。

其他很多常见的躯体疾病也会影响睡眠。比如心脏病患者，因为心脏功能不全，患者根本无法躺下，因为他们只有坐着的时候才会觉得舒服、不憋气。所以这类病人如果要治疗失眠，首先要治疗心脏上的问题。心脏的问题解决了，他们能够舒服地平躺在床上，也就能入睡了。

我们可以从两方面来做一个自我筛查：

第一步，要排查一下自己是否有躯体上的原发性疾病。比如，是否有甲状腺方面的问题。有一类病叫作甲状腺功能亢进，也就是我们常说的甲亢。甲亢患者眼睛往外凸出，脾气特别暴躁，人也特别兴奋。甲亢患者就容易晚上睡不着觉。再比如冠心病患者，一走路就喘得不得了，楼梯都爬不了。这些类别的患者如果有失眠问题，就要考虑是不是躯体原因导致的。

第二步，要筛查是否有精神和心理方面的问题，其中最常见的就是焦虑症和抑郁症。抑郁症比较容易筛查，大家可以上网搜索心理自评表，回答一下问卷，系统就会提示你是否患有抑郁症。

　　研究表明，大约百分之二十的抑郁症患者，有过自杀的念头、计划或者行为。根据目前西医的研究，抑郁症患者会难过、压抑，甚至会产生轻生的念头，是由大脑里神经内分泌紊乱导致的，就是大脑里5-羟色胺的浓度下降了。现在很多抗抑郁药，比如百忧解，就是用来增加大脑里5-羟色胺浓度的。很多人患上抑郁症要死要活的，吃完药马上就心情愉快了，不想自杀了，就是药物帮他增加了大脑中的5-羟色胺。当然，是药三分毒，治疗抑郁的药最常见的副作用就是对胃肠道有一些影响，比如有的人吃药之后可能会恶心、便秘、口干。但相对而言，副作用也不算太严重。

　　从目前来看，在整个人群中抑郁症的患病率还是比较高的。其中一方面是因为压力大，另一方面也有一些性格因素的作用。大家也可以采取一些自然疗法来缓解抑郁症，比如可以通过适当地晒太阳，增加光照，来增加一部分的5-羟色胺。另外，经研究证实，人们在比较紧张和焦虑的情况下，容易消耗更多的5-羟色胺，所以经常让自己处于一种放松的状态，可以减少5-羟色胺的分解。

　　除了晒太阳，还有另外两种可以促进5-羟色胺分泌的方法。

　　第一，就是适当地运动。因为运动可以促进大脑多巴胺和5-羟色胺的分泌。

　　第二，就是放松和专注。一个人为什么在专注于某件特别感兴趣的事情时，就会觉得身心愉悦？因为人在一心一意地做某件事情的时候，他的身体自然是放松的。如果没有感兴趣的事情，也可以练习正念呼吸或者静坐。当你把所有心思全部放在呼吸上，不去想别的事情时，这也是一种专注。在专注的同时身体放松了，就可以促进5-羟色胺的释放。为什么很多书法家都很健康长寿，也是因为他们专注于书法，身体放松的缘故。

经颅磁刺激治疗失眠的原理是什么？

除了用安眠药，我们也会用经颅磁刺激来治疗失眠。我们研究过睡眠对于脑脊液清洗的影响，可以明确人在睡眠状态下，脑脊液的流动会增加，更有利于大脑把垃圾从脑中清运出去。经研究证实，经颅磁刺激可以帮助改善睡眠，从而促进大脑垃圾的排出。

经颅磁治疗方法的原理就是，在脑袋上放一个电极圈，电极圈可以产生磁场的变化。通过磁场的变化来诱发大脑里电流的变化，从而促进神经递质的分泌，使之达到类似药物的治疗效果。

比如有的人脑电波很高，在 10 赫兹以上，那这个人的大脑就比较兴奋，无法入睡。经过经颅磁刺激的治疗，可以把他的脑电波从 10 赫兹降到 8 赫兹，甚至 7 赫兹或 6 赫兹，这样他就能慢慢地安静下来。

之前，经颅磁治疗的疗效之所以不被肯定，就是因为有的医生没有给患者做个体的脑电波基础的测试，让所有患者都用一样的参数来治疗。所以有的人经过经颅磁治疗痊愈了，而有一些人却没有效果。

现在，我们一般会先检测脑电波的频率，算出一个平均值，然后再根据这个值来调整经颅磁的频率，达到经颅磁刺激和脑电波共振的效果，这样就能让脑电波自动调整到一个比较理想的状态，疗效也就能随之提高很多。

等到未来，技术发展到一定水平，或许我们可以把脑电波下载下来，直接计算脑电波频率，然后在后台就可以提供一个类似震动的频率，发到病人的手机上，病人只需要戴着耳机就能达到共振效果，使之更容易入眠。

决定睡眠的三个因素是什么？

我们现在的治疗指南上，一般把失眠认知行为治疗作为首选的治疗方法。但这种方法操作起来不太容易掌握。所以，我们的睡眠中心经过多年探索，研发出一套更加简便的心理行为的调节方法，我们称为五步疗法。五步疗法主要从调整人体睡眠的三个重要元素着手，从而让人们获得良好的睡眠。

第一个元素，就是睡眠节律，也可以理解为生物钟。想要培养睡眠节律，就要求失眠者每天按照固定的时间上床，固定的时间下床，通过三个星期以上的训练，就可以培养出生物钟了。这种训练也可以理解为，是在重新恢复床和睡眠之间的条件反射。

第二个元素，是要有足够的睡眠动力，也就是你有多大的能力来进入睡眠。睡眠动力主要跟三个因素有关。

首先，一个人连续保持清醒的时间越长，他的睡眠动力也就越大，所以失眠的人即使昨天一夜没睡，第二天也不能午睡，不能补觉，最好能连续保持十五个小时以上的清醒。因为一旦打了盹，睡眠动力就清零了，又要重新开始积累。

其次，就是不能在床上做与睡眠无关的事情，比如看电视、看书、看手机，这是增加睡眠动力的另一个非常重要的方面。

最后，还可以适当地运动。每天规律地运动也可以增加睡眠动力，尤其是有氧运动。因为运动之后会把我们身体里的葡萄糖代谢掉，葡萄糖代谢之后的其中一个产物叫作腺苷，腺苷可以发挥出类似安眠药的作用。所以失眠的人可以通过每天规律地做运动，来增加睡眠动力。需要注意的是，不要在睡觉之前的两个小时之内做运动，因为睡觉前做运动会更容易兴奋。

第三个要素是要身心放松。放松的方法很多，比如我前文提到过的静坐和正念呼吸练习，以及身体扫描练习等，都是很好的放松方法。

这三个要素缺一不可，必须同时具备，才能获得较好的睡眠，所以我们的失眠五步疗法也是围绕这三要素来开展的。

什么是失眠五步疗法？

失眠五步疗法可以归纳为"上下不动静"。

"上"，就是每天按时上床，我会推荐在晚上十点半准时上床；"下"，就是每天在固定的时间下床，我会建议在早上五点半下床；"不"，就是指白天不补觉、不午睡、不赖床；"动"，就是每天运动一个小时；"静"，就是每天要做一个小时的静心练习。

如何在行住坐卧中保持正念？

在所有静心练习中，正念练习是现代科学证实过的一个有效的方法。而且我们可以随时随地做正念练习。

正念其实很简单。正字，上面是一个"一"字，下面是一个"止"字，即心止一处则为正，也就是说，我们把心停在一个地方，就叫作正念。古代修行人说，行住坐卧皆是禅，我们现在可以说，行住坐卧皆是正念。

比如一个人专注自己的呼吸，就叫作正念呼吸；一个人喜欢走路，他也可以在走路的时候，把心放在肢体的活动上，放在抬脚、迈脚这个过程上，就叫作正念行走；一个人喜欢吃东西，他在吃饭的时候把心放在食物上，就叫作正念进食。总之，任何时候都可以把心专注在一个点上，这就叫作正念。

现在失眠的人之所以这么多，就是因为心太乱，无法静下来。

电子设备和电磁波会干扰睡眠吗？

有大量的研究证实，电子设备的出现，确实对人们的睡眠造成了很大的干扰。

首先，电子设备屏幕发出来的光，我们称作蓝光。这种蓝光就会抑制我们大脑褪黑素的分泌。之前我们就已经说过，褪黑素是保证睡眠的一个重要的神经内分泌物质。褪黑素分泌减少，人就容易失眠。所以一个人对着电子屏幕的时间越长，他的褪黑素分泌就会越少，继而影响到自己的睡眠。

其次，就是现代人花了太多的时间在电子设备的使用上，最后导致作息紊乱。比如，现在很多人喜欢躺在床上聊微信、刷微博、网上购物等，如此，就不能按时睡觉。而且经常躺在床上做这些事情，很容易导致床和睡眠之间的条件反射关联度下降。

说到这里，有些人可能会问："现在大家家里都有 Wi-Fi，也会把手机放在床头，这些电子设备发出的电磁波是否对我们的睡眠有影响？"

实际上到目前为止，我还没有做过相关的研究，但是我个人认为，电磁波对睡眠的影响不大。作为医生，医院或者病房随时可能有事找我，我随时随地都要接电话，所以每天睡觉时，我的手机也都是放在床头的，至少我没有感觉到它对我的睡眠有什么太大的影响。

睡前适合洗热水澡还是冷水澡？

从睡眠的生理角度来看，体温降低的时候，人确实容易陷入睡眠状态，如此看来，可能要洗个稍微凉一点的澡，更有助于人的睡眠。但是，很多人在洗热水澡的时候，热水会让身体的血管扩张，全身肌肉松弛，让人彻底放松下来。所以如果让我推荐的话，我觉得放松比降低体温更加重要。

说到这里有人可能会问："可不可以先洗一段热水澡放松一下，再把水温调低，在体温降低的过程中赶紧去睡觉？"

这个思路表面看起来似乎很有道理，但是我觉得，如果为了睡眠搞得这么复杂，要去做这么多仪式化的动作，不但不会让人放松，反而会让人焦虑，不如就正常地洗个澡。需要注意的是，我们不要为了睡觉而去洗澡，而是要去享受洗澡的过程，去享受水淋在身体上的舒适。把心专注到洗澡这件事上，反而更容易放松下来。

用中医的十二当令解释失眠是否有道理？

很多人总是在晚上的某个时间段醒来，比如一点到三点，或者三点到五点。从西医的角度，这确实不太好解释，但我观察临床病人之后，发现中医的说法还是有道理的。

实际上，由不同诱因导致的情绪和睡眠问题，都是有特点的。比如抑郁症的病人，通常情况下就是在凌晨一点到三点中的某个时间点醒来。西医一般无法解释这种现象，但如果按照中医中十二经当令来解释，一点到三点属于肝经。按照中医的机制来说，抑郁症是肝郁气滞所致，就是属于肝的问题。再比如有一部分人生气之后容易出现失眠，往往也是在一点到三点醒来，也是因怒伤肝。

但如果是遇到了伤心的事情，比如亲人去世，因为悲伤而造成的失眠，通常会在凌晨三点到五点醒来。按照中医的解释，就是七情内伤，悲伤的情绪可能出现在肺的细胞上，三点到五点正好是属于肺经，这一点也和中医连通。

癫痫真的可以治疗抑郁症吗？

普通抑郁症患者失眠，通常的处理方法就是药物、行为和心理干预三个方面。但是对于比较严重的抑郁症患者，我们通常会采用电击的方式来治疗。

　　电击听起来很恐怖，它的学名叫作无抽搐电休克治疗，并不是大家想象中的拿着电棍攻击。其实，电击就是用一个非常小的电流来刺激和诱发患者脑电的癫痫发作。

　　我们发现很多患有抑郁症的癫痫病患者，他们的癫痫每发作一次，抑郁就会好一些。后来有人就思考，我们可以人为地诱发癫痫发作，来治疗抑郁症，所以后来就出现了用电疗的原理来诱发癫痫以治疗抑郁症。

　　众所周知，癫痫就是抽风，是一种疾病，发作时会浑身抽搐。电击疗法的整个过程都是在可控的因素下进行的。我们事先会给患者打麻药，让他的肌肉完全放松，再给他进行电流刺激。患者并不会像癫痫病患者那样真的浑身抽搐，所以也叫无抽搐电休克。一般情况下，有严重自杀风险的抑郁症患者，做三次以上的电疗之后，心情就会转好，也不想自杀了。

中医也可以治疗失眠吗？

　　中医的理论博大精深，可以从各个方面去治疗人的各种疾病，尤其在对于失眠的治疗上，我自己也深有体会。《黄帝内经》里很多关于治疗失眠的描述，我也是非常认可的。

　　在北京大学第六医院的睡眠中心，除了西医治疗以外，也有中医的大夫定期来病房查看病人的病征，并给予一些中药或者针灸方面的治疗。之前我们有一个病人，吃了西药之后，效果虽然不错，却有一些副作用。于是我就将他转到中医那里，给予他一些中药的治疗，发现确实能够减轻西药的副作用。除此之外，我们医院还有专门的医生来扎针，很多患者扎针之后，睡眠确实有所改善。这两种中医治疗方法用得比较多。像其他的中医治疗方法，诸如刮痧，北京大学第六医院目前还没有展开相关的治疗。

睡眠与其他疾病之间是否有关系？

现在有太多关于睡眠与其他疾病的研究，比如睡眠与躯体疾病的关系问题。失眠的人患有高血压、冠心病的风险相对比较高，不仅如此，失眠还会产生血糖和内分泌等方面的问题。之前有一项研究显示，失眠的人患心血管病的风险大大高于正常人，比如失眠的人患心梗的风险是正常人的1.45~1.5倍。

另外，睡眠还会影响精神健康。失眠的人患焦虑症和抑郁症的概率是正常人的8.8倍。《自然》杂志上曾发表的一篇研究表明睡眠和情绪也有关系。如果一个人晚上睡不好觉，第二天他的情绪很容易出现焦虑，而且焦虑水平会增加百分之三十。包括我们看到的很多路怒症，很大可能就和前一天晚上没有睡好有关。

我们也会思考为什么会这样。一些假说认为我们调节情绪主要靠两个部位，第一个部位就是我们的大脑的前额叶，另外一个就是像大脑杏仁核这样深层而又基础的部位。如果把杏仁核比作油门，那大脑的前额叶就像一个刹车。如果睡不好觉，刹车就失灵了，这时杏仁核情绪的发动就会增加，就容易出现情绪上的焦虑、抑郁和烦躁等问题。这时候如果通过睡一个好觉，把刹车修好了，把发动机的油门稍微降低一点，让它们之间处于一种平衡状态，情绪也就会稳定下来。

不仅如此，失眠的人食欲会明显增加，特别容易导致肥胖，更严重的是，失眠还会改变一个人的基因表达。一夜的失眠就有可能导致肥胖的基因及其表达发生变化，就能让一个人吃得多、发胖，我们把这种现象称作表观遗传学。

我国现在的睡眠医学发展如何？

国外睡眠医学发展得比较早，而国内的睡眠医学最近十年才真正起步。毋庸置疑，我们国家现在的睡眠医学发展还是比较快的，现如今也已经引进了很多世界先进的治疗技术、治疗理念和治疗原则，基本和国际接轨了。

我现在给自己的定位就是帮助亿万人睡好觉，这也是我人生的一个目标。当然除了让大家睡好觉之外，我也希望能够唤起大家的觉醒和认知，这是我的另一个目标。

首先要睡一个好觉，然后再慢慢觉醒，这样才能真正地活得轻松自在，而不是活得焦虑抑郁。

梁冬结语

我们每个人都要产生一种在世间的觉醒力。想要产生这种觉醒力，首先就要从专注当下的每一件事情开始。当你认真去做一件自己喜欢的事情时，就会体会到时间和空间的融合，这个时候，你也会感受到自己穿过时间和空间的状态，仿佛是形虚神全的感觉。

希望我们每个人做每件事都能将心注入，因为只有当你很专注的时候，才能得到真正意义上的放松。

梁
品

李欣频：

打开自己，
获得自由

梁冬导语

很多人觉得文案只是一个带货的过程，一个定位的过程或者说是一个营销的过程。但我个人认为，一个伟大的文案应该超越这一切。比如我特别喜欢耐克的广告词——Just Do It，单凭这句话就可以帮助我们启发身体内在的活力。在我们可能还不知道文案的意义是什么的时候，它本身创造出的可能性就已经比我们知道的更多。

梁
品
。

· 如何精准有效地完成文案工作?

· 为什么很多能很好切入当今华人心理的文字都出现在台湾?

· 如何建立自己的生活体系?

· 老一辈人是否对新生事物有傲慢与偏见?

· 媒介是否能够决定信息?

· 抖音是否也可以作为一个厚重、锐利的媒介承载形式?

· 对于新书《人类木马程序》有什么想法?

· 李欣频老师会在课上和大家分享些什么?

· 是在什么时候意识到,生命中的某个时间片段可以扩展成为
  生命之花的不同维度的?

· 为什么说"我命由我不由天"是一个木马?

· 如何超越抑郁症?

· 如何思考生与死?

· 是否可以分享一下未来学校的计划?

李欣频

著名广告人，作家。毕业于台湾政治大学广告系，广告研究所硕士，现在在北京大学广告学系攻读博士，北京大学新闻与传播学院客座讲师。被誉为华语世界"文案天后"，至今已出版了 27 本畅销书，其中多本书名列畅销书排行榜前列。

如何精准有效地完成文案工作？

撰写文案首先要明确自己站在什么样的立场上。如果是站在厂商的立场上，肯定希望文案能够促使消费者有很快的行动力，能够迅速购买某项产品。但对我而言，我自诩做的并不是带货的文案，所以我希望大家能看到文案之外的重要启示，就像耐克的"Just Do It"一样，能深刻地留在人们的心中。

我写文案一定会挑选我喜欢的产品。比如说，我之所以给诚品书店写文案，是因为我本身就很喜欢这家书店。然后我会从"自己如何爱上诚品书店"这个角度去写，这样写出来的文案才会是一种浑然天成的东西，因为我只要很清楚地表达我是如何爱它、看待它就可以了。

当我写出"海明威阅读海，发现生命是一条要花一辈子才会上钩的鱼；罗丹阅读人体，发现哥伦布都没有发现的美丽海岸线"这样优美的文案时，实际上是从作家的角度，用另一种眼光去看待书，向大家展示出书以外的一些特别的东西。

所以，我们可以把文案工作者看作一类独特的诗人，他们会用诗人的眼睛去看待产品、服务和空间，也能用诗人的视野带人们体验他们从未看到过的美或者不美，甚至生活的凄凉或者感伤的部分。实际上，美这件事情，是超越了悲剧和喜剧的，无论悲剧或是喜剧，都可以是很美的。

我从希腊回来的时候，写了一本书，名为《希腊，一个把全世界蓝色都用光的地方》。我只用这一句话，就带动了很多人去希腊旅行。即便对那些没有去过希腊的人，他们也可以想象出"把全世界的蓝色用光"究竟是一种怎样的状态。实际上，这个文案已经超越了产品本身。

我认为每一个人都应该是一个文案工作者，因为我们有权利也有义务，用漂亮的文字为身边所体验到的美好发声。哪怕是路边一个小小的面店，他们的面煮得非常美味，但是他们却没有钱做广告，这时我们就可以写一句很精准的文案发送到朋友圈，让这个面店可以保留下来，而不是被那些大型的、味道不佳的面店所吞并。

这也可以称作一种文案的选择权，我们可以用文案来表达和投票，我们想要什么样的生活。在我看来，每个人写文案都应该达到这样的层次。

为什么很多能很好切入当今华人心理的文字都出现在台湾？

台湾有一批很文青的人，他们生活在一个经济初步发展的特殊时代，那也是一个非常重要的文化时代。比如像林怀民、蒋勋等人，可以说他们这批人影响了整个时代，尤其是年轻的文艺青年。这批人都很有自己的个性，他们做了三件很重要的事情：

首先，就是读大量的诗。

其次，就是经常去旅行。在一个大城市里待得久了，他们就会发现这个城市没有文化符号。所以，他们会去欧洲、日本、维也纳等有文化底蕴的地方。这些地方可能是城市，也可能是小镇，但那里的每一栋建筑都有它自己独特的颜色、气味和姿态，让人流连忘返。

最后，就是看很多电影。即便是现在，我每年也要花至少两到三个礼拜的时间去看电影，平均每年看三百部。这其中有一半是艺术电影和小众电影，当然我也会看获世界级大奖的电影。

这三件事情包含了非常大的文化养分，坚持十年下来，就能发现自己和其他人的文化积累产生了很大的差距。

在当时，所有的广告文案很像诗，让大家看不太懂，但所有人都会觉得这些文案好酷、好特别！这种看不懂的、很诗意的东西在那个时代是一种流行，是一种大家共同创造出来的文化氛围。而这批人在做的事情，基本上都和美有关，和钱却没有太过直接的关系。他们涉及的美学涵盖了各行各业，包括建筑美学、空间美学、设计美学和文字美学等等。

这种文化氛围和现在所谓的"快速带货"，或者也可以称为"快时尚"之间，有着非常大的差异。因为当人们认识到自己所做的事情比金钱更重要的时候，对事物发展的导向的追求是完全不同的。

如何建立自己的生活体系？

现在，台湾的年轻人也会刷类似抖音这种碎片化的东西，但与其他地方相比，可能没有那么严重。在地铁上，我们会看到两种不同的人，一些人在看短视频、看手机、玩游戏，另一些人却是在看书。

虽然，现在看书的人越来越少，但和刷短视频的人相比，他们过的是另一种完全不同的人生。仔细观察那些沉浸在手机短视频中的人就会发现，他们的表情基本上都是空洞的，他们处于人生茫然的状态。而那些在看书的人，他们的眼神却是异常坚定的，他们能够享受当下，并能静下心来欣赏字里行间的美。

我们可以理解为这是一个平行世界，在这个世界中有两种不同的活法：有的人在天堂，有的人在地狱；有的人活在清醒和自我觉察中，有的人活在茫然和不知所谓中。而后者总是被一些碎片化的东西追着跑，然后他们也随之被完全打成碎片。

当然，现在也有很多追求知识、追求成为"斜杠青年"的人。他们最大的问题在于总是带着"自己不够好"的焦虑去学习很多东西，虽然拼命求知，看起来比看碎片化的抖音要好太多，但他们根本不知道自己要做什么、要表达什么。很多人越是求知，越是茫然，因为他们连自己的"根"都没有长出来。就像我们去树下收集落叶，并不能拼出一棵活生生的树，想要培育出自己人生的大树，应该由自己的人生经验介入，从自己好奇的东西入手，通过读书与自己做串联，再去建立属于自己的人生体系。

在我看来，人生应该被分成三块——学习、反思和创造。一个人求知的部分不应该大于三分之一，而他的反思和创造部分都应该超过三分之一。

我们可以把求知的过程看作吸气，反思的过程看作停顿，而创造的过程则是吐气。我们不可能永远都在吸气，一直让氧气进入自己的细胞，而不停下来。这三者应该是相辅相成的，如果能够专心于反思和创造上，一边学习一边创造，人生才会更有力量。

老一辈人是否对新生事物有傲慢与偏见？

实际上，我们每个人都在用自己的偏见去看待别人、否定别人、批判别人。之所以会这样，是为了保持我们自己最后一点尊严，为了让自己感觉并没有落后，也没有在文化和时尚的洪流中失去自己。

但是，一个真正有底蕴的人是可以学习新东西的。同样的东西无论是放在抖音，或是放在电视和手机上，都可以是有深度的，关键是要看这个东西的本质是什么。就好像一个很棒的食材，无论是切丁还是切片，或者一整个去炖，只要食材够好，烹饪出来的食物都不会太差。

媒介是否能够决定信息？

现在一些碎片化的媒介，确实可以决定信息。在过去，写文案可能是一件肤浅的事情，因为人们觉得，诗可以承载更多的东西。当然，如果用诗人的角度去撰写文案，也不会太差。比如人们常说的，方文山是一个隐藏在流行歌曲里面的隐形诗人。

在过去，我们可以好好地阅读一部小说，但是现在的小说都被拆成"章"和"段"，人们都想用最短的方式去看完一整个作品，像现在流行的"二十分钟看完一部《红楼梦》""五分钟看完一部电影"等等。这样一来，我们就成了作品解读人或者拆解作品的附属品，用这些解读获得的架构碎片去获得东西，使这些作品本身也失去了自己的生命和养分。

目前为止，我也看到过几个很棒的动画短片。那些有深度的导演，在拍短视频的时候也是非常有深度的，他们可以在一分钟之内把人生最精华的转折点表达出来，让人回味无穷。所以，对于一个有底蕴的人，无论使用什么媒介都能展现出他的深度，哪怕是一个点，也能承载无限的意义和可能性。

在过去，我们可能需要一整面墙的壁画，才能承载很多的讯息。但现在看到《蒙娜丽莎》这幅画时，我们每个人都能解读出不同的讯息。我去巴黎观看达·芬奇 500 周年的画展。我看到达·芬奇非常精彩的手稿——一个不过巴掌大的记事本，有各种方位的记录。

所以"媒介决定信息"这件事情也不是完全绝对的。一个小小的媒介，是否可以承载无限量的东西，关键看它的创作者是谁，这个人创作的东西是什么，解读的人又是谁。

抖音是否也可以作为一个厚重、锐利的媒介承载形式？

在上课的时候，我常常会问学生们这样一个问题：假如每个人给自己做一个三分钟的人生预告片，你会想把哪些画面剪辑进去？你又想在这个人生预告片中表达什么呢？

抖音能在这个时代流行，一定有它存在的意义。当然，或许现在创作抖音的人没有足够的文化底蕴；而有寓意、有底蕴的人又守着旧的媒介，不愿意涉足抖音，或者不知道如何运用这种短视频系统。

就目前的情况而言，像抖音这样的短视频与文化底蕴之间形成了很大的断层，我觉得两者之间应该做一个良好的对接。记得侯孝贤曾经拍过一个关于酸雨的短片。一对年迈的夫妻撑着伞，在雨中漫步。本来这是一幅多么美好的画面，可惜下的是酸雨。这个短片不过几分钟的时间，就承载了很深的寓意，引起人们对环境的反思。

所以，我认为让侯孝贤来拍一个一分钟的短片，他也可以创作出很好的作品。现在的广告也不过两三分钟，同样能拍出很棒的片子。所以我认为，如果真的想要让抖音变得有深度，可以直接把几个大导演请进抖音平台，有他们做示范，一定可以掀起抖音界的"文艺复兴"。

对于新书《人类木马程序》有什么想法？

最近三四年，学生们咨询过我各种各样的问题，比如"没有自信""不被爱""恐惧"等等，于是我就把这些问题整理成五大模块。继而我又把这五个模块细分为五十二个小组。我发现大家遇到的大部分问题就像鬼打墙一样，都不外乎这些模块或者小组。

市面上很多金句和所谓的鸡汤，都要求我们去做更好的自己。实际上，"做更好的自己"这句话，本身就是最大的木马。因为，我们准备要"做更好的自己"的前提是，我们现在是不够好的。

目前，有两大媒介或者说软件，造成了一系列的社会问题。

其中，第一个就是P图软体。现在很多女生会用P图软件把自己的照片修得很漂亮。事实上，当我们开始学习修图的时候，就已经有一个"美好的自己"和一个"不够好的自己"在中间拉扯。人们痛苦的来源就在于，在真实版的自己面前树立一个理想版的自己。这两者之间的差距，就是我们痛苦的深渊，离理想中的自己有多远，痛苦的声音就有多大。

最近，陈珊妮做了一件很棒的事情，她告诉那些实力派的歌手和女明星：他们根本不需要P图。徐佳莹也提到过，她从小就被别人说脸大，但她自己觉得这并不是很重要的事情，相比之下，她觉得自己的歌声更加重要。

第二个软件就是微信。微信的朋友圈可以被视作灵魂上的美图秀秀。大家会在朋友圈里发今天吃了什么美食，去过什么地方，在哪里打卡，获得了什么高大上的东西。而像和家人吵架、和老公翻脸这种事情，我们都不会写在朋友圈中。

所有人都会在朋友圈中呈现一个美好版的自己，发表的东西越是虚假，就越觉得痛苦，因为这其中隐藏了一个黑暗版的自己，并因此产生了巨大的分裂。而分裂就是一切痛苦的来源，和P图软件是一样的道理。

所以我才说"成为更好的自己"是最大的木马，除非我们无论做或者不做某件事情，都可以是很好的自己，这样才能真正地不焦虑。解除掉这些焦虑，我们去做任何事情才会是有趣的。

李欣频老师会在课上和大家分享些什么？

我的课程通常安排在周六和周日。我会在课上分享一些自己的人生体验，包括旅行中的一些重要体验，其中最重要的环节是在周日下午。

刚开始我会带着大家一起打坐，接着我会带领大家直接进入一个高位的系统，让大家走出自己原来的角色，进入一个新的版本，我把这个过程称作"星际冥想"。"星际冥想"的意思就是想象自己离开地球，进入太空，下载了一种不同星球的状态，把自己的维度打开。

第二步我会引导大家一起跳舞，整个跳舞的过程中，所有人都必须戴着眼罩。这一步是为了让他们不要去注意别人在做什么，而是观照自己的内在。在跳舞的过程中，我就会知道大家的身体被绑得有多紧。

如果在现场的话，就能看到大家好像被一个无形的枷锁绑住了一样，无论如何都动不起来。这种状态反映出我们被困在自己的思维里面：比如我害怕做这件事，或者我爸妈不允许我做，等等……

之后，我用很强力的音乐强迫大家打开自己的身体，让他们努力去解开自己身体上的枷锁。大家可以想象一下，身体被层层的塑料膜包裹住，自己想要努力把它们撕扯开的那种感觉。

这个从冥想到跳舞的过程，就是一个清理木马的过程。

是在什么时候意识到，生命中的某个时间片段可以扩展成为生命之花的不同维度的？

我三十五岁去印度的那次旅行，可以称为我生命中的升维之旅，那时我才发现，原来我所要的东西都已经在这里了。

事实上，我们的生命之花生来就是完整的，只是因为我们透过时间的聚光灯，只能看到这朵生命之花的某个叶片。今天我们看到了生命之花的这一部分，过一段时间可能又发现了另一部分。我们也可以把生命之旅想象成是在走一个大的地图，我们可能花了一些时间，从东边走到了西边、南边、北边，但是只有当我们站在山顶的那一瞬间，才会看到我们人生的整张地图原来是这个样子的。

等我们有了这种觉醒的时候，就会发现自己根本不需要刻意去追求什么，也不需要去选择我应该去体验哪一个或是追求哪一个。这个时候才是真正完善意识和成就事业的开始。

命运是一种非常丰富的存在，就像你手中有很多的遥控器，遥控器上可以有 A、B、C 不同的台可以切换。刚开始可能觉得自己只有两个台可以选择，比如高考或者不高考，结婚或者不结婚，等等。但是当你历经了越来越多的历练之后，就会发现人生的选项根本不只有两项，还可以有三项、四项甚至更多，比如你还可以去国外旅行，可以做很多别的事情。

当一个人知道自己的选择可以是无限多的时候，就拥有了无比的自由。

为什么说"我命由我不由天"是一个木马？

电影《哪吒之魔童降世》中有一幅图叫作山河社稷图。哪吒被锁在山河社稷图里时，就好像我们觉得自己被锁在了命运之中一样。当时，主人公非常肤浅地认为那就是他的命运，当他从山河社稷图中逃出来之后才发现，逃出来之后要面对的灾难才是他真正的命运。

所以，把自己限制在自己框架的信念和视野当中，就觉得"我命由我不由天"，是会出问题的。"我命由我不由天"这句话本身已经设定了我和天是分离的，并且天在和我作对，接下来的所有命运也都在和我作对。

如果把命运的全图看作固定的 1 楼到 101 楼，那我们在 1 楼看到的版本，只能是一小块的命运版本。那命运的定义究竟是什么呢？真的是被设计出来的各种各样的障碍赛吗？事实上，当我们可以不通过障碍赛，直接让自己进入新的创造维度的时候，命运是完全可以翻篇的。

命运还可以被看作一个看电视时换台的过程。比如我的手上有一个中国的遥控器，但有一天，当我走过世界更多的地方时，发现还有瑞士的遥控器和其他地方的遥控器，我能看到更多的台，甚至还有外太空、外星球的，就可能让我产生新的视野和愿望。

如果把牌看作自己的命运，一副牌有五十四张，你看到自己有这么多的选择。但是只有当你把牌全部反扣下来的时候，你才能完全不被限制。

这一点与看书是同样的道理。我们在看书的时候，如果只能看到书上所写的东西，这是一种读者思维；但如果能看到作者没写出来的东西，才算是拥有了作家思维。作家是无穷大的，即便离开这本书，他也可以创造出无限量的东西，而读者却只能根据某个作者的逻辑去做一点启发而已。

如何超越抑郁症?

除非一个人茫然地过一生，否则抑郁症几乎是每个人都一定会经历的一段黑暗期。一般情况下，抑郁症发生在十八到二十八岁或者二十八到三十五岁之间。我就是在三十五岁那年患上了重度的抑郁症。那时我去印度待了一阵子，用一种很深度的方式体验人生。

我觉得那段黑暗期是非常棒的，也是必要的蜕变，它会使某些东西崩解。因为这段黑暗期的存在，才让我看到什么是虚的、假的，看到自己内在真正想要的东西是什么。

在患抑郁症的时候，你要去看到自己在痛苦什么，或者说你究竟失去了什么才让你觉得非常痛苦。很多你在乎的东西，实际上并不是你真正需要的东西。如果我们能够认识到死亡是人生的终极功课和终极答案，就会发现自己在挣扎的很多事情都是非常无聊的。

换一种方式来讲，人生根本就没有对和错。我相信当一个人即将躺进棺材里的那一刻，肯定不会想自己的人生中，什么是对的，什么是错的；为什么非要这个不可，非要那个不可；为什么不能失去这个，不能失去那个；甚至也不会再去想生死究竟是什么。

如何思考生与死?

对我来讲，没有生和死的概念。我对我的学生说，把你的每一次吸气，都当成人生的第一口气，这口气在身体内停留了一两秒钟，再吐气的时候，把这口气看作自己人生的最后一口气，这就是一个生死，一个轮回，没有必要去在乎时间的长短。

是否可以分享一下未来学校的计划？

之前一位学生在微信上跟我说，她的小孩偷别人东西，还经常在学校里打人，自己怎么教都不管用，问我该怎么办才好。

我就跟这位母亲说，你的小孩之所以会出现这种状况，不能完全怪他，一定是教育上出了问题。要么是父母经常打他，要么是老师经常打他，又或者是同学经常打他。听了我的话，这位母亲就立刻回答说："没错，学校的老师认为他是一个坏小孩，所以经常用打的方式来教育他。"那些喜欢霸凌或者欺负别人的小孩，就是因为他们从小受到了用暴力和殴打来解决问题的教育。

我心目中的学校，首先是一个不用暴力解决问题的地方；其次，还是一个不用考试和竞争体制来解决问题的地方。一个人如果把自己放在竞技场和斗兽场上，他的人生就只剩下输和赢两件事情。

如果走出"竞技场"，人们就会发现外面的世界真是百花齐放。没有这朵和那朵比较谁开得更大的花，没有规定一棵树一定要长到一百八十厘米高的标准，也不会说长得矮的树就是不完整的、长得不好的树。所有的衡量标准在大自然中是完全不成立的。

说起来，我想要建立一个未来学校的想法已经有很多年了，现在我只是想先做第一年的示范。我在想如果我现在十三岁，我会想要怎样培养我自己呢？我会让自己在一年之内学习各种有兴趣的知识，培养自己各式各样的可能性。

所以，我想成立的未来学校是这样的：我们可以去某个地方学习两到三周的建筑，也可以去另外一个地方学习米其林，还可以和萨满学习草药或者一些特殊的沟通能力，还可以跟各种各样的人学习中医、画画和美学，等等。总而言之，就是用一年的时间和这个世界学习。

我要成立的未来学校，孩子是校长，家长和老师只是校工，所有的课程都由孩子们自己来主导和设计。未来学校也没有教师，全世界的人都可以是老师，我们可以敞开自己的心胸与各式各样的人学习，而不用受限于对方是否有教师证和博士学位。只要这个人有智慧，他就可以来教我们。

世界各地有很多十三岁左右的孩子，他们有的在发明能源系统，有的在解决水和地球暖化等问题。我希望能办一个教育高峰会，把世界各地像这样活得非常精彩的孩子邀请到中国，和国内优秀的孩子们做一个对谈，让孩子自己在这个社会上建立他们自己的一套体系，为新的世界建立新的游戏规则，这些都是旧的知识无法给予他们的。

我把这个想法发到了群里面，很多家长都非常兴奋。所以，我想带一批小孩试验性地去做这件事情。

梁冬结语

在这篇文章中，李欣频老师聊到了很多有意思的话题，有文案的话题、电影的话题、教育的话题，还有很多关于艺术的话题。李欣频老师的文章让我深切地感受到，一个人如果把自己打开，就可以自由地穿梭于不同的领域，而且在每个领域中都可以很快地抓住这件事情的本质。

这也让我产生了这样一个好奇心：是否真的有一种可能性，使人们可以借由对自我的观察、体会，突破自己的瓶颈，去到一个更高境界，将这个境界投影到不同的领域中，从而在每个领域中都能幻化出很棒的表现。

我希望未来有一天，大家可以通过打开、连接、深入或者是回归等方式去到某种状态，帮助自己把智慧投射在当下的生活片段里，并在那里获得自由。

申荷永：

通过梦境探索
未知自我

梁冬导语

梦对我们每个人来说，是一种既熟悉又陌生的东西。每个人都有过做梦的体验，但若真要问梦究竟是什么，梦为什么不能连贯，却没有人能回答出来。实际上，在梦里，我们也可能会感受到很多真实的东西，比如说重量、速度和情感等等。

也有人说，梦里面的哭泣比现实生活中的哭泣要悲伤得多，梦里的欢喜也比现实中的欢喜要幸福得多。梦不但涉及中国传统文化中的生理学，也涉及当代西方的心理学，甚至还涉及物理学。我个人认为，对于梦的解析和探索也可能是人类了解自身、了解宇宙的一个最重要、最方便的要素。

梁品。

○ 申荷永

中国最懂梦的心理学家之一。华南师范大学教授、博士生导师，国际分析心理学会（IAAP）心理分析师，华人心理分析联合会（CAAP）主要创办人，东方心理分析研究院创办院长，著有畅销书《洗心岛之梦：自性化与感应心法》《荣格与分析心理学》等。

弗洛伊德和荣格有什么区别？

弗洛伊德和荣格这两个人都挺伟大的，他们不仅仅是整个心理学界家喻户晓的人物，也是整个知识分子群体中非常杰出的人物。人们一般把弗洛伊德比作心理学中的达尔文，把荣格比喻为心理学中的哥伦布，这就表现出了两者的不同之处。

弗洛伊德是无意识心理学的原创者和开拓者，他出版的《梦的解析》一书，被认为是"改变历史的书"。

荣格的出生地在凯斯威尔，在他出生地的一块石碑上写了这么一句话：在这间房子里诞生了卡尔·古斯塔夫·荣格，1875年7月26日—1961年6月6日，人类灵魂及其潜在奥秘的探索者。荣格的分析心理学，就是在弗洛伊德的基础上发展起来的。

荣格认为，我们每个人的内心深处都有好多个未发现的自己。这个"自己"不仅仅是镜子中的自己，有名字、有身份证的自己，也有可能是意识中的自我，甚至我们的内心深处，包括我们的梦境中，都有一个内在的岛屿。每个岛屿都是一个值得我们去认识的另外一个自己。

弗洛伊德和荣格是好朋友。1907 年，他们二人第一次见面的时候，就一口气聊了十三个小时，可以说是相见恨晚、一见如故。电影《危险方法》就是一部讲述弗洛伊德和荣格互相分析梦的影片。1909 年，二人一起坐船去参加美国克拉克大学 20 年校庆活动。到了 1910 年，弗洛伊德成立了国际精神分析学会，可以说是有点成就了。弗洛伊德不但让荣格做了第一任主席，还把主编的位置让给了他，这就足以证明两人当时的关系是非常密切的。弗洛伊德和荣格有很多共同的地方，他们二人的理论都是以无意识为基础的，弗洛伊德还把荣格看成自己的继承人。不同之处在于，弗洛伊德的理论强调的是个体的潜意识，而荣格强调的是集体的无意识。

所谓个体的潜意识，指的就是被压抑的内容。我们很多的观念、想法和记忆，以及经历过的创伤，也包括对性的欲望，很难出现在我们每天的自我意识里，每当我们想起这些就会觉得伤心、恐惧、痛苦，因为自我意识会把它们压抑下去。这些内容就构成了个体潜意识。

大约在 1909 年，荣格做了一个梦，梦见他好像在自己家的房子里，家中客厅的地面有一些古老、陈旧的花纹，地面上有一块石板，石板掀起来之后有一条密道，沿着密道楼梯走下去之后，他发现里面全是一些考古的东西，这让他很兴奋。他就沿着楼梯继续往下走，走下去之后看到了两个骷髅，然后他就被吓醒了。

他把这个梦告诉了弗洛伊德，让他帮自己分析一下。弗洛伊德的关注点在那两个骷髅上，他觉得应该做自由联想。他觉得儿子都有恋母情结，潜意识中可能想要杀死父亲，然后和母亲结婚。

荣格不太满意弗洛伊德的分析结论，他认为弗洛伊德所说的个体潜意识，只是潜意识的第一层，而潜意识中应该还有更深层的潜意识，所以他将这种"潜意识中的潜意识"命名为"集体无意识"。在我看来，荣格是在弗洛伊德的基础上做了一个发展。

另外，弗洛伊德和荣格对性的观念也不太一样。弗洛伊德认为，性涵盖了所有最关键、最本质的东西；但荣格认为性虽然很重要，但它可能只是生命力的一部分，而不是所有。

除此之外，弗洛伊德是当时那个时代比较谨慎、科学和客观的人，他一直谨守着临床科学。因为当时一旦被别人认为不科学，就很难在学术界和科学界发展。而荣格比较神秘，他喜欢东方的《易经》、禅宗、庄子等，他尤其喜欢中国文化，是庄子的信徒，这是因为荣格的生活比较优越，他有条件去学习这些东西。

所以，虽然他们二人都是无意识心理学家，也都喜欢梦，他们之间还是有一些不同的地方。

弗洛伊德和荣格最后是如何分道扬镳的？

人和人之间一直萦绕着一种分裂，所以弗洛伊德和荣格的分裂也是必然的。

1912 年，荣格写了一本书名叫《力比多的转化和象征》。力比多指的就是性的欲望和性的冲动。弗洛伊德认为荣格写的这本书有些出格了，他觉得荣格没有严格按照他的精神分析对性进行架构和定义，也没有谨遵自己的教诲。其实，当时荣格也在犹豫，究竟要不要出版这本书，因为他明白书一旦面世就会成为他和弗洛伊德之间的裂痕。最后，荣格用了一句非常经典的话"吾爱吾师，但吾更爱真理"说服了自己，将这本书出版了。

这本书的出版自然引起了弗洛伊德的不满，他就找荣格来谈话。弗洛伊德对荣格说："无论是性也好，力比多也好，你都不能动摇精神分析的基石。精神分析学说一旦受到冲击，就很可能会垮台。"《力比多的转化和象征》的出版可以说是弗洛伊德和荣格决裂的开始，此后，他们之间便开始慢慢有了隔阂。

和弗洛伊德分道扬镳，荣格付出了很大的代价。1913 年，荣格迫于压力辞去了国际精神分析学会的主席和主编的职位，除此之外，他还辞去了苏黎世联邦理工大学的教职。

荣格的一生接触过很多有名的人。比如，爱因斯坦和他既是朋友也是同事；威廉·詹姆斯也很喜欢荣格；丘吉尔的女儿、诺贝尔文学奖得主黑塞等人也曾是荣格的病人。尽管如此，他还是很喜欢弗洛伊德。与弗洛伊德的决裂，对荣格而言仿佛是一场生离死别。

在此之前，荣格在国际精神分析学会的地位，可以说是一人之下，万人之上。和弗洛伊德的决裂，几乎等同于和整个精神分析界闹翻了，荣格直接从宝座上跌落到了地板上，之后荣格便抑郁到几乎要自杀。荣格这一抑郁就是好几年，他抑郁后开始创作自己的私人日记《红书》，这本书现在也已经出版了。

我个人认为，荣格和弗洛伊德分道扬镳是他们二人的不幸，也是他们不可避免的命运。当然，荣格还是很有勇气的，可以说是置之死地而后生。如果他当时没有和弗洛伊德决裂，他只能是弗洛伊德的继承人。二人分裂之后，世界上就产生了不同于传统精神分析的新的心理学派，叫分析心理学。我觉得这也是一件好事情。

荣格和庄子的相通之处在哪里？

从《逍遥游》到《齐物论》，荣格熟读了很多庄子的作品。荣格有位良师益友名叫卫礼贤。他曾在中国生活了二十多年，翻译过《庄子》《论语》《孟子》《列子》等中国经典作品。荣格把他看作自己中国文化的老师。

卫礼贤曾经写过一篇文章《我在中国遇到荣格》。卫礼贤在这本书中写道，尽管荣格没有来过中国，但是他在中国的二十多年中，遇到最多的人就是荣格，或许他就是在《庄子》一书中看到了荣格的影子。

荣格在自传《回忆·梦·思考》中提到，自己小的时候喜欢坐在石头上幻想，他经常会陷入这样一种沉思或者冥想：究竟我是坐在石头上的荣格，又或者是石头在我的身上？他就一直在纠结，一个客体是否有主观能动性——这个石头有生命吗？

直到荣格三十多岁读了《庄子》，他才有一种恍然大悟的感觉，他才想到，这不就和庄周梦蝶中所提到的化物体验是同样的感受吗？

庄子的《人间世》也用了很多心理学思想，比如说心斋。那究竟什么是心斋呢？

颜回是孔子喜欢的学生，有一次颜回去请教孔子问题，孔子问他："准备好了吗？"颜回说："我已经准备好了，为了这个问题我决定三个月都不吃肉。"孔子回答说："这不算准备好，不吃肉只是肚子的问题，而不是心斋。"颜回就疑惑道："老师，那请问心斋是什么？"

庄子的文笔很简练，他用"若一志，无听之以耳而听之以心；无听之以心而听之以气。听止于耳，心止于符。气也者，虚而待物者也。唯道集虚。虚者，心斋也"这句话来解释心斋。翻译成白话的意思就是，集中精力去听的时候，不要用耳朵去听，而是用心去听、用气去听。荣格在看到这一段话的时候简直如获至宝。

一般来说，我们的眼睛看到的、耳朵听到的，还有我们的味觉，等等，我们感官分析后形成的一种普通心理学，就是认知心理学。而荣格的心理学是超越了这种认知心理学的心理学，也可以称为深度心理学。荣格的这种深度心理学很可能就是受到庄子的启发，就是不仅不要用耳朵去听，甚至不要用眼睛去看，而是用心去感受。

荣格是如何感受庄子的？

庄周梦蝶不仅是我们中国人，更是国际上所有研究庄子哲学和文学的人非常看重的、一种不可思议的经历。曾经有两位很认真的哲学家和史学家，他们认定庄子真做过这样一个梦，并且这个梦是庄子整个哲学生涯的转化。

虽然荣格和庄子所处的时代不一样，他们之间隔了两千多年，但是荣格和庄子可以说是神交已久。不仅如此，荣格可以超越各种文化的哲学和宗教进行沟通，荣格心理学的核心部分，也都和庄子以及"道"有关。

按照荣格的原型理论，无论是庄子还是荣格，他们都是一个梦者，都可以适应于一种共同的假说，即心灵大于文化的假说，或者也可以称为原型大于文化的假说。

"夫天籁者，吹万不同，而使其自已也，咸其自取，怒者其谁邪？"我们每个人都追求自我，庄子认为"坐忘"才能听到天籁之音，否则只能听到地籁或者人籁，不可能听到天籁。《庄子》中的这些话也启发了荣格。荣格认为大部分西方正统的心理学是认知心理学，或者说是自我心理学。"自我"越来越大，人就会越来越自以为是，所以荣格认为需要一种自信，这种自信就是庄子所谓的"至人"或"真宰"。

在《齐物论》开始的时候，就给了一个"今者吾丧我"的命题，直接进入了一个特殊的境界。这个"吾"字，我把它理解为一种自信；而"我"，指的就是自我。这句话的意思就是，应当忘了"我"，不要太自以为是。庄子所谓的"真宰"就是"吾丧我"的过程。这个"吾"字，加一个"心"字就是"悟"。荣格也超级喜欢这句话，他还曾专门解读过这句话。

《齐物论》的最后，以一句"此之谓物化"结束了整篇文章，这一句可以说是全文的画龙点睛之笔。

梦的解析工作者之间有何关联？

一方面，荣格学派的几千位学者都读《易经》，也都像荣格一样喜欢道家，尤其是庄子。另一方面，无论是西方科学还是心理学的学者，在做心理分析的时候，在面对症状背后的原因的时候，在试着用一种无意识的水平去工作的时候，除了弗洛伊德和荣格的理论之外，还会考虑自身的文化基础。我们会强调中国文化的意义和作用。

想要真正地帮助中国人做心理辅导、做梦的解析和分析工作，肯定不能脱离我们自身的文化基础，这一点很重要，因为一方水土养一方人。

从庄子的教诲中，文学家读出了文学，哲学家读出了哲学，而我作为一个心理分析师，可以读出其中蕴含的心理学。以后我也会好好地把《庄子》应用到心理分析和梦的解析工作中去。

例如《庄子》中的"至人之用心若镜，不将不迎，应而不藏，故能胜物而不伤"。庄子的这句话原本讲的是哲学，而我会把它当作一个心理分析的原理和方法论。我认为一个好的分析师也应该是"用心若镜，不将不迎"的。

人为什么会做梦？梦是否有意义？

有人问弗洛伊德："鹅会做梦吗？"弗洛伊德说："会啊。"那人又问："那按照你的理论，鹅会梦到什么呢？"弗洛伊德就回答说："它喜欢吃什么就会梦到什么。如果它喜欢吃玉米，就会梦到玉米。"弗洛伊德想表达的是，梦是潜意识的欲望实现。

那什么叫作潜意识的欲望实现呢？比如，"性"很大程度上就是一个被压抑的潜意识水平的内容，人们会借由梦境来表现它。

在现实生活中，我们说一、二、三是三个不同的数字，但在梦里面，这三个数字可能很接近，一加一可以等于二，说不定也可以等于三。所以，按照弗洛伊德的说法，梦可以帮助我们实现生活中无法实现的愿望。

如果人类有两百万年的演变史，荣格认为从最初的人类到现在的人类，仍旧可以是相通的，梦就像人类的历史一样。这一点就有点像我们中国人常说的，我们流淌着炎黄子孙的血液，透过梦，我们或许会发现"炎黄"并未远去，只是我们越来越自以为是，越来越忘本而已。

弗洛伊德和荣格都在一定程度上解释了梦，但我认为，中国文化中的"梦"，才是对梦最好的诠释。中国的阴阳五行，同样是最好的心理学体系。

可以说中国人对于梦是一往情深的。在周润发的电影《孔子》中，他刚一上场就说了这样一句话："很久不做梦了。"在电影结束的时候，孔子要离开时，又给自己的学生托了个梦，在梦里孔子欣然地告诉学生，自己要到什么地方去了。

中国古代很看重梦，《周礼》中有这样一句话："占梦：掌其岁时，观天地之会，辨阴阳之气，以日月星辰占六梦之吉凶。"这里的"六梦"，就是中国古代总结出的六种梦的来源。人们为什么会做梦，就可以从这"六梦"中寻找答案。

中医认为做梦可能是身体的问题，如果消化系统出了问题，可能会梦到走进树林，或者梦到弯弯曲曲的小路。《黄帝内经》上说："是知阴盛则梦涉大水恐惧，阳盛则梦大火燔灼，阴阳俱盛则梦相杀毁伤；上盛则梦飞，下盛则梦堕……"所以身体有症状，会先通过阴阳之气表现出来，阴阳不平衡就可能会生病，继而转化为躯体的症状。中国人所讲的心灵、灵魂，还有所谓的三魂七魄，和中医的五行也是相辅相成的，这一点我觉得很有意思。

一般来说，肝属木。如果梦到一片树林，树林里的树木长得很好，没有虫子，又或者树木枯萎了，这种梦可能和肝脏有关。荣格也曾经做过很重要的梦，这个梦就与肝脏有关。

1927 年，他梦到在利物浦的街道上的一个水池边，有一棵树。梦里他看到一个黑衣女子，黑衣女子对荣格说，有个小孩死了，让他把小孩的肝扒出来，吃掉。荣格连忙拒绝道："不行，这不是谋杀吗？即便是在梦里我也不能这么做。"黑衣女子用很严厉的语气命令荣格。荣格迫于无奈，扒出了小孩的肝脏，勉强吃了一口，紧接着黑衣女子便掀开了黑色斗篷。荣格一看，对方竟是一个美丽的少女。那少女对荣格说："实际上我就是你的灵魂。"

荣格醒来之后，还把这个梦画了下来。

如何去做梦的解析？

我曾经帮梁冬老师分析过这样一个梦。

大概一两年之前的一天下午，梁冬老师和他的几个好友喝了点酒后，回自己家的卧室便睡了过去。在梦中，他梦见自己在看电视，他看到电视里有一个黑棕色头发、十二三岁的纽约小男孩的侧脸，小男孩讲的是一口地道的纽约俚语。梁冬老师还说，他能清晰地看到电视屏幕下方的字幕。后来他被自己母亲的电话吵醒了，醒来之后，这个梦却记得异常清晰。

据梁冬老师表示，以他实际的英文水平，绝对不可能听懂小孩讲的是纽约街头俚语，所以他觉得这个梦特别不可思议。他也很费解，为什么他会在梦里看见一个自己完全不认识的人，还能拥有某种自己未拥有过的技能，比如说特别好的英文水平。

众所周知，我们的梦可以融入万物。既然如此，我们也有了和万物沟通的机会。心理学一般认为，梦里的孩子，无论他是否有黑棕色的头发，无论他是中国人还是外国人，他都可能是我们自己内在的一部分，很大可能是我们从未认识到的那一部分自己，否则他根本没有理由进入我们的梦中。

荣格曾经教过这样一个方法，就是通过半催眠的方式，让身体如临其境，重新回到这个梦中：你要试图感受梦里的环境，比如你是在自己的房子中还是在朋友的房子中，这个房子是在北京还是在哪里？你推门进去时，是怎么推的门？当你走到卧室床边时，这张床是不是软的，有多大……

　　总之，你感受到梦的铺垫越多，梦重新回来的时候就越发浓一些。在浓到一定程度的时候，你就能感受到这个梦中会出现一些新的内容。

　　如果自己有兴趣分析梦，可以让自己安静下来，去画这个梦。比如梁冬老师的这个梦，他就可以画出梦中出现的电视屏幕上，有一个黑棕色头发孩子的侧面，还有从侧面看到的他的耳朵……在画这些细节的时候，就会有一些感受出来。

　　情境俱备了，这时你就可以运用弗洛伊德的自由联想，去思考这个孩子会让你想到谁：你可能会想到自己的童年，会想到最初学英语的那个老师，又或者是其他人。

　　我认为人类是有潜力的，语言也都是相通的。比如我自己，我从来没有学过粤语，我刚到广州的时候是完全听不懂粤语的。但是过了十个月左右的时间，我就能够全部听懂了。当然在这期间我会坐公交车，公交车上会用粤语报站名，这样不断地重复这些站的名字，经过长期的积累，所有的粤语就都能通了。

　　我做心理分析师时，最初实习的两年，用英语给别人分析梦，工作的时候从来都没有过语言障碍，英语并不是我的母语。当然，我工作的时候很投入也很敬业，但这一点仍旧让我觉得非常不可思议。

　　我想表达的是，无论是潜意识也好、无意识也好、原型也好，在语言背后，人的感受是同一的。现在学习英语所谓的"正规"的学习方法就是背单词，但是知识太多了，人生却是有限的。庄子认为可以用一种直觉的方法去学习，不是眼睛看到多少、耳朵听到多少，而是强调一个"悟"字，这样就可以做到一通百通。

　　梁冬老师梦里的这个孩子，就可能是他自己内在的一个线索，如果能关注他，关注他说的话，关注他地道的语音和英语文字，可能是对自己内在的唤醒。

我们应该如何记梦？

我们每个人都会做梦，如果观察一些做梦的人，就会发现他们在做梦的时候会有快速眼动和一些肢体动作，有时候还会说梦话。我们可以通过这些科学验证过的方法，去判定一个人是否在做梦。

深度睡眠的状态下，很多时候我们都是在梦中度过的，只是我们记不住而已。其实无法记住梦，只是一个习惯问题。我在喜马拉雅节目《申荷永 50 堂解梦课：探索未知自我》中，有一堂课就是专门讲如何记梦的。如果你真的想要去记梦，可以在不影响睡眠的情况下，给自己一个心理暗示，这个暗示不要太刻意。在面对梦的时候，也不要和自己过不去，对自己有太多的要求。

记梦也是需要稍微学习的，大家可以在床边准备好录音笔、手机或者纸笔等工具。一般情况下，我们每天睡眠八个小时左右，通常我们在晚上十一点入睡，第二天七点钟醒来。醒来的时候先不要马上起身，给自己五分钟的时间去回忆之前做过的梦。如果身体一动，这个梦基本上就已经忘记一大半了。

我记梦的时候，会准备一个本子，在梦醒的那一刻，甚至我还没有睁开眼睛，就已经开始在本子上记录了。有时候字写得歪歪扭扭，但只要能看得出来就可以了。哪怕是留下只言片语，或者梦中的一个线索、一个片段也可以，之后就可以通过这些线索去回忆起一连串的梦。

解梦有哪些技术和心法？

不能说每个梦都是黄粱一梦，事实上梦里有很多内容和细节。我在做解析梦的工作时，会假定梦是有生命的。我会抱着尊重梦、包容梦的态度，会像下围棋一样去复盘，也会用一些方法去还原这个梦本身，尤其是在面对一些不好的梦时，我也会有勇气去面对它。梦中出现的任何东西，哪怕是一种从未见过的动物，它在梦中出现也是有意义的。在想起大部分梦境之后，我就会发现，自己做过的这个梦实际上是很丰富的。

前文提到过，弗洛伊德和荣格都认为梦和潜意识有关，在这一点上我与国际梦研究联合会主席巴瑞特（Barrett）也有共识。但潜意识说起来有点虚幻，究竟是什么我们也说不清楚，它还是一个未成形的理论。在我看来，无意识也好，潜意识也罢，都是身体的作用。所以我们可以把身体作为媒介。

我们在做梦的解析工作时，会让被解析人先去关注自己的身体，比如说先从头开始放松，然后感受自己的耳朵、耳垂、肩膀等部位，这个环节需要三分钟左右，当被解析人全身得到放松之后，再让对方关注呼吸。

所谓关注呼吸，实际上用的就是庄子的心斋听息法，就是听自己的气，顺着自己的呼吸，进入梦境之中。这一点比较难，因为"听之于耳"，只需要用耳朵就可以了，但"听之于气"是一种比较高深的中国哲学，也是庄子的深度心理学。历史上也有很多使用听息法的人，比如大家熟悉的苏轼和朱熹。

实际上，无论是技术还是心法，都是为了让梦重新说话，因为梦是有意义、有生命的。

是否可以在梦中学习或熟练掌握某项技能？

有位西方的心理学家曾经用反证的方法证实过，人们可以在梦中熟练某项技能。他让一些人学习某个新动作，其中一部分人在刚开始做梦的时候，就把他们叫醒，之后这部分人的动作标准度和准确率就会越来越差。因为梦会启动一个熟练意象化的过程。

当为了帮助一些人完成更精细的动作，以及学习一些高难度的体操动作或者跳水动作的时候，也会介入类似于这种心理学帮助，但一般人不会去做这种训练。

无意识是一种未知的力量。实际上，我们的自我意识在面对无意识的时候，就像螳臂当车一样。人类的意识就像是泰坦尼克号，号称是"不沉"的，而无意识就像是冰山。泰坦尼克号遇到冰山的一角就被撞沉了，所以说无意识的力量是不可思议的。

经常做被追赶的梦代表着什么？

我曾经做过一个问卷调查，当代人做得最多的梦就是被追赶。有的人梦到被影子追赶；有的人梦到被动物追赶；还有的人梦到被日本鬼子追赶，甚至被鬼和一些不知名的怪物追赶。一般来说，做这种被追赶的梦，意味着紧张、焦虑的情绪，甚至还带有某种恐惧，当然也不排除他们被白天的某些经历所影响，没有足够的安全感。现代社会已经进入了一个焦虑的时代，这种焦虑已经不仅仅是个人的焦虑了。

有这样一个寓言故事：一个人看到影子在追赶自己，就拼命地跑，最后把自己累死了。实际上只要自己停下来，影子也就不会再继续追了。无论西方还是中国，被追赶的背后都有一个阴影，这个阴影可能是我们的恶，也可能是我们的过失或者其他一些我们不愿意面对的东西。

为什么会做连续剧一样的梦？

曾经有人问我，为什么有些人会做连续剧一样的梦，而且梦里故事情节完备，叙事结构庞大，这是一种什么样的状况。

会做这样的梦的人，可以说是天生的梦者，并不是每个人都有做这种梦的能力。弗洛伊德曾经说过，一个没有被理解的梦，就像是一封没有拆开的信，而且这封"信"不只在梦者手中，还一直在传递。遇到这样的梦一定不要浪费，它值得我们好好去做研究工作，因为它传递了很多没有被理解的信息。

我们在做解析这种梦的工作的时候，就会从个体入手，去考虑他的生活是否有压力，是否需要转折和转化，是否需要创造。这些问题可能都与他所做的连续剧一样的梦有关系。

梁冬结语

佛经中有这样一句话：一切如梦幻泡影。看了申荷永老师这篇关于梦的漫谈，有一种不知道自己是在现实生活中，还是在梦中的感觉。

梦没有时间和空间的限制，它就像一个朋友、一个珍贵的客人，每天来敲你的门，如果你不去看它并与它交流，无论对于你还是对于梦，都是一个非常大的损失。我们都应该花些时间去了解关于梦的知识，尽力逼近自己的梦，因为梦是我们的身体的反应，不仅如此，有时它还会反作用于身体。

很多科学家和思想家也都有过不同程度上的奇妙的梦之体验，他们会把梦当作生命中重要的资源进行对接。希望大家能把梦视作生命中一个连接其他时空的管道，并很认真、很平等、很温暖地与之交流，聆听它想讲述给你的内容，并通过这个过程更深刻地了解自己，获得真正内在的自由。

梁
品

第三章

LIANG PIN

国运更替的
秘密

阎崇年：

故宫 600 年风云史

梁冬导语

　　一般情况下，老百姓盖房子的时候都要讲究风水和气象，故宫作为明清宫殿，必然是找到了那个时代顶尖的高手来确定格局。那么故宫的风水格局究竟是什么样的呢？又可以从哪些方面来理解故宫的格局呢？或许这篇文章能帮你找到答案。

- 故宫为什么建在北京?
- 故宫格局设计的大气象是什么?
- 为什么故宫刚修建没多久就遭遇火灾?
- 皇帝是怎样上朝的?
- 明代皇城与元大都之间有什么关联?
- 谁是对故宫影响最大的皇帝?
- 崇祯皇帝的是非功过如何?
- 我们可以从故宫历史中学到些什么?
- 阎老师是秉承着一种什么样的气,成为今天的阎先生?

● 阎崇年

毕业于北京师范大学历史系，研究清史、满学，兼及北京史。倡议并主持第一届至第五届国际满学研讨会，北京市政府授予"有突出贡献专家"称号，享受国务院特殊津贴。为央视《百家讲坛》主讲"清十二帝疑案""明亡清兴六十年""康熙大帝""大故宫""御窑千年"等系列讲座，在国内外引发强烈社会反响，被誉为《百家讲坛》的"开坛元勋"。

故宫为什么建在北京？

辽金时期，北京城在现在的北京西站附近，到了元朝，北京城才迁徙到现在的故宫附近。因为元末战争和其他一些原因，旧北京城已经残破不堪，所以明朝永乐帝把首都定在北京后，实际上是重建了北京城。

明朝曾出现过万国来朝的局面，许多国家要来中国朝拜、进贡，所以首都要显示大明朝和中华民族的国威，因此，永乐帝就决定要建立一个新的大明帝国首都。最初，朱元璋曾经想过在自己老家凤阳建立中都，后来觉得不行，又移到了南京。最后，朱棣才把首都迁到北京。所以明朝的皇宫经历了从吴王府、中都、南京到北京四次大的变动。

皇宫的变动必须要考虑的一个问题，就是首都所设的地方山水等各个方面都要好，这样才能使明朝的江山千秋万代。刘伯温不但懂《易经》，还懂哲学。从吴王府到中都，再到南京的宫殿，他都提过一些非常好的建议，也充分考虑到风水的因素，我们把这种风水的因素叫作宫殿的气象。

迁都北京修建故宫的时候，虽然刘伯温已经去世多年，但他的思想仍旧影响着北京皇宫的建立。所以，我认为北京皇宫的建筑符合当时传统文化中建立皇宫的气象。

提到建都北京，就不得不提到道衍和尚姚广孝。姚广孝是苏州人，他虽然是个僧人，却是一个十分杰出的人才，他不但是哲学家、政治家，还是一位宗教家。朱元璋称帝之后，给每个儿子都配备了一个和尚来辅导他们。姚广孝就被派到了北平，也就是现在的北京，做燕王朱棣的辅导老师。

朱元璋死后，朱棣的侄子建文帝继位。建文帝继位后要削藩，这时燕王朱棣就面临着生死存亡的问题。那时朱棣最大的困惑，就是要不要起兵推翻他侄子建文帝的政权，又或者继续维持朱家的嫡系。但这个困惑他不能宣之于口，因为一旦走漏风声，就是杀头、灭门之罪。

于是，朱棣请了姚广孝来喝茶。两人喝茶的时候，朱棣就说了一句隐语"水无一点不成冰"。姚广孝非常聪明，他立即明白了朱棣的意思，对了一句"王不出头谁做主"。这也是一句隐语，这个"主"指的就是君主的主，即国家的主人。整句话的意思就是，燕王你如果不出兵，谁来做明朝的新君主。朱棣当下就明白了，姚广孝是赞同他起兵夺权的。

那以后，朱棣经过了积草屯粮、招兵买马一番准备之后，在阅兵场上举行起兵仪式。当日原本是晴空万里，突然间阴云密布、电闪雷鸣之后，就迎来一阵狂风暴雨，大风把房子上的灰瓦都刮到地上摔碎了。燕王朱棣当时就脸色大变，他心中寻思着，成败就在此次起兵一举，这是不是祖先在警告我？或者是老天爷在给我示警？

正当朱棣惶恐不安的时候，姚广孝突然仰天大笑，说了一句"飞龙在天，从以风雨"，意思就是燕王称帝就是真龙，真龙飞舞肯定要腾云驾雾，乌云翻滚。而且灰瓦被刮到了地上，说明要换成黄瓦。因为通常老百姓的房子用的是灰瓦，只有皇宫才能用黄瓦。听姚广孝这一解释，朱棣就放下心来，原来这不是凶兆，而是吉兆。

大约又过了三年多的时间，朱棣打下南京夺取政权，改年号为永乐。

永乐皇帝建立北京城和紫禁城的宫殿，无论是建都地点的选择，还是前后左右建筑的组合，等等，姚广孝都帮助筹划，经过了认真的研究考证，才做了最后的决定。

永乐大帝之所以迁都北京，主要有以下几个原因：

第一，永乐皇帝认为北京的风水好，是龙兴之地。朱棣做燕王的时候就在北京，王字加一点就变成了君主。第二，燕王朱棣主要的政治和军事基础都集中在北京。南京的旧贵族势力较多，反抗力也更多，而在北京，永乐帝的新贵族势力更加强大一些，用现在的话来说，就是朱棣在北京的群众基础比较好。第三，北京的地理形势较好，是历代的建都之所。在明清之前，辽、金、元三个朝代都选择在北京建都。

北京城的宫殿从最开始的琉璃河，到后来的广安门外，最后迁到北京西客站附近。这三处都是好地方，但就地理环境而言，这些地方的风水是有重大缺陷的。因为这三处都面临永定河。永定河水泛滥的时候，就会直接影响宫殿的安全。

到了元朝时期，刘秉忠等几个很懂哲学的人把都城又向北迁移，移到现在的故宫附近，地势更高了一些。所以，自从元朝将大都建立在北京之后，紫禁城就再没有被水淹过。

朱棣还在北京做燕王的时候，他的燕王府就设在元大都宫殿里的一处。因为他在此处住得比较习惯，后来就成了现在故宫所建成的地方。

故宫格局设计的大气象是什么？

故宫具体好在哪些地方呢？我认为从宫殿建成后的图纸来看，故宫好就好在"三凸三靠"上。

北京宫城的正门原本是午门，但是明朝往前延伸到了端门和天安门，明朝时期天安门还叫作承天门。所以宫门就往外凸出了一块，当然，这"出"并不只是代表图纸上和理念上的凸出，也代表着大明朝，乃至整个中华民族要不断地发展，不断地向前走。

到了清朝，就正式、明确地称天安门为皇宫的第一道门，端门是第二道门，午门是第三道门，将整个皇宫往前凸出。然后，又在天安门外修建"左祖右社"来平衡。现在我们看到的天安门左边的劳动人民文化宫，就是以前祭祖的太庙；右边的中山公园就是当时的社稷坛，用来祭祀土地和五谷杂粮神的。

我们汉族是农耕文化的民族，衣食之源就是靠种粮食和栽桑养蚕织绸缎。无论是食用的粮食，还是养蚕用的桑树，都从土地中来，所以要将社稷当作神来祭祀。如果是海洋文化的民族就不祭社稷，而是祭祀海神或者妈祖。像满洲人的祖先来自东北，他们是森林文化的民族，所以他们会选出一棵树作为杆子，这根杆子就是森林的象征。清朝的坤宁宫，宫苑的东南角有一块石头，石头上面插着一根杆子，这根杆子是从北京延庆砍下的松树，最后保留了九个枝丫。这根杆子就代表着森林之神，用来做祭祀之用。

出了宫城就是皇城，现在天安门的城墙就是当初皇城的城墙。现在我们所说的东皇城根、西皇城根和地安门，也都是明朝时期皇城的城墙。

皇城的城墙也是往前凸的，当时皇城的出路就是从现在的天安门往南，通过大明门，再往前一直到了正阳门。皇城城门按照正南正北子午线连通，城门的左面是文官的衙门，包括吏、户、礼、兵、刑、工等，右边是五军都督府。这是按照《周礼·考工记》中所说的"左文右武"的对称理念来设计的。

当时皇城的东面大体相当于现在国家博物馆的位置，西面差不多是现在人民大会堂的位置。在我们小的时候，有条街叫作司法部街。司法部街以外就是皇城外，以内属于皇城范围，行人是不可以走到司法部街内去的。

宫城是第一道城，皇城是第二道城，而第三道城则是内城，也就是现在大约二环以内的范围。内城拆的时间很晚，大约在 20 世纪 60 年代。内城城墙拆了之后，墙砖和土就填到了护城河里。现在的二号线地铁，就建在原来的城墙和护城河下面。

内城仍旧往外凸出，从正阳门到箭楼，再往南一直到永定门，这三道门距离大约有八公里，在古代徒步至少要走两个小时。后来又在内城外建立了外城，外城的格局依旧是凸出的。

军事指挥员打仗的时候要考虑后路，在这一点上，皇家理念与之相通，所以除了"三凸"之外，故宫的背后还有"三靠"。

第一靠就是景山。元朝时期，故宫被烧毁，景山原本是用来堆煤渣的地方。因为明朝有意讲究风水，就挖了筒子河，也就是紫禁城外的护城河，将土堆成了五十多米高的山。即便是到了现在，从景山的山顶眺望故宫，也可以一览无遗。

第二靠是钟鼓楼。钟鼓楼最大的特点就是它并不是左右对称的。鼓楼在南，钟楼在北，一南一北都压在北京城的中轴线上，如此这般气就不通了。

第三靠是原来内城的北城墙。北城墙原本是有三个门的，东边是安定门，西边是德胜门，中间的门后来被堵死了。打仗的时候要从德胜门出兵，意为得胜；打了胜仗回来要进安定门，象征国家安定。这些都是有讲究的。

皇城的"凸"象征着前途的"途"，意为往前走一定会前途远大、前途光明、前途无量。景山、钟鼓楼和内城的城墙这三靠，堵住了皇城的气，气不透皇城的背后也就稳住了。除此之外，北京城的左面是沧海，右边是太行山，左右都有屏障。从天安门往南，出了永定门，就是华北大平原，一直到现在河南的郑州，大约一千多里地没有山。皇城和故宫的选址可以说是有风有水，这在整个中华大版图上也是很难找到的。

以上这些，就是北京城格局设计中的一个大的气象。

为什么故宫刚修建没多久就遭遇火灾？

明朝时期还没有高楼，民间的平房都是一片灰瓦。故宫的三大殿刚修建好的时候，三十多米高的宫殿矗立在北京城的中心，可以说是金碧辉煌、无比壮丽。永乐皇帝宣告皇宫建成之后，朝鲜和安南等国家的使臣都前来朝贺。当时钦天监有一个天文学博士，名叫胡斳（yūn），他打了一卦说，在某年某月某日的午时，会有一场大火烧掉故宫三大殿。午时相当于现在的上午十一点到下午一点，而中午的十二点称为午正。

永乐皇帝一听就急了，他从永乐元年决定迁都北京，直到永乐十八年才正式建成皇宫，这人竟然敢说三大殿很快要被火烧了。永乐皇帝虽然脾气很大，但是他当时并没有马上发火，而是把胡斳抓到监狱里关了起来。他要验证一下三大殿是否真的如胡斳所说，会遭遇大火。如果没有出现火灾，到时候再将他杀掉也不迟。

到了胡斳预言的那天，永乐皇帝一早就起床等待。不仅仅是永乐皇帝在等，胡斳也同样在监狱里等待着。

胡斳见过了午正还是没有出现大火，就在监狱里自杀了。又过了一刻钟，突然一场天火降临将三大殿烧了。永乐见此连忙派人去叫胡斳，结果到监狱一问，发现胡斳已经死了。算起来火是在中午的十二点十五分左右烧起来的，并没有超出胡斳自己所预言的时间。胡斳到底为什么在午正就自杀，这件事也成了一个历史之谜。

当时三大殿被烧是因为天火的缘故，所谓的天火，其实就是被雷击中的雷火。因为三大殿太高了，当时又没有避雷针，所以三大殿被雷击中就着火了。到了清朝康熙时期，就在宫殿的顶部加了铁锁链，传说这种锁链能够辟邪防火，实际上是起到了一个避雷针的作用。所以从康熙之后，皇宫就再没被天火烧过。

皇帝是怎样上朝的?

各个朝代,皇帝上朝的时间也都不一样,其中,清朝记载得比较具体一些。上朝的时间一般分为四季,有夏时制和冬时制。春夏上朝的时间是在辰初,也就是现在的早上七点,到了秋冬时节,要辰正才开始上朝,也就是现在的八点。一般情况下,官员们正点上朝的时候,皇帝已经在办公了,所以官员们通常要提前到达。

清朝时期,一般情况下大臣不能住在内城,只能住在外城。从外城进皇城,还不能进午门,只能从东华门进入,再绕道午门前的东西廊房,在廊房里做准备工作,比如今天要和皇帝讨论什么问题或者文件等等。所以大臣们四点多就应该起床了。那时候没有工作餐,官员们要在家吃完早饭才出门上朝。

我大致地计算了一下,康熙皇帝基本上是在四点左右起床,因为穿衣、梳洗比较复杂,差不多需要一个小时。等到康熙吃完早点,差不多已经五点多了。这时候还要先念一个时辰的书。一个时辰就等于现在的两个小时。刚开始皇帝要读四书五经,年岁大一点之后,这些功课都学完了,就要读《资治通鉴》和唐诗之类的。等皇帝念完书已经七点多了,他再吃些点心或者喝点水,到了八点,就要准时坐在御门听政的椅子上。

早朝一般是一个时辰。大臣们上朝的目的就是把要在朝廷上决定的事情启奏皇上,然后皇上再决定是否同意。比如说,吏部出了名单要派某个人去做官,有的人提出这件事情需要再研究一下,这种情况下就无法直接决定,要等下一次会议再议。会议结束后,吏部的人要和有关人员再次研究交换意见,为什么这个人不适合,不适合的理由又是什么,等等。被推荐的人要是有哪些影响升迁的重要问题,这事可能就得换一个人,然后第二天再议。

其中,讨论时间最长的一次是黄河的治河方案,这个问题讨论了一年之久。

康熙要治理黄河,大臣提出了一个方案在朝廷的会议上来讨论。方案一提出来，其他官员就站出来反对，这个方案如何不行，理由是什么。康熙很有意思，他看到双方各执一词，他也不表态，就一直坐着。等到讨论得差不多了，才开口说下次再讨论。结果到下次，意见还是不能统一。

于是，康熙决定暂停讨论这个问题，他让老家在黄河边上、对黄河比较了解的官员每人写一个意见，又派人去当地访问一些老农和河工，甚至他亲自到民间去了解，结果得到的结论仍是两种不同的意见。就这样，前前后后、反反复复差不多一年的时间。最后，康熙觉得这么长时间了，也不能老是拖着，就选了一方的意见去执行。

过了一段时间，黄河治理完毕，康熙去视察了一番，发现效果很好，就去问负责治理黄河的官员是如何治理黄河的，是按自己当初的意见执行的吗？这位大臣比较老实，他告诉康熙，在朝廷上讨论的时候，他觉得自己的方案是对的，靳辅的方案是错的。但是到了现实执行的时候，发现靳辅的方案有效。自己之所以能成功，实际上是按照靳辅的方案来治河的。这时，靳辅早已经被免官。康熙听了笑了笑说，那就让靳辅官复原职，这个治河的大臣虽然没有按照自己的方案执行，但治河有功，现在他既然认错了，也没有处理他。

从康熙治理黄河这件事情就可以看出，一个皇帝从决策到实践的过程是很复杂的，也不是一拍脑门就能把事情定下来。实际上在古代，无论做多大的官都挺辛苦的，四点起床都是常态。等他们早朝开完会之后，还要回到自己的办公室去落实。因为早朝上皇帝拟定了什么谕旨，做了什么指示，都要再做讨论、修改和批复，就像我们现在一样，记录稿和正式稿也是有出入的。等到最后审核完毕，文件批复完再下发，接下来才能去执行。

宋朝时期，官员一般是在未时下班，相当于现在的下午一点到三点之间。官员们从早上四点起床、上朝一直到下班之前是没吃午饭的。

宋太祖赵匡胤时期的宰相，名叫赵普。赵匡胤登基当了皇帝之后，就对赵普说，虽然你帮我打了天下，但是现在情况不同了，治理天下的事情很复杂，你的知识不够用，你还要多读书。赵普听了赵匡胤的话，就在自己的宰相府中辟了个小院，盖了几间房子做书房，每天未时下班之后，就一头钻进书房去读书，一读就是一两个时辰，有时候时间还更久。

赵普作为宰相，他读书有一个特点：他并不是为了猎取某个知识而读书，而是把书中的理论和工作中遇到的问题结合起来，去思考如何解决问题。

有一次赵普上朝时，就某一件事情向皇帝上了个奏章。皇帝也没细看，只是扫了一眼就把奏章退给了他，意思就是不批这个奏章。说起来，皇帝这事确实做得有些不给面子。赵普堂堂一个宰相，当着文武百官的面给皇帝递了个报告，结果皇帝当场就把报告给打了回去。

赵普也很有意思，他把奏章装起来就回家了。回到家后，他先到了书房，然后就打开奏章开始逐字逐句地研究、推敲：是不是语法、修辞有问题；奏章上所提到的事情，是否符合实际；理论的来源是否有问题；等等。

第二天上朝的时候，赵普把奏章重新递给皇帝，结果，皇帝又把奏章扔到了地上。赵普也不急，也不慌，他把奏章从地上捡起来，搁在袖子里头回家了。他回到家之后，一头钻进了书房研究了很长时间。赵普研究完之后，发现奏章没什么问题。到了第三天上朝的时候，他再次递上了奏章。

皇帝也觉得赵普十分不给他面子，这份奏章已经退回去两次，结果第三次又呈上来了。这次，皇帝直接把奏章撕了扔在地上。赵普仍旧不急不慌也不怒，把奏章捡起来回家。那时候没有胶棒，赵普就弄了纸和糨糊，把奏章按原样粘起来，继续仔细研究，一一校对，觉得没问题之后，第四天又呈上去了。皇帝见此，只好仔细地看了一遍奏章。看完之后，皇帝也觉得赵普说得有道理，当场就把奏章给批了。

赵普的家人和官员都听说他喜欢读书，却不知道他喜欢读什么书。赵普死后，家人打开他书房一看，书桌上有一本孔子的《论语》。赵普在书上批注、修改，书都被翻烂了。这就是《宋史·赵普传》中所说的，"赵普半部《论语》治天下"的故事。

明代皇城与元大都之间有什么关联？

元大都城的中心是太液池，相当于现在的中南海和北海。太液池的东面是大内，也就是现在故宫所在的位置；西面是兴圣宫和隆福宫。这两组宫殿分别在现在北海西岸国家图书馆分馆和北海大桥的南侧位置，和太液池构成一个"品"字形。

元大都是蒙古草原文化建立的都城。在草原上，人们食牛羊之肉，穿牛羊之皮，而养育牛羊的是草，草的生命之源又是水。所以草原文化的衣食之源就是水。如果仔细观察就会发现，所有的蒙古包都是搭建在河边的。所以，元大都是以太液池为主，宫殿为客。

到了明朝，朱元璋来自江南，朱棣又是从南京迁都到北京的，南京原本就属于水国泽乡，再加上明朝以农耕文化为主，水是其次的，所以明朝在建皇宫的时候，在太液池的东岸围了个城墙，城墙内就是紫禁城，然后又在紫禁城内建了皇宫。明朝的皇城与元大都的布局恰恰相反，以宫殿为主，太液为客，太液池成了皇帝后妃散步、游玩、休息的地方。

谁是对故宫影响最大的皇帝？

明清皇帝中，我认为对故宫影响最大的是永乐皇帝朱棣，因为是他决定迁都北京的，可以说朱棣是北京故宫之源。不仅如此，永乐皇帝还亲自主持故宫和北京城的规划建设。我们现在所知的左祖右社（左边是太庙，右边是社稷坛），左天右地（左边是天坛，右边是先农坛），还有城门以及护城河的规划等，都是由永乐皇帝钦定的。

永乐皇帝还重新统一了国家。比如说东北问题，隋炀帝几次攻打高丽都失败了；唐太宗征讨高句丽也失败了，还死了很多人；元朝也没有完全在制度上解决东北问题。现如今，东北的面积不到一百万平方公里，而在永乐时期，也就是明朝最强盛的时候，东北的面积大约有三百万平方公里，有现在东北版图的三倍之大，不但包括现在的辽宁、吉林、黑龙江、乌苏里江以东、黑龙江以北到外兴安岭，甚至还包括库页岛、贝加尔湖以东和以北地区。甚至连朝鲜这个名字，都是朱元璋取的，一直沿用至今。

明朝时期，朝鲜一个新的领导者李成桂，通过手段夺取政权，掌握了整个朝鲜。从李成桂开始，一直到清朝，朝鲜历朝历代的皇帝都由明清的皇帝册封，朝鲜也每年向中国进贡。为什么说从永乐皇帝开始，才将东北完全纳入明朝版图呢？因为永乐皇帝派太监亦失哈先后八次到奴儿干地区，设立省一级的军政机构奴儿干都司，向东北地区派官，东北也开始定期朝贡。当时的奴儿干地区相当于现在的黑龙江入海口的庙街，现在俄国人称之为尼古拉耶夫斯克。

包括西域，也就是现在的新疆地区，一部分直接被明朝控制，另一部分成为明朝的藩属。总而言之，这块疆域完全归属于明朝。到了清朝最强盛的乾隆时期，新疆的面积已经达到215万平方公里，约等于英国、法国、德国、奥地利、意大利、西班牙、葡萄牙七个国家面积的总和，差不多有20个江苏省那么大。为了管理如此幅员辽阔的国家，明朝开始在各地区正式设立机构，委派官员。

明朝时候还没有自由恋爱，都是包办婚姻。永乐皇帝还是燕王的时候，朱元璋要给他选对象，相中了徐达的女儿。

众所周知，徐达在历史上功劳很大，可以说是百战百胜，官至大将军、右丞相、魏国公，死后还被追封中山王。徐达不仅聪明厚道，而且还低调不张扬。有一次，徐达打了胜仗，凯旋回南京。作为一军统帅，他本应该坐在高头大马上，气宇轩昂地进京。但徐达却让二把手坐在自己的位子上，自己坐着小车从胡同里悄悄地拐回家，和几个读书人论诗、喝茶。

即便徐达身居宰相之职，他居住的房子仍旧很破，朱元璋看不过去，要给他重新盖宰相府，被他拒绝了。朱元璋搬到皇宫之后，要把自己曾经居住过的吴王府赐给徐达，但徐达不肯去住。于是，朱元璋找徐达一起喝酒，二人说说笑笑。其间，朱元璋故意将徐达灌醉，然后让宫人把他抬到自己的床上。结果第二天天亮了，徐达醒过来发现不对劲，就立刻进宫跑到朱元璋面前下跪请罪，说臣罪该万死，昨天喝醉了睡在了您的床上。朱元璋哈哈大笑，说自己就是设计让徐达在吴王府中住下。当然，徐达最后还是没有住进朱元璋昔日的府邸。

从这件事情上，朱元璋就知道徐达的家风很好，所以就把徐达的女儿许配给燕王朱棣，也就是后来永乐皇帝的徐皇后。

有一次，徐皇后和朱棣一起喝茶时问他，该如何治国。永乐皇帝大致说了两条治国的方案：第一，就是内阁和六部司行政事务；第二，就是将治国的思想交给翰林院。

徐皇后很聪明，她听完朱棣的话之后，就邀请了内阁的宰相、翰林等一众官员的家属吃饭。用餐期间，徐皇后就和这些官员家属说起了治国的问题。她告诉这些家属，自己平常很照顾永乐皇帝，皇帝遇到该做而未做的事情，自己也会出言相劝。在座的各位作为官员的夫人，先生都是很杰出的人物，别人提出的意见，先生们不大容易接受。而女人温柔善良，若是能一边敬酒一边劝解，先生们就比较能听进去一些意见。所以作为家属，大家的共同任务就是帮助先生克服一些不好的毛病，全心全意地治国。徐皇后做官员家属工作这一招也确实管用。

徐皇后死后，永乐皇帝十分悲伤。他把徐皇后葬在了北京十三陵中的长陵，后来永乐皇帝驾崩也和徐皇后共同葬在了长陵。说句题外话，长陵神道有十多里的路，陵前十分开阔，考虑的也是前途发展的风水和气象。

崇祯皇帝的是非功过如何？

有一次，一个成年人问我："阎老师，您说哪个皇帝好？哪个皇帝不好？"我告诉他，这是一个幼儿园的问题。为什么这么说呢？

作为一个皇帝，根本无法简单地判断他究竟是好是坏，因为要考虑的因素十分复杂。就拿崇祯皇帝为例，他既有好的一面，他比较勤奋，不像万历皇帝那样二十几年不上朝；但他也有不好的一面，不能听取正确的意见，并且有人提出正确意见他会不高兴，他曾经因此连杀了三个兵部尚书。

被杀的第一个兵部尚书名叫王洽，此人仪表堂堂，又有学问，工作也勤勤恳恳，而且很清廉。正因如此，他才被提拔为兵部尚书。结果他任兵部尚书还不到一年的时间，后金就打进来了，然后王洽就被当替罪羊杀掉了。严格来说，被敌国侵犯有多种因素，至少也要分清谁负主要责任、谁负次要责任。而王洽刚上任还不到一年，对工作还不熟悉，就算是整顿时间上也来不及，结果就这样平白无故被杀了。在这一方面，唐太宗就比较高明。唐太宗曾经说过这样一句话："用功不如用过。"意思就是利用官员的过错比利用功劳更能打仗，所以好多武将犯了错不会直接杀死，而是让他们戴罪立功。

李自成打破外城之后，崇祯皇帝一看明朝不行了，就把皇后叫到跟前逼她自杀。皇后见了崇祯皇帝就说了一句话，翻译成现在通俗的语言来说就是："我们结婚这么多年，我多次给你提建议，你一句都听不进去。哪怕能听进去一条，也不至于走到今天。"皇后边哭边说，说完就回到自己的坤宁宫，领旨上吊自杀了。

之后，崇祯皇帝也赤着脚，走到景山上的一棵歪脖子树旁上吊自杀了，他死的时候用头发盖着脸，意思是自己把江山弄丢了，没有脸面见祖宗。他在临死前写了封书信，大致意思就是明朝亡在我的手里，是我对不起祖宗，但明朝之所以会亡并不是我的过错，而是诸位大臣耽误了我，他们没有跟我说真话，也不给我提好的建议。事到临头，崇祯皇帝仍旧是把责任推给别人，自己不愿去承担历史责任。

实际上，明朝在万历时期就有衰落之势。但如果崇祯皇帝能够采纳一些正确的意见，勇于承担责任，不诿过于人，兴许明朝还能拖一段时间。明朝之所以走向灭亡，不是一朝一夕、一年两年的事情，而是十七年的矛盾累积起来的。

崇祯皇帝不但对外杀兵部尚书，而且对内杀皇后，杀贵妃，杀女儿。李自成打到北京后，崇祯皇帝一个十几岁的女儿抱着父亲哭了起来。当时崇祯一把就甩开了她，大喝道："谁让你生在我家！"崇祯不但没有安慰女儿，反而抢起宝剑砍掉了她的一只胳膊。当时的他已经彻底疯狂了。

我们可以从故宫历史中学到些什么？

总结起来就四句话：学知识，长智慧，润品德，重实践。

故宫是一个知识宝库，其中蕴含了我们国家传统文化的精华。故宫的建筑和里面的国宝，有很多大家不熟悉的东西，我们都必须要去了解和学习。尤其是和故宫有关的人物，上到皇帝、大学士、六部尚书，再到状元、进士等一些优秀知识分子、文学家、艺术家，等等，我们都能从中学到很多类的知识。

故宫六百多年的历史中，会聚了那个时代政治、经济、文化、艺术、科学等领域最聪明、最能干的一群人物。明清两代所有著名的人物，当时全国一流艺术家、书法家、科学家，等等，无一不和故宫有直接或者间接的关系。比如考取进士，全国考生都要到北京来考，如果没有考中，在其他领域奋发图强，和故宫也还是有关系的。比如说文徵明，他到北京考试没有考取功名，最后练习书法和画画，成为历史上著名的书法家和画家。

明朝紫禁城和皇城中，除了有皇帝和官员，还有各个领域最优秀的太监和宫女，永乐时期下西洋的郑和也是其中之一。

培根曾说知识就是力量，学校的老师和家长也都重视知识，这是对的。但仅仅学习知识是不够的，与知识相比，智慧更加重要。

什么是智慧呢？智慧不是一两件事的表面现象，而是透过现象找到事物内在本质的联系。有的人很聪明，考试成绩非常好，但就是缺乏智慧，最后连命都没了。

解缙考中进士的那一年才二十岁，可以说是绝顶聪明，人长得也很帅。同样给太子当老师，别人就可以做大学士，可以做五十几年的内阁，可以做二十几年的首辅宰相，而解缙却在四十七岁时就不明不白地被杀了。虽然这其中有各个方面的原因，但最主要的原因还是因为解缙自己本身聪明有余、智慧不足。

除了知识和智慧，品德也很重要。润品德，指的是品德不应该是拿水灌溉，而是应该像春雨一样，逐渐地滴在心灵里，从而可以潜移默化地去修养身心。

最后一条是重实践，不能纸上谈兵。很多人学习历史的时候总是夸夸其谈，讲得头头是道，但就是不实践，所以，失败的人很多。所以我们必须完善自己的身心和灵魂，言行合一。

阎老师是秉承着一种什么样的气，成为今天的阎先生？

我觉得一辈子能做好一件事情就很不错了。

我从1962年决定研究清史开始，到现在已经快六十年了，始终没有动摇过，这期间我也曾遇到过各种困难和诱惑。

20世纪80年代中期，曾经有一股下海大潮，我们单位也有一些人下海办公司。当时，领导找到我谈话说："别人都下海办公司了，你怎么不去？"我回答说："我只会看书，不会办公司。"后来，领导又找我谈过一次，我还是说了同一番话。

我的同事办了六七十个公司，全部都垮了，没有一个赚钱的。从筹备到公司垮掉，再到最后收摊，他们花费了好几年的时间，而我还是照样做我的研究。到了2014年，也就是我八十岁的时候，一些朋友说，你出本书吧。我就把这些年的部分著作汇成了《阎崇年集》（25卷）出版了。

现在我还在奋斗，基本上每年都会出一本书：2017 年，我出版了《御窑千年》，讲的是宫廷皇帝跟瓷器的关系；2018 年我写了《森林帝国》；2019 年我准备推出新书《故宫 600 年》和喜马拉雅音频节目《大故宫 600 年风云史》。因为我和故宫的渊源很深，所以在故宫建成 600 周年的时候推出新书，作为对故宫建立 600 周年的一个纪念，也是我一直以来的愿望。

梁冬结语

我们常说读书不如读人，故宫中会聚了中国历史上最聪明的一群人，读了这些前人的生平事迹，就不会犯太大的错误。其实，活在历史的洪流中，我们每个人都如沧海一粟，非常渺小，如果能够沉浸在一个思想体系里面，与整个历史和时代融为一体，这时候就无所谓大和小。

从表面上看，阎崇年老师仿佛只是在浅浅地谈论着故宫的历史，实际上，他已经向我们呈现出一个学者在治学上的严谨和广博。正如阎老师所说，一个人一辈子如果能够专注于把一件事情做好，这种状态也是非常美好的。

梁
品

郭建龙：

北宋的兴与衰

梁冬导语

学习历史是一个细活，不学就会乱。学习了历史之后，又要考虑应该学哪一派的历史，要用什么样的方式来解读历史、定义历史。历史充满了一种让我们既好奇又敬畏的力量。历史上发生过的很多事情，看起来似乎很遥远，有时候又会觉得离我们很近。

即便郭老师的史学观不一定正确，但他带着我们游历了北宋历史之后，至少为我们打开了一扇窗，让我们看到原来历史还有另外一种解读方法，还有另外一种看待问题的形式，拉近了我们与历史之间的距离。

- 北宋时期是如何运送一块十几米高的大石头的?

- 宋徽宗为何要运送这块大石头?

- 推动国运更替的密码是什么?

- 北宋盛世为何会在短短的三四年中灭亡?

- 宋徽宗是怎样败掉"家底"的?

- 为什么北宋这么折腾都能维持一百多年?

- 宋朝人民是怎样对抗通货膨胀的?

- 是什么事情加速了北宋的灭亡?

- 王安石变法的失败是因为技术跟不上,
  还是因为变法思维有技术缺陷?

- 北宋灭亡是因为金国的迅速崛起吗?

- 在当时那种情况下,北宋还有补救的余地吗?

- 北宋的调兵体系是如何制约军队的?

- 金国的兵力为什么这么强大?

- 为什么说是"靖康耻"?

- 靖康之难对思想界和文化界有什么影响?

- 宋朝为何会出现"民主选举"?

- 南宋人民对于汴京之围是什么样一种心态?

- "民选皇帝"张邦昌是怎么死的?

- 写完《汴京之围》最大的感慨是什么?

梁品。

○ 郭建龙

自由作家，曾任《21世纪经济报道》记者。已出版历史畅销书《汴京之围》，"中央帝国密码三部曲"系列《中央帝国的财政密码》《中央帝国的哲学密码》《中央帝国的军事密码》，历史游记《穿越百年中东》，小说《告别香巴拉》，文化游记"亚洲三部曲"系列等。

北宋时期是如何运送一块十几米高的大石头的？

"艮岳"是宋徽宗时期园林的代表作，我经常开玩笑说，如果艮岳保留到现在，相比之下，颐和园可能只是一个我们根本看不上眼的小园子。没有了艮岳，所以我们现在只能去看颐和园。

艮岳中有一块十几米高的大石头，差不多有五层楼高。可能对现在而言，运输一块十几米高的石头不太难，但是对于北宋那个时代，还是相当困难的。为什么这么说呢？因为在当时，这块大石头必须通过水路运输。

北宋时期，运河上除了一座最高的桥梁，其他的桥梁都还没有石头高，所以要运石头首先就要把一路上的所有桥拆了，这个成本就很大。另外，运石头还要经过城墙。那时的城墙有人过的门，有船过的门，也就是水门，这个水门也很矮，所以运输石头的时候又牵扯到了拆城墙的问题。

所以说，运送这石头不仅花了很大力气，而且花了很多钱。为了一块石头可以把一路上的桥和墙都拆了，从这一点也可以看出，当时的国力是非常强盛的。

宋徽宗为何要运送这块大石头？

这块石头很美，这一点毋庸置疑。这种石头在宋徽宗时期特别受欢迎，如果石头上有个洞，这石头就特别值钱。石头上的这个洞可以称为"窍"，人们常在"窍"中塞上雄黄、丹砂之类的东西，这样做是为了防毒蛇，有时候还要制造一些雾气。艮岳园林中永远是雾气绵绵的，看上去像一座高山一样。当然，要制造这种雾气绵绵的效果，还是颇费功夫的。

事实上，我们现在对于假山石的追求，就是宋代留下来的传统。还有日本所谓的匠人精神，在北宋时期也尤为明显。大家都非常追崇细节，而且每个细节都必须恰到好处，只有这样做出来的，才能算是好东西。

现在看来，运送石头这件事情我们可能会说是徒费劳力。但换一个角度思考一下，现代，当一个伟大的工程建立起来的时候，我们大家首先想到的并不是它有多浪费，而是我们的国力有多强盛，才能建成如此伟大的工程。这一点，在宋代也是一样的。当时皇帝运送石头的时候，百姓们想到的不是皇帝太浪费了，而是皇帝为我们建造了一个多么伟大的奇迹。

实际上从石头运到艮岳园林，建成艮岳，再到北宋灭亡，这之间也不过三年多的时间。说起来这确实是一个很荒诞的剧情，一开始下了那么大功夫把大石头运回来，最后因为北宋的城里缺乏炮弹，大家就把这块大石砸烂了做炮弹了。所以，这块大石头的命运可以说是非常悲惨了。

推动国运更替的密码是什么？

在晚清之前，我们中国的政治制度和社会结构，在全世界范围内一直都是领先的。虽然我们看到现在的西方社会已经建立了一套稳定的制度，但是在中世纪之前，他们的制度还是非常不稳定的。

一般来说，一个王朝的三百年，就相当于人类寿命的一百年。一个西方小王国一般存在个几十年就要更替一回，可以说更替得非常频繁。当时世界上只有一个国家，可以长时间作为一种制度存在，那就是中国。因为在西方国家只能维持几十年就会变天的时代，我们的朝代往往能维持两三百年之久。

如果要问维持国运更替的密码究竟是什么，就我的总结来说，是一套较好的财政系统。一个国家之所以能够稳定，首先是因为它能建立起一套官僚机器和军队系统，来维持社会的稳定性。比如可以镇压盗贼、响马之类的，这样人们才能安居乐业。

但是想要维持这样一套系统是有成本、代价的。官僚和他们的家属要吃饭，当兵的也要吃饭，这些人吃饭的钱就是财政。所以必须要有这样一套财政体系，把钱从民间捞起来，供给皇家也好，供给官僚系统也好，总之要让这些人活着。如果一个朝代的财政能达到一种平衡，这个朝代的社会就比较繁荣。

北宋盛世为何会在短短的三四年中灭亡？

虽然我们常说唐宋，但实际上宋代的经济比唐代更加发达。因为唐代的街市是封闭性的，所以街面上没有小店，大家想要吃东西也不是很方便。到了北宋，吃喝就和我们现在差不多了，尤其是在京城，街上到处都是小摊小贩、酒楼、店面，吃饭也很方便。北宋的人们真的是无忧无虑，他们还会搞搞冰镇饮料喝。

可以说北宋是我国历史上一个经济的高峰时期，那时的国民素质也是很高的，像苏轼、范仲淹、王安石等人全都出现在北宋。

但就是这么一个繁荣的朝代，为什么就在突然之间完蛋了，一直以来我也很纳闷，因为它并不符合我前面所总结的规律。在古代，最常说的无非是"皇帝昏庸不堪""奸臣误国"这两个理由，而现代我们最常找的理由叫作"阶级斗争"。我也一直在想，这些理由到底能否解释北宋的灭亡？

我们先从"皇帝昏庸不堪"谈起。说起来在古代没有什么人替宋徽宗说好话。但在不久之前，美国的历史学教授伊沛霞写了一本名为《宋徽宗》的书，书里就提到历史上的宋徽宗可能被误读了，他实际上是一个很伟大的皇帝。无论是他的审美，还是他的书法和绘画水平，品位之高，是后世皇帝无法比拟的。比如说清代的乾隆皇帝，时常附庸风雅，但是和宋徽宗根本无法相比。但是，乾隆皇帝在历史上的地位要比宋徽宗高得多，所以伊沛霞就想替宋徽宗正名。

宋徽宗运送大石的时候，一开始所有人都把这当作盛世的标准，这就引出了这样一个问题，皇帝的爱好和他的职位之间，是否有一种错位的存在。也许作为艺术家，宋徽宗确实是至高无上的，就像凡·高一样，他做出任何惊世骇俗的事情，大家都觉得很正常。

例如，有一天我们遇到一个收藏家，他看上一块很好的石头，买下这块石头可能会让他倾家荡产。这位收藏家掂量了半天，最后卖了房子，把这块石头买了下来。这个时候我们会觉得这个人真厉害，因为他是一个收藏家，是一个艺术家，他就应该这么做。他如果没有这样做，大家反而还会责怪他。

但是宋徽宗身为一个皇帝，又是另外一个角色了。作为皇帝，他首先考虑的应该是怎么样少花钱，而不是多花钱。所以，从这个角度来说，北宋的灭亡，宋徽宗确实是有一定责任的。

宋徽宗是怎样败掉"家底"的？

我们一直以为北宋是一个全新的朝代，其实不然。宋徽宗的"家底"也不是在三年之内败掉的。

通常一个朝代"败家底"的过程，一般会持续两百年左右。相比之下，北宋有一个非常不利的因素，就是宋太祖赵匡胤的皇位是通过禅让得来的。

像曹魏、西晋这些通过禅让建立的朝代，虽然和平、不杀人，但朝代的寿命往往要短一些，因为禅让就意味着要维持和平。而想要维持和平，就必须保留大部分人的利益。实际上，从唐朝、五代时期开始，就已经积累了非常错综复杂的利益关系，如果能够打破这些利益，重组一下，这个朝代反而会更加健康。

也是为了保持这样一种连续性，北宋的财政负担就比其他朝代更重。无论是富人阶层，还是官僚阶层，甚至于军队，也都比其他朝代更加庞大，尤其是北宋把北方边境的燕云十六州丢失之后，它的财政负担更加沉重。但即便有这么沉重的财政包袱，北宋也维持了一百年左右的时间。

为什么北宋这么折腾都能维持一百多年？

北宋时期，虽然国家财政捉襟见肘，但民间还是极度繁荣的；另一方面，北宋的经济是历史上最发达的，国有企业也是历史上最发达的。

国有企业的发达首先就表现在专卖上。北宋设定了很多的专卖区，垄断了盐、马等产品，还有茶、矾、香等奢侈品。我们现在喝茶很方便，但是在北宋喝茶的费用还是比较高的，因为在北宋，茶是一种高雅品。

在西汉时期，盐和铁都曾是官方的专卖品。但是铁器专卖之后，质量立刻下降了。铁器质量下降首先影响的就是农业。中国历代的皇帝都很聪明，他们懂得从前面的朝代学习经验，所以后来的皇帝一合计，觉得铁并不是一个好的专卖产品，所以铁的垄断就没有延续下来。

其次是发行纸币。北宋发明纸币之后，大家都只看到了纸币的好处。这一点不仅是在古代，在现在也是一样；不仅是在中国，在整个世界亦是如此。一旦印钞机制变得过于容易之后，政府总是会发行过量，区别就在于发行的速度快慢而已。

我们常说中国是第一个发明纸币的国家。欧洲人看到马可·波罗写的中国的元朝流行一种纸，可以用来当钱花，欧洲人就觉得马可·波罗是个骗子，在他们看来这就是天方夜谭。

北宋末年，就通过这些方法筹措了很多财政收入用来养兵。当然，民间的经济肯定也会受到影响，所以北宋的寿命达不到一般水平，和这些财政手段也有一定的关系。

宋朝人民是怎样对抗通货膨胀的？

北宋末年的人民基本上没办法对抗通胀。

一般来说，如果通胀的程度在一百年之内控制在一百倍以内，人民就觉得是可以忍受的，也不会闹出什么乱子，再高就不行了。就像美元在近一百年也膨胀了一百倍，美国人觉得还没什么事，感觉也还不错。北宋末年只有几倍的通胀，没有达到几十倍，相对来说还不算太严重，所以在北宋时期，百姓都没感觉到通胀。

到了南宋的时候，大家就有了明显的感觉。那时候大家伙对付通胀的办法就是买地，当大地主，就跟我们现在买房子一样。所以，到了南宋末年，政府就开始想办法，要把人民的地收上来。

是什么事情加速了北宋的灭亡？

追溯北宋灭亡的原因，就要把时间往前推移几十年。除了庞大的官僚体系、货币超发、通货膨胀以及北方辽国和金国对宋朝的影响，这几十年之间还发生了一件大家都非常熟悉，也是曾经在历史课本上学到过的事情——王安石变法。

王安石变法所引起的混乱是很大的。实际上，王安石想要采取一套计划经济的体制来解决北宋的财政问题。他这套理论在当时是非常超前的，就是通过国家经济的指导，加强国家对经济的控制，增加经济的产量。在王安石看来，经济产量增加之后，政府稍微加点税负就是无伤大雅的事情了。

综上所述，王安石的变法思路就是增强国家对经济的控制力：国家指导农民怎么种地，国家指导商人怎么借钱……

按照王安石的逻辑，国家增加了指导之后，产量就会增加，实际上并没有。恰恰相反，国家加大对经济的控制之后，又造成了经济的进一步衰落，产量不但没有增加，反而下滑了。

王安石变法的失败是因为技术跟不上，还是因为变法思维有技术缺陷？

不仅仅是在中国，甚至在整个世界范围内，"人定胜天"这种思想一直都是存在的。

"人定胜天"可以说是一种非常狂妄的状态。所以每几百年总会出现这样一个人，他觉得自己可以做到，他要去试验一把。但是到目前为止，还从未有一个人成功过。当然，我们可以寄希望于未来，但直到目前我们还没有见到这样一个人。

当时的王安石就想，我们北宋至少有了印刷术，所以文件的下达变得方便了，统计也方便了，所以从道理上来讲，自己应该可以完成一次政府计划。在王安石之前，王莽也是这么想的，因为王莽时期已经发明了纸。

王安石变法除了对财政造成了进一步的破坏，还产生了另一个效果。北宋有一个很好的传统就是不杀人。朝廷中可以分成各个党派，各党派之间也是一种良性的、不以杀人为结果、不会完全把对方排挤掉的竞争。这种文官之治确实比较文明。

而王安石想要推行自己的改革，就必须把这些都给"打"下去。但是他换上来的这批"少壮派"，往往不知道"我不能干什么"这个道理，他们始终执着于"我能干什么"。所以，在"新党"或者也可以称为"改革派"中，有一群不在乎道德因素而更在乎结果的人就这样上台了。紧接着，被排挤的旧党也出现了分化。

所以，两派的政治斗争激化之后，对北宋后期的影响非常之大。为什么这么说呢？

因为改革派变成了后来的主战派，他们要做什么就一定要做出成就，才能证明自己的实力，因此他们是赞成打仗的。而保守派大都变成了主和派，他们认为既然已经和辽国维持了百年和平，为什么要打破这种局面呢？两派之间就出现了这样一种分野。

也不能说主战派都是好人，主和派都是坏人，当然，反过来也不成立。只能说两个派别出现的时间不太对。

比如说一开始还没有出现战争的时候，最好是维持和平，不要随意打破这种局面，因为战争的财政负担太重了。这个时候当然最好是要主和派在台上，可偏偏这个时候拥有话语权的是主战派。

但是，一旦和平被打破，两国之间打起仗来，北宋军队吃了败仗的时候，反而不能随便退缩，还要继续坚持一下，尽量等待某次打了胜仗的时候再去和谈。因为作为战败国谈出来的条件，往往令人无法接受和执行。在这个关口，主战派自然需要坚持继续打仗。但是军队失败之后，皇帝就把主和派换了上来，所以和敌国谈成的条件简直惨不忍睹。

主战派和主和派的这种错位，在后来的军事行动当中表现得尤为明显。

北宋灭亡是因为金国的迅速崛起吗？

金国的迅速崛起确实是其中的一个因素，因为此时主战派和主和派需要做一个选择。

众所周知，燕云十六州并不是在北宋时代丢失的，而是在北宋的前朝就已经弄丢了。所以，北宋的人们一直很想把燕云十六州再拿回来。

世界上任何一个国家，它的人民在考虑自己本国历史的时候，总会有这样一种心理：他们总是以国家最大的时候来考虑。人民总在回忆我们国家几百年前曾经达到了某个疆界，所以我们现在也应该如此。不光中国的北宋如此，其他任何国家也是如此，当然，这一点也无可厚非。

当时，北宋和辽国已经维持了上百年的和平，金国崛起之后，辽国正处于逐渐衰落的过程中。于是，北宋就形成了这样两派：主和派认为应该继续和辽国维持和平，支持辽国对抗金国。因为人们有一种"新兴的国家更加危险，老国家是缓冲区"的想法；主战派就认为这是一个拿回燕云十六州的机会，如果北宋和金国一起对辽国进行夹击，就可以夺回燕云十六州。为此就形成了两派的斗争。

最后，自然是主战派占了上风，于是北宋就采取了和金国联合灭了辽国的路线。但是，相对温和的邻居——辽国被灭掉了之后，就破坏了北宋、金国和辽国的三角平衡，至此北宋多了一个更加强悍的邻居。

我们现在对于辽国的看法可能比较负面，但实际上辽国是一个比较遵守信义的国家，也是一个很有意思的国家。

在北宋还不存在的时候，辽国就帮助后晋的皇帝石敬瑭去攻打后唐。在攻打后唐的过程中，双方规定契丹帮助后晋灭掉后唐之后，后晋就把燕云十六州割让给契丹。当时，契丹人非常遵守盟约，他们派兵打到黄河之后，就不再继续向前行进了。

契丹人和石敬瑭说："我已经帮你们将敌人的主力消灭掉了，就不再过黄河了。因为契丹兵过了黄河可能会吓到中原的人民。当然，如果你攻打不下来的话，我可以派一些兵给你们，由你们自己指挥去打仗。一旦你们拿到了自己想要的领地，我就退回到我们约定好的燕云十六州。"契丹人走的时候，还特意嘱咐后晋说："我们一定要做兄弟。"

辽国皇帝听说宋仁宗薨逝的消息时，还哭得鼻涕一把、眼泪一把的，他一边哭还一边说："已经维持了四十二年的和平了，宋朝的皇帝怎么就死了呢？"在这四十二年中，辽国已经忘记了战争是什么样的感受，实际上，他们也很怀念那个和平的时代。所以说，辽国实际上是一个相对比较温和的民族，他们之所以能和北宋维持百年的和平，也正是因为如此。

在当时那种情况下，北宋还有补救的余地吗？

即便走到这一步，北宋还是可以补救的。因为北宋和金国商量的条约是北宋去攻打燕京，金国去拿下云州。燕云十六州中，最主要的就是燕京和云州，燕京就是现在的北京，云州就是山西的大同，其他的州都是围绕着北京和大同的一些小州。

当时最坏的情况不过是金国不把大同还回来，但北宋的手中至少还有北京。只要有北京，至少燕山防线是完整的，就比较容易守卫住本国的领土，按照这样的思路发展下去，北宋的处境还是能有所改善的。

但这个时候又出现了另外一个问题，就是北宋军队的战斗力问题。

北宋军队是一个很奇怪的体系。如果把一个北宋士兵单独拎出来与辽国士兵决斗，北宋士兵未必会落得下风。因为北宋有一套比较完整的军事训练体系。

北宋的士兵是职业兵，他们不像唐代的府兵，除了打仗，平时还要种粮食养活自己。就是因为北宋觉得府兵没有战斗力，所以实行了职业兵制——募兵制。这些士兵一辈子的责任就是打仗，没事的时候他们就搞训练，所以北宋的单兵作战能力挺强的。但是军队作为一个集体出现的时候，就立刻完蛋了，因为北宋没有建立好军队指挥体系。

北宋的指挥体系已经不是简单的文官体系可以概括的了。文官体系是为了分散兵权，是用来练兵的。北宋启用了另外一套枢密院体系来进行调兵，调完兵之后，带兵打仗的又是另外一个将军。

北宋之所以要设计这套调兵体系，是为了防止军人作乱，让任何一个人都没有足够的权力进行一次造反。但是，当北宋对外打仗的时候就出现问题了，因为一个将军调动兵马、指挥打仗都还需要有足够的权力才行。当然，面对这种错综复杂的军事体系，确实没有人知道究竟应该如何去指挥，这种体系也确实对北宋造成了非常大的伤害。

北宋的调兵体系是如何制约军队的？

金国三下五除二拿下了大同之后，又马不停蹄地来到了燕山北麓。眼看金国就要拿下燕京城了，这下皇帝开始着急了：如果金国把燕京城拿下来不还给我们怎么办？

于是，皇帝就立刻派了童贯去跟金国交涉，燕京城应该是由宋国军队拿下的，让金国人不要过燕山。结果派出去的童贯到了那边才发现，在这种错综复杂的军事体系下，根本指挥不动军队。

辽国的一名大将叫郭药师，我怀疑金庸先生很可能是知道这段历史，才取了"黄药师"这个名字，当然这是题外话。

郭药师带来的辽国军队战斗力很强，也是三下五除二就打到了燕京城。其实这时候宋国的援军就在良乡附近，距离燕京不过几十公里的距离，如果这时宋国能派一支援军过去，就能马上拿下燕京城，可偏偏就是调不动兵。眼看郭药师就能拿下燕京的时候，却吃了败仗，又被轰了出来。

到最后，宋国无论如何也拿不下燕京城。之前，北宋的皇帝还在对金国说，你们必须在燕山以北等着，千万不能过来，要由我宋军拿下燕京。到了这时候皇帝又改口了，说金国你过来把燕京城拿下，然后还给我们。

金国军队的战斗实力非常强，他们很快就打下了燕京，并迅速地把战线推到了汴梁。

金国的兵力为什么这么强大？

宋朝的一个使者到了金国之后，观察得非常细致。他发现金国的兵力之所以这么强，是因为金国人喜欢打猎。不仅如此，他们打猎的时候特别擅长排一种阵法。他们会把一片地区，用马队、骑兵围成一个圈，这些骑兵就像一条长蛇一样越盘越紧，刚开始是一圈，慢慢地变成两圈、三圈，就像蟒蛇把猎物盘死那样。当这个圈盘到足够小的时候，圈中的猎物，诸如兔子啊，山羊啊，它们往外跑的时候，就开始进军射击，用箭把这些猎物杀死。金国一些很成熟的战斗技法，就是这样在狩猎中慢慢形成的。

金军另外一个强大之处在于他们的军队是不需要国家养的。刚开始，金国的军队可能只有几百人，当他们打下一个部落之后，如果这个部落有五百个士兵，他们就带着这五百个士兵去打下一个地方。再打下一个部落之后，可能又多了五百人。

金国不用出一分钱去养这些士兵，只要跟他们说："走，我们去打大同，等把大同打下来之后，我们就把它抢光。"这些人就跟着金国的军队一起去了。

所以，无论打到什么地方，只有打了胜仗士兵才能拿到钱，如果吃了败仗就没有钱。所以金国军队的冲击力和战斗力是非常强大的。但是，当他们把全国都抢下来之后，就没有下一个可以抢的地方了。

这一点很像我们现在的期权制度，在期权激励初期的时候，这个制度非常有效，当一个企业做大后，期权不值钱的时候，这又是另一个问题了。

为什么说是"靖康耻"？

金军的进攻带有很强的掠夺性。比如说，金军在汴京的第一次围城中有两路兵马：第一路兵马是二太子的兵马，这路兵马是从汴京东面的河北方向打过来的；而另一路兵马是从西面的陕西地区打过来的。

二太子的兵马成功围住了汴京城之后，向宋国勒索了很多的钱财。当时，北宋恨不得把所有的金银都送给他们。可以说当时每个士兵都是发了大财回去的，所以二太子很满意。但是，西路的兵马却没有分到一分钱。

因为二太子在第一次围城中已经吃饱了，到了第二次围城的时候，他就很不卖力气。金国攻打宋国的时候，二太子甚至还和宋国互通有无。当时已经是宋钦宗时期了，二太子就提醒宋钦宗说，西路军今天晚上要进攻了，他们进攻可不是闹着玩儿的，如果你们能守得住，就拼死去守，守不住就趁早投降，这是最后的机会了。二太子就把这个消息送给北宋，从某种程度上说，这时的二太子似乎变成了北宋的奸细。

东路军的士兵在第一次围城的时候吃得饱饱的，他们拿走了各种各样的金银珠宝，甚至连皇帝的青铜器都拿走了。他们把这些东西拿回去之后，还到处炫耀，跟其他士兵说，这只是汴京城里的一小部分。当然，这些东路军士兵说的话是非常不靠谱的。西路军因为在第一次围城的时候什么都没有捞到，所以就非常眼红。

所以，第二次拼死拼活攻打汴京城的就是西路军，他们非常卖力气，就是为了把汴京城打下来，拿到这些钱。但实际上，第一次围城的时候，宋朝的皇帝已经想方设法把所有的钱拿出来了。第二次，金国又让宋朝拿钱的时候，这就比较麻烦了，这时皇帝七凑八凑，凑出来的金额还不到第一次的一半。

为了凑出这些钱，皇帝几乎是彻底把汴京城刮空了，已经搜刮到什么程度呢？一开始皇帝只说把自己的东西拿出来，后来他又要求太监把自己所有的东西拿出来，不能有任何保留。然后，大臣也必须按照级别拿出自己的东西，比如说宰相级别的要拿出多少黄金，其他级别的要拿出多少黄金，每个级别的大臣都明码标价。

问题是即便大臣已经以身作则，钱还是没有凑够，于是又去找民间的富户。在民间的富户中，首先要找的就是金银匠。当时的金银匠就相当于现在的金融业。金银匠在和平时代永远是发财的对象，在战争时代也永远是被勒索的对象。

搜刮完金银匠之后，钱还是没有凑够，宋徽宗就又去找了妓院的老鸨，因为当时的老鸨也是很有钱的。甚至连皇帝的诏书里都记录了两个老鸨的名字，其中一个就是历史上著名的李师师。

就算把能凑的钱都凑了，最后凑出的数量甚至没有达到金军要求的十分之一。金军就对宋国说，没有钱也不是不可以，但是不能没有女人。如果这两样都没有，你们就真的没有活路了。所以，宋朝的皇帝最后和金军谈了条件，把汴京城里的女人全部作价。

在汴京城的所有女人中，皇帝的妃子和公主作价是最高的。当然，妃子也是分等级的，妃多少钱，嫔多少钱，其他的又是多少钱，皇帝的女儿多少钱，儿媳妇多少钱，甚至包括皇帝兄弟的妻女也都作了价。

除此之外，和皇帝没有亲缘关系的宫人，还有城里富户家的女孩子，甚至连歌妓也都作了价。其余的女孩子又是另外一个档次。其中，歌妓是比较值钱的，当时的歌妓并不是妓女，而是一种表演人士，相当于现在的演员。

通过这样的方式，宋朝又凑了一笔钱，大概凑出了金军要求数额的一半。在靖康之难中，大家最不愿意接受的就是把这些女人作价送给了金军。

靖康之难对思想界和文化界有什么影响?

靖康之难最开始的时候，所有人都在想着如何保命，根本没有时间去考虑哲学问题，更不会思考这些女人走了，会产生一种什么样的哲学影响。实际上，当时很多人都很高兴让她们走。

北宋末期，特别有行政效率的机构当数开封府了。开封府是负责执行皇帝命令的，汴京城被围之后，开封府就负责执行金军的命令，成为金军一台非常高效的机器。

原本金军并不知道宋徽宗究竟有多少个妃子，多少个女儿。这个时候，他们就命令开封府去列一个名单，把皇帝身边的所有女人都写进去，一个都不准漏掉。开封府真的一个不漏地全部都列了出来，包括等级、名字都写得清清楚楚。

在中国古代，即便是皇后这样的女人，也没有资格留下自己的名字。大家可以翻开"二十四史"看一下，史书上大部分的皇后传或者皇后纪里，除了吕太后、武则天等极少数可以留下名字，其他的皇后都只有姓氏、父亲是谁、哪里人等这些资料，唯独缺乏名字。

北宋，自开封府列出了这份妃子名单之后，宋徽宗的妃子全部都有了名字的记载，并且保留到了现在。我也不知道应该说这是一种幸运，还是一种不幸。

当时，几乎所有人都认为，只要把女人凑齐了，汴京就不会被屠城，大家根本就没有去想下一步会怎么样。大臣们也从未想过，金国把宋朝的皇帝废了，他们这些大臣是否应该去自杀。原本，按照汉代以来培养的"君君臣臣""父父子子"的想法，这些大臣是肯定不能活的。因为大家都活得太幸福了，所以都不想死，就想着赶快把女人送走，他们就又能过上幸福生活了。

不仅如此，到后来另立皇帝的时候，开封府还不断地教育大家说，台上是赵相公还是张相公，跟大家有什么关系呢？换句话说，就像一个军事衙门，管事的无论是张押司还是李押司，都没有关系，大家不还是照旧当自己的兵吗？开封府就想着，赶快把所有事都做完，把金军轰走就行了。

宋朝为何会出现"民主选举"？

赵氏皇帝被废之后，就需要另外找一个人来当皇帝，所以这时候汴京城里发生了中国历史上唯一一次的民主选举。

金军说，必须通过民主选举，选出一个大家信任的人来做皇帝，我们才会放了你们。听了金人的话，这些官员又寻思着只要把这个皇帝选出来，金军就会滚蛋了。但是这个事情他们以前从来没遇到过，都有些不好意思，所以就算这些官员拥有了选票，他们也不知道该投给谁。

有个人听说金军可能对张邦昌比较感兴趣，就把这件事和其他人说了。其他人一听说，都把选票投给了张邦昌。就这样，在金军的诱导之下，大家就选出了张邦昌做皇帝。

张邦昌本人却完全不知情，此时的他正在金军的营地里陪着皇帝，金军也不敢告诉他，他已经当选了中国历史上第一任民选皇帝，只是骗他说，新立了一个赵氏的王子当皇帝，让他进城去做宰相。于是，张邦昌就进城了。

张邦昌进城之后，发现完全不是这么回事，他根本不是当宰相，而是要当皇帝，吓得立马哭了起来。哭完之后的张邦昌就躺在衙门里装病，死活不肯出来，别人说什么他也当听不见。这时，金军又传话过来，说他们送来的是一个活着的张相公，如果他变成了一个死了的张相公，这个城市里的人也就跟着完蛋了。

听了金军这番话，其他人就对着张邦昌哭，说："你为什么不在城外自杀呢？你为什么要进城呢？你要是死了我们也活不了……"民主选举一事就变成了这样一出闹剧。所以最后张邦昌就勉为其难当了皇帝，这才解了汴京之围。

实际上，真正解了汴京之围的，首先是城里的那些女人，其次就是张邦昌。张邦昌当皇帝之后，金军也就回去了。

南宋人民对于汴京之围是什么样一种心态？

汴京的女人被送出城去的时候，都在说皇帝无能，把她们都卖掉了。其实当时这些女人的心情非常复杂，但她们根本就没有选择。

当时，大家都想着把所有事情了了，早点把金军送走，但是到了南宋时期，大家重新回味起这些事情的时候，就越来越觉得不对劲了。

他们就会说，你们这些女人为什么要嫁给金人呢？这是不对的，你们应该自杀。

你们这些大臣为什么要听金人的话，让你们干什么就去干什么？你们应该自杀。

还有城市里的人，你们为什么会这么做？你们也应该自杀。

北宋末期的这些事情积累下来，就演变成了这样一种心态。

"民选皇帝"张邦昌是怎么死的？

张邦昌很聪明，金军一走，他就马上把皇位让给了后来的宋高宗。宋高宗当时甚至还说出"我知道你救了很多人，我不会追究你的"诸如此类的话。

但是到后来，皇帝心里面想起这个事情还是觉得过不去，还是想要找个借口把张邦昌杀掉。当然，他不能再找"谋反"这种借口了，因为他已经说过原谅张邦昌这种话了。那后来宋高宗找了一个什么样的借口呢？

宋徽宗把所有女人作价的时候，按规定他所有的妃子都必须要走。其中有个妃子不想走，她就想了一个办法。她趁张邦昌喝酒的时候，把自己贡献给了张邦昌。这位妃子就通过这样一种方式，避免了自己被带到北方去的命运。张邦昌当了皇帝之后，就把她立为皇后。

宋高宗就找借口说："张邦昌，皇帝的妃子你怎么能碰呢？这个罪过可比你当那几天皇帝罪过还大。送到金国去的妃子已经没有办法干涉了，但只要还在宋国境内我就要管！"南宋的王当时就是抱着这样一种心态。

所以，最后宋高宗就是以这样一个理由杀了张邦昌。

写完《汴京之围》最大的感慨是什么？

我最大的感慨就是所有的历史都处于一种联系和延续的状态。任何时期的历史，不仅联系着遥远的古代，也同样联系着现代。比如说，中华民族后期的一种保守心态的形成，完全可以追溯到北宋时期发生的这些事情上。甚至于北宋的道学，也是因此才发展起来的。

北宋道学发展的一个很强大的目的，就是要让人们重新学会"君君臣臣"和"父父子子"，让人们重新定位自己。到了明代，这种束缚过于强烈的时候，就又发生了一次反叛，这就是我们现在所谓的阳明心学的反叛。

阳明心学讲的就是人可以有选择的自由，可以听从自己的内心，而不是被所谓的"天道"束缚住，比如我不一定要为了君臣父子这些所谓的纲常去自杀，我可以选择活着，这是我们听从内心的一种选择。

后来，人们觉得阳明心学过于颓废之后，明代又发生了另外一次反叛。但是到了清代，人们又把这两种传统全部废掉，开始拥抱现代。实际上，现代也是一种不断循环的心态所遗留下来的产物。所以，现在我们还是会看到有的人在追寻道学精神，还有的人在追寻心学精神，可以说这就是历史的一种延续性的状态。

　　其实，学习历史最关键的一点，就是要学会思考，用古代去对照现在，才能让我们自己看得更加清楚。

　　历史上的任何事情都是一个复杂体的结合，很难用我们以前历史课本上所学到的、某一个单一的表面化概念套住。在《汴京之围》这本书中，我想要讨论的不是对错，也不是价值的判断，而是"当时究竟发生了什么"的客观性问题。我会去想象，处在那样一个复杂的决策状态下，自己会去做些什么，是否还可以有其他更好的选择。所谓的悲剧，并不是做了错误的选择，而是有的时候发现，我们根本就没的选。

梁冬结语

看到宋朝人当时的生活，一种折叠的情愫突然投影在我心间。中华民族命途多舛，很多事情我们无法对它们做任何判断和描述，否则就会引发联想。所以，不要匆忙地对历史进行判断，也不要匆忙地下定论，我们只需要在阅读和了解的过程中对镜观心，明白我们是怎样成为今天的一群人的。

历史总是一遍又一遍地往复。尽管中国历史上有一群文人，以自己的方式创造了北宋的文化，但同时他们也给我们带来了沉痛的历史教训。我也一直在想，我们民族精神里的那种血性和坚持，是否还有可能为了更多人的理想去产生另外一种可能性，也许我们需要发展出一种更加勇猛、更加坚定的民族史观。

最后，我希望每一个中国人，尤其是中国男人，在阅读宋朝史的时候，能在心里问自己这样一个问题：在民族面临挑战的时候，我们应该如何自处，如何奋进，如何站出来成为一个真真正正的中国男人。

张宏杰：

世界史背景下的中国史

梁冬导语

有一天，我在和我儿子讲历史的时候，突然发现历史可能是一个伪命题。几乎每个读过书的中国人，多多少少都会对中国的历史产生一些兴趣。说书人口中的历史故事，还有诸如《三国演义》《隋唐演义》之类的各种演义，都曾帮助我们奠定了某种历史观。在某一瞬间，我突然意识到，或许我们一直以来所知道的历史可能是被演绎过的，而真正的历史需要我们去重新了解。

张宏杰老师认为，不把中国历史放在世界史的角度来看，很可能看到的是一个并不全面的中国历史。在这篇文章中，他会帮我们重新梳理一下真正的中国历史脉络。

- 为什么中国的农民起义与世界上其他国家的不同？
- 大一统郡县制和分封制的不同之处在哪里？
- 为什么中国历史上很少出现南方民族统一中国？
- 中国古代大一统的郡县制是世界上的独一份吗？
- 中国王朝的建立与美国有哪些不同之处？
- 中国在哪些方面不同于其他国家？
- 为何秦治可以对中国历史影响深远？
- 先秦时期为何推崇伍子胥？
- 秦朝前后的儒家思想，有何不同之处？
- 道家思想在历史上扮演了什么角色？
- 为什么儒家思想在中国历史上根深蒂固？
- 为什么中国古代会出现这么多的腐败？
- 为什么中国古代人几乎没有自治能力？
- 为何主张国际协调机制？
- 历史上为什么会出现宗族自治？
- 政权更迭是否与人口数量有关？
- 应该用什么样的态度看待历史上的"大一统"？
- 中国人是从非洲迁移过来的吗？
- 民国时期是春秋战国时期的历史轮回吗？
- 为什么古代人比现代人幸福指数更高？

梁品。

○ 张宏杰

《百家讲坛》特邀主讲嘉宾，作家、历史学者。东北财经大学经济学学士，复旦大学历史学博士，清华大学博士后。著有《大明王朝的七张面孔》《曾国藩的正面与侧面》《饥饿的盛世》等书。

为什么中国的农民起义与世界上其他国家的不同？

读史的时候，我们经常会陷入这样一个误区，即总是把眼光局限于中国史的范围之内，这样就无法看清中国史的全貌。中国有句话叫作"不识庐山真面目，只缘身在此山中"，意思就是如果总是陷在某件事情之中，是无法看清它的整体轮廓的。如果把中国史放到世界史背景下去看，就会发现中国历史的很多特点，是世界其他国家所没有的。举一个最典型的例子，中国历史上的农民起义，在世界上绝大多数国家从来没有发生过。

中国历史上的农民起义，是一场彻头彻尾的、从底层掀翻整个社会的运动。在中国，农民起义往往以改朝换代为明确的目标：要推翻皇帝，夺了帝位后，再由自己来当皇帝。这种事情在中国历史上时常发生，比如说，汉朝的刘邦和明朝的朱元璋，他们都是出身于社会的最底层，通过战争夺得了皇位，开创了一个新的王朝。

纵观整个欧洲历史，欧洲那么多的国家，从来没有哪个农奴或者农民，通过发动起义当上国王。国外的农民也会举行各种暴动和抗争，但是他们的方式与中国农民起义的方式是完全不一样的。在欧洲和日本的历史上，也有过很多次底层人的抗争，但是他们的抗争都是有限度、低烈度的。

究其背后的原因，就是中国从秦始皇登基之后，一直到清朝，社会运转的规律，或者说国家体制与欧洲和日本是不一样的。

漫长的欧洲中世纪时期，所有当国王的人全部都是贵族出身。日本从天皇家族诞生之后，一直到今天，天皇家族也从未改变过。世界上绝大多数国家也都是如此。过去的欧洲都是小国林立，日本也是分成各个藩，往往都被局限于自己的小国或者自己的藩之内。他们农民的抗争，基本都是追求归还某一处山林、某一处土地的使用权，或者是降低高利贷的利率等这样一些非常具体的目标。他们从未想过要推翻整个政权。所以，这些国家的农民起义造成的社会烈度是非常低的，根本无法与中国相提并论。

大一统郡县制和分封制的不同之处在哪里？

我们以前学习历史的时候，把秦始皇之后到清朝这段时间的历史称作封建时代。但我认为，秦始皇之前的中国算是封建时代。周天子分封诸侯，诸侯再封卿大夫至各处，这才是层层的分封制。另外，我把秦始皇之后的中国体制，称作大一统郡县制度。同期的日本和欧洲的体制则是分封建制，或者也可以叫作分封制、代理制，就是一层一层地分邦建国。

在所谓的封建制度之下，统治者们和老百姓的距离是相对比较近的，统治者们能够近距离地观察到老百姓的生存状态。因为统治者们的权位是世袭的，所以他们严重依靠当地百姓对他们的拥护程度，否则老百姓有可能把统治者们流放了，换他们的儿子上台，又或者会出现其他情况。在这种制度之下，统治者们对老百姓的剥削和压迫是有限度的。

而中国的大一统郡县制度实行的是流官制，即由皇帝派巡抚、县令，或者郡守来统治某个地方。这些官员被称为流官，就是因为这些官员是流动的，他们可能在某个地方当个三五年的官就走了，所以老百姓的死活跟他们没有太大关系，他们唯一关心的重点，就是如何完成皇帝布置下来的任务。

皇帝让收多少税赋，官员们都能想方设法收上来，无论多么残酷的命令，官员们也都能执行下去。所以，从秦朝开始，中国历史上就诞生了很多酷吏。与封建制度相比，大一统郡县制度对老百姓的剥削和压迫程度要残酷得多，这种制度对社会资源的汲取能力也更强。所以，每每到了王朝末期，在老百姓承受不起的时候，他们就开始起义。这种起义就是要推翻旧的政权，建立一个新的政权，如此这般往复循环，形成了我们现在看到的二十四史。

中世纪的欧洲和日本实行的也是秦始皇之前的这种制度。在这种制度之下，全国并不是大一统的，一个地方的政策影响不了另外一个地方。欧洲和日本的一个共同特点，就是老百姓承受的地租和赋税，在长达几百年的时间里，几乎都没有发生过变化。在某个地方的抗争，也不会传播到其他地方，因为全国并不是整齐划一的。

为什么中国历史上很少出现南方民族统一中国？

中国历史王朝的建立大致分成两类：一类是由农民起义直接建立的，另外一类就是北方少数民族建立的。实际上，隋唐也算是北方少数民族建立的王朝的一部分。隋唐王朝皇族血统里，汉族血统占比是很少的，大部分都是鲜卑，或者其他少数民族的血统，所以我个人认为，隋唐也可以算作少数民族建立的王朝之一。

有人可能会问，宋太祖赵匡胤建立的宋朝是否属于汉族建立的王朝？实际上宋朝的前任王朝已经统一得差不多了，也奠定了很好的基础，宋朝只能算是王朝内部的权力更替而已。

在中国历史上，为什么北方少数民族在战争中永远占优势？

首先是因为在传统的冷兵器时代，是否拥有骑兵非常重要，南方的很多地方可能连马都没有。而北方少数民族游牧、围猎的生活方式，从小训练了他们的战斗技能。所以冷兵器时代，北方民族的战斗力是远远大于南方的。

其次，北方少数民族人民是天生的战士。他们从体力和体格上就比别的民族强大。大家知道，越是靠北方的人，越是高大。另外，北方的生存环境更加恶劣，北方冬季很漫长，尤其是在草原上的一场大雪之后，草地就会被冰雪覆盖，一部分牧民会被饿死。所以牧民的死亡率以及北方婴儿的死亡率也是特别高的。古代，北方少数民族的婴儿死亡率高达百分之四十，南方却只有百分之十左右。这样一来，北方就出现了一种自然的淘汰机制，让那些体能最强的人存活下来。再加上北方游牧民族的小孩从三岁开始骑马，四岁开始练习弓箭，把他们锻炼成了天生的战士。

最后，就是因为北方主要是平原地带，更容易形成大规模的兵团。南方因为山区很多，地理条件处于一种阻隔的状态，很难展开大兵团的作战。

因此，中国历史上的统一往往都是从北方开始的，在形成一定数量的优势之后，再往南方席卷而去。

中国古代大一统的郡县制是世界上的独一份吗？

世界其他国家或者其他文明，在某些历史的局部可能与中国比较相像，却远远没有达到中国这么高的程度。比如，古埃及王国的专制程度就和中国比较相似，但是，古埃及王国在存在期间，却没有形成像中国这样井井有条的郡县制。

波斯帝国也曾形成了国王一定程度上对全国的有效控制，但持续的时间并不长久。埃及古代王国存在的时间虽然相对较长，但是由于它的地域并不广阔，因此只能沿着尼罗河去展开。

所以，在广大的地域之下，在漫长的历史之中，能形成这样一个延续的郡县制度，中国确实是人类历史上的独一份。

中国王朝的建立与美国有哪些不同之处？

美国的建立过程与中国王朝的建立完全相反。

中国王朝的建立是一个英雄手持棍棒打下多少郡州，凭武力统一全国，然后设立中央政府，再设立安排各级的省长、市长、县长等等，最后宣布新的王朝开始。按照今天的说法，就是由上至下、一层一层地去建立政权和政府组织。

美国却恰恰相反，它的政权建立是一个从下而上的过程。美国在殖民地时代最先出现的是各个村镇，这些村镇无人管辖，因为英国国王对殖民地的政策就是放手不管，只要交点税给英国就可以了。所以美国老百姓在村镇时代都是自治的。大家聚到一起，开会决定应该如何治理。如果一个地方的村镇很多，村镇之间有事需要协商，就形成了村镇之上的县，然后又在县的基础上，形成了州。最后所有州联合起来搞了一个独立战争，就形成了美国。所以美国是从下往上，一级一级地生长起来的。

中国的特点是官大一级压死人，美国的机理与中国完全相反。在美国，总统经常管不了州长，州长也完全管不了县长。基层组织是老百姓选出来的，大家各有各的权力范围，互不侵犯。

中国在哪些方面不同于其他国家？

像韩国、越南和新加坡等受到中国影响较深的国家，它们的发展与中国有某些类似的地方，尤其是新加坡。新加坡有大约百分之八十的人口都是华人，基本上可以看作一个华人社会，所以这些国家都可以做到令行禁止。但像欧美国家的人就不是这样，遇到疫情的时候他们很难做到整齐划一。

普通中国人对日本文化的唯一的概念，可能就是中国与日本一衣带水，在很多人的印象中，也觉得日本与中国很像。但实际上，中日两国的文化和社会结构是完全不一样的。从社会的基本运转逻辑来看，日本的走向更加接近欧美。日本历史上，只有一百多年的时间实行了中国制度，就是日本向唐朝学习的时候，实行了大化改新和郡县制度。但这种制度在日本只持续了一百多年就失败了。

除了这一百多年，尤其是明治维新以前的日本的几千年历史，一直实行的都是一种所谓的封建制度。在当时的社会，日本是由一个个藩组成的，各个藩都处于自治或者是半自治状态。欧洲也是如此，形成了一个一个小的共同体。

所以日本和欧洲社会的共同特点就是，民众在几千年的历史区间内，一直保持着自治的能力或者是半自治的能力。而中国人的这种自治能力早在秦朝时期就被取消了。

欧洲和日本的社会还有一个共同的规律，就是欧洲和日本都实行了长子继承制。整个家产的百分之百或者百分之九十都留给长子，次子以下就只能外出去打工或者是另谋出路。在日本传统社会，长子和次子的地位简直是天壤之别。次子的唯一作用就是做备胎，万一长子生病死了，家里能有其他人来继承，除此之外，次子并没什么用处。因此，次子在家里的地位非常之低，甚至相当于一个长工。

欧洲虽然没有这么极端，但大体上也是如此。英国或者欧洲其他国家也都是长子继承制，整个庄园只给长子，其他儿子只能分到仅够他们谋生的一点点财物。

日本和欧洲的这种情况，在中国人的印象中是完全不可想象的。一直以来，中国都是诸子均分制，假如我生了十个儿子，我的某块地到时候就要分成十份，每人一份，这也是在中国富不过三代的主要原因。过去的中国人讲究多子多福，有了钱我就多生孩子，即使家里的田地非常多，分到第三代，基本上也都成了一个中农。

为何秦治可以对中国历史影响深远？

秦国的制度在当时战国七雄当中是独一份，正是因为这种制度的战斗力特别强大，所以最后是由秦国统一了天下，而不是其他国家。秦国人原来是西北方蛮夷，他们生活的区域接近于草原民族生活地带。历史上秦国也曾有过很多次的扩张，都是朝草原方向去的，因此也吸收了很多草原民族的特点。

而且，在周天子分封的所有诸侯国当中，秦国的文化水平是最低的。秦国本身是不产生人才的，在秦国发动改革的商鞅等人，都是从其他国家请来的，因为它是一个没文化的国家。

中国历史上有这样一个发展规律，就是越没文化的国家或者民族，反而能够统一整个国家。秦朝如此，元朝如此，清朝亦是如此。文化发达国家的结局，就是被其他国家统一。文化也是有两面性的。无知的力量有的时候比知识的力量更加强大。所以老子很厉害，他在那么古老的时代就深刻地意识到了这一点。

秦国的制度影响了中国两千多年，成了中国的基本制度。可以说，中国制度最大的特点就是秦治。那秦始皇的制度与秦朝之前的制度有什么区别呢？

在秦始皇之前，中国社会是实行家族自治的。周天子分封诸侯，很多时候凭的都是亲缘关系，因为周天子分封的都是自己的儿子、侄子和兄弟等。这些诸侯到了封地之后，继续分封自己的亲人，在各地形成了一些小的定居点，而这些定居点内部又实行家族自治或者宗族自治。所以孔子才会说，君君臣臣父父子子。只要把父子关系处理好，君臣关系也就同样可以处理好。在秦始皇之前的朝代，都是用这种血缘原则去统治国家的。

而秦始皇要求全国性的整齐划一，他想用权力去对待每个老百姓，把他们都原子化。秦始皇强迫老百姓分家，比如说家里有两个成年男人，就必须要分成两家，否则就要增加一倍的赋税，秦汉社会的大家族就这样被彻底打散了。

曾有学者做过调查，一个地方原来可能有七十户吴姓人家，政府通过强制命令，把这七十户吴姓人家分散到七十个村子中去，每个村子只有一户姓吴的。这样一来，老百姓就没办法团结起来对抗政府。秦朝破除了血缘网络，让人们不再通过原有的血缘结构和家族结构来反抗政府，可以说秦朝制度把政府的效能突出到最大，把老百姓的自主性压到最低。

实际上，秦始皇只是秦治一个继承者，真正的创始者是商鞅。商鞅和韩非子都属于法家的系统，法家的思路和儒家截然相反。

儒家的思路是"仓廪实而知礼节"，就是要让老百姓富起来，老百姓富裕起来之后就会有文化修养，整个社会就知道廉耻，社会也能够治理得较好。

战国时期，随着各国之间的竞争越来越剧烈，有一派学者就认为儒家的那套已经过时了，太过于温文尔雅了，没有战斗力。他们想要让国家集权，让国家变得更加强悍起来。用今天的话来说，就是希望这个国家要拥有狼一样的性格。那该通过什么样的方式培养国家的狼性呢？有人就想到推行郡县制，增加老百姓的税收，以此把老百姓全都控制起来，集中力量增强军备，支援国家战争，这就诞生了法家。

所以，商鞅和韩非子的共同思路就是要弱民，就是要让老百姓一直穷下去。老百姓当中不能出现特别富有的人，因为他们一旦富庶了，就会想要凭借财力来对抗政府，也就不好控制了。只有在老百姓都差不多穷时，他们才会乖乖地去遵守国家制定的各种政策。比如说，国家鼓励争战，到战场上砍下一个首级，就升官发财，老百姓就会踊跃地去参军。但如果百姓家中本就已经很有钱，国家就调动不了他们了。

先秦时期为何推崇伍子胥？

提到伍子胥，大家都知道他是中国历史上有名的贤人，各种经典著作中对他的评价也相当高。但若是细想的话，就会发现以今天的标准来衡量，伍子胥并不是一个好人。为什么这么说呢？

伍子胥的父亲和兄长都被楚国的国王杀死了，在后世这可以称作"君叫臣死，臣不得不死"。毕竟古代皇帝杀人并不是什么大不了的事情。按照正常情况，伍子胥还应该继续给国家效忠。但是，伍子胥却没有这么做，他勾引敌国的军队，直接把楚国给灭了，还把国王的尸体挖出来鞭尸三百。

在秦始皇之前，伍子胥的故事可以说是一个很好的为父复仇的故事，伍子胥也被人称为孝子贤人。但是如果这件事情发生在秦始皇之后，那就是一件不可理喻的事情了。就以岳飞为例，宋高宗杀了岳飞和岳云，但岳飞还有三个儿子活着，难道这三个儿子可以去投奔金朝，勾引金兀术灭宋吗？如果岳飞的三个儿子真的这样做了，那他们三个肯定是民族的罪人，他们得到的评价肯定比秦桧还差，甚至会被彻底地钉死在历史的耻辱柱上。

明明是同样的做法，为什么在先秦时期就能成为好人，而到了秦始皇之后就变成坏人了呢？这是因为先秦是一个家族自治的结构，先秦的经典思想都强调要"父高于军，孝高于忠"。在当时，孝远比忠更重要，父亲也远比国王和国军更重要。

秦始皇统一中国之后，建立了一个大的共同体，并开始强调整个国家的利益和皇帝的利益，这才开始宣传"国大于家"的思想。诸如"大河不满小河干""大义灭亲"这类规矩、原则和理念都是在秦始皇之后才建立起来的。

先秦还有很多后世听起来很不可思议的故事。

有一次，鲁国和别的国家打仗，有一个士兵开小差，逃走了。孔子见到他之后就问他说："你怎么往回跑呢？"这个士兵就回答说："因为我是家中的独生子，我要是战死了就没人养活我老爹了。"在后世人眼中，这个人临阵脱逃，肯定是个坏人。但孔子听说了之后，马上夸他说："你真是个孝子！我要向国君举荐你去当官。"然后孔子就把他推荐给鲁国的国王。

如果不了解从周朝到秦朝这种思想的巨大变化，就很难理解孔子为何会肯定这样一个临阵脱逃的士兵。

秦朝前后的儒家思想，有何不同之处？

秦朝之前和秦朝之后的儒家思想是完全不一样的。汉武帝的"独尊儒术"所遵从的儒术，与孔子、孟子时代的儒术也是不一样的。最典型的就是我们今天常说的"三纲五常"。实际上，"三纲五常"并不是孔子和孟子提出来的，也不是儒家原来有的思想，而是从法家的思想演变过来的。

实际上原有的儒家思想，并不太适合古代专制集权统治，因为它是强调分权和家族自治的。在先秦时代，儒家一直强调"民为贵，社稷次之，君为轻"。

汉武帝时代，董仲舒为了劝说汉武帝独尊儒术，就把儒术进行了改造，把法家的一些思想强行塞到儒家的框架里面。所以，"三纲五常"从董仲舒时代才成了儒家的教条。经过董仲舒的改造之后，儒术更加适合大一统郡县制度下的政治需要。董仲舒改造后的儒术，强调国大于家，一切都要听皇帝的，把皇帝推到了至高无上的地位。

董仲舒改造之后的儒家，认为皇帝是高高在上的天子，老百姓的地位是远远不如的。也是因为经过了这样的改造，汉武帝才同意把儒家思想树立为国家唯一的指导思想。

道家思想在历史上扮演了什么角色？

秦朝完全以法家思想为指导，结果秦始皇统一全国后，只存在了十五年就被彻底推翻，秦始皇的子孙后代被杀得精光。

所以，在汉朝看来，法家的这套思想是无法沿用了。法家的理论已经破产，又还没有出现"独尊儒术"，所以，汉朝初年使用的是黄老之术。黄老之术主张要给老百姓一些生存的空间，就是道家的那套强调"休养生息""道法自然""水利万物而不争"的思想。道家在汉朝初年发挥了很大的作用。

除了汉代，另外一个实行道家思想的朝代就是唐代。中国历史上，实行道家原则的时代，往往都是比较好的时代。唐代尊崇道家的原因很简单，因为唐代的皇室姓李，认为老子李耳是他们的先祖。所以，唐代虽然延续了汉代的"独尊儒术"，但实际上唐代是儒释道三教并重的。

正因如此，唐朝人的思想空间也比较大，唐代士人的头脑也显得比较正常。与唐朝人相比，汉朝人、宋朝人和明朝人的头脑就显得比较狭隘。可以说唐代盛世的出现，与思想开放是直接相关的。假如唐代也如其他朝代一样，强调要完全整齐划一，把别的苗子全都砍掉，只留下一根独苗，这个苗本身也不会长得很好。

我认为，如果能在秦汉之后，仍然保持百家争鸣的状态，朝廷中不只是培养儒家的博士，而是对法家、墨家、道家等各个学派都进行研究，汲取其中的长处，并能综合出一个有弹性的统治思路，或许历史的发展又会不同。但是基于秦治的本质，这一点确实很难做到，况且秦治本身就是一种很不正常的状态。

为什么儒家思想在中国历史上根深蒂固？

换一种思路来说，儒家之所以最后生存下来，最主要的原因就是儒家思想的历史惯性最大。儒家一开始并没有一个明确的原理和思路，孔子虽然是儒家非常重要的人物，但是他一生都没有亲笔写过任何一本著作、任何一篇文章。孔子属于述而不作，《论语》也不是他本人写的，而是他的弟子写出来的。

那孔子为什么要述而不作呢？那是因为他觉得自己并没有开创任何理念，只是比较完整地继承了周公的那一套思想。所以，儒家制度实际上就是周朝的制度。儒家后世也一直认为，儒家这门学派的开创者不是孔子，而是周公。

在漫长的周代，形成了一个强大的思维定式和文化惯性，经过总结之后就形成了儒家思想。儒家可能是诸子百家中最根深蒂固的。相比之下，无论是道家、墨家还是法家，它们的根基都要比儒家浅得多。另外，儒家建立在重视血缘原则的时代，所以它也符合每一个人的生命经验。

从阶级分析的角度来说，墨家的代表性就稍微弱了一些。墨家主要代表的是社会上所谓的工商阶级的文化取向。

墨家有很多现代化的思路，比如它强调人与人之间的平等、公平交易、兼爱、博爱等等。在西方，这套思想直到启蒙时代来临之后才被提出来的。也正是由于这一点，儒家极力反对墨家，认为墨家所谓的兼爱是"无父无君"，把墨家骂得如同禽兽一般。

墨家的主要问题就在于它诞生得太早了，比社会发展提前两千年出现了。墨家代表的工商阶层在当时那个时代，也不可能发挥太大的社会影响力，所以墨家思想是脱离时代背景的。

为什么中国古代会出现这么多的腐败？

腐败不完全是到封建社会后期才产生的，实际上从西汉末年开始，包括整个东汉时期，官员都是非常腐败的。腐败的原因很简单：一方面，统治者想要用权力控制一切，完全冻结老百姓的自我组织能力；另一方面，他们对权力又缺乏监督和约束。

举个简单的例子。明清时代，一个县的税收的权力完全掌握在县令的手里，县令说要收多少税，就收多少税。假如国家规定一亩地收一两白银，县令就可以找各种借口，比如教育经费不够，哪条路需要修，或者是需要救灾，等等，以此来收取各种附加税。本来国家规定只收一两税钱，县令能收到十两。在收到的这十两税钱中，除了上缴的一两之外，县令会再拿出一两去装点一下门面，然后把剩下的八两揣到自己的腰包里，这样做是完全行得通的。

过去有句话叫作"三年清知府，十万雪花银"，这并不是一种夸张的说法。做三年知府捞十万两白银，是完全有可能的，因为没有人能够限制和约束县令。

腐败是中国历朝历代都无法解决的问题。因为从制度上来讲，统治者需要依赖那些官吏去完成对基层民众的原子化，这本身就是一个无法解决腐败的制度，到了明朝，制衡权力需要靠东厂、西厂和锦衣卫。

或许东厂、西厂刚刚诞生的那几年，腐败稍微收敛了一些，到了后来，东厂、西厂甚至比别的权力机构更加腐败，因为它们掌握了最大的权力。所以绝对的权力导致绝对的腐败，这一条原则放在任何时候都是成立的。

为什么中国古代人几乎没有自治能力？

在秦始皇统一全国之前，中国人是有一定的社会自治能力的，在自己的家族或者乡内，大家可以通过自行协商，而不依靠上级指派的官员来解决事情。在这种情况下，无论遇到危险或是困难，人们都能迅速行动起来，解决社会的各种危机。在秦始皇登基之后，这种社会自治能力就被取消了。

把中国史放到世界史的背景下去看，就会发现世界上绝大多数民族，都保留了这种自治能力。在欧洲，比如希腊和罗马，它们实施的都是民主城邦自治的制度。我们经常会拿罗马帝国与秦汉帝国做对比，但是罗马帝国内部的行政并不是井井有条、整齐划一的，也不能做到如臂使指，就是因为它保留了大量的自治因素。

到了中世纪，日耳曼民族本身就有非常强的公社传统，公社内部的事情是需要大家开会讨论的。

即使到了庄园时代，贵族们建立了庄园，但是庄园一直保留着庄园法庭。庄园内部的任何纠纷，包括领主、贵族和农奴之间的纠纷，都要到庄园法庭上去解决。不管领主地位多高，只要站在法庭上，大家就都是平等的。法庭有各种协商机制和判决机制，这些机制基本上也都是公平合理的，所以领主的地租甚至可以保持几百年不增长。

日本也是如此，日本按村庄集体交税。历史上的日本，一直是以一个村庄来面对政府的，而不由原子化的个人去面对政府，因此，日本人特别注意邻里和社会上其他人的感受，他们会有一种一心维护集体利益的本能。而这种本能，在中国早在两千年前就被破坏了。所以中国人的特点就是，对亲戚特别好，对熟人和朋友也很好，但是在一个陌生人组成的社会中，我们就很冷漠，且彼此防范。

我觉得在我们国家社会转型发展的过程中，还是应该吸收一些原本就有的传统，培养老百姓有一定程度的自治能力，帮助政府解决问题，不要把所有负担都加到政府身上。这样一来，社会可能就会更有弹性，也能更加健康地发展。

为何主张国际协调机制？

随着全球化的发展和各国政府之间的协商机制的增强，大家采取协调一致的行动是必不可免的。这一点，在这次疫情中体现得更加明显。控制疫情并不只是一个国家的事情，世界各国必须协调起来才能取得最后的成功。

即便有九十九个国家都控制住疫情，最后一个国家采取放任不管的态度，让老百姓自发形成群体免疫，抗疫都不可能成功。因为这个国家不可能不与其他国家发生交往，在交往的过程中这个国家的人会把病毒继续传播出去，那个时候，其他所有国家为抗疫做出的努力都将会前功尽弃。

通过这次疫情，我们会发现在一定程度上增强国际协调，让各国政府采取一致行动，会在将来的国际政治中发挥巨大的作用。大家也应该认识到国际协商机制的重要性，否则，各国的结局肯定是兵戎相见，造成重大的战争和动荡。

那么，应该如何建立协商机制呢？

首先，仍应该以民主协商为基础，而不是通过暴力征服的方式来完成。在全球范围内，在这样一个核时代，如果使用暴力是不可能完成全球统一的。其次，我们对人类的历史发展不能太乐观。原本我们以为"二战"之后，全球性的战争和灾难早已离我们远去，但现在看来，这些灾难实际上离我们并不遥远。

人类文明中很多负面的东西，通过这次疫情暴露了出来，很多无法解决的问题，也通过这次疫情让我们看得更加清楚，但很多问题，我们短期内还无法解决。

历史上为什么会出现宗族自治？

中国历史上的乡村自治，可以理解为宗族自治。秦汉两朝，中央政府对基层社会的控制是很有力的，管辖权力下放到村一级，换句话说，村一级都由国家直接任命干部。另外，税收和户籍调查工作也做得十分细致，至今还保留着大量文献。

唐宋之后，在中央政府的提倡之下，宗族自治慢慢地发展起来。政府认为不可能把所有事务都管得那么细致，于是就以宗族为单位，让老百姓进行自治。

现如今我们还可以看到，各地的宗族自制条规里，首要的规定就要忠于国家，按时交税，严格遵守国家的法律制度。所以无论是客观效果，还是主观出发点，中国的宗族自治都是为了协助大一统郡县制度的运行。

宗族自治并不属于民主协商机制，而是属于家长制，由一个家族的族长来统领全族，权力大小完全按照辈分来决定。在欧洲中世纪的庄园法庭里面，贵族、领主、佃户、农奴的法律地位是平等的，但这一点在中国的宗族自治中并不存在。所以中国的宗族自治，离所谓的民主，还有很远一段距离。

明朝末年，四处都是农民起义，有着宗族组织的南方和北方是两种完全不一样的状态。为什么像李自成、张献忠等人发动的大型农民起义，大都发生在中国的北方？并且破坏最严重的是北方的平原地区？正是因为中国北方的宗族自治被破坏得很严重。纵观历史，南方有宗族自治的地区基本没有发生过农民起义，南方的社会也基本保持稳定，所以才出现了后来的南明。

我是东北人，我们东北有一个特点，就是所有的村子，不管这个村子有多小，至少也都存在三个姓，河北、河南的很多地方也都是如此。因为长期的战乱、社会流动、家族的分散组合，社会的原子化非常严重。这种原子化的地区特别容易爆发农民起义，也非常容易出现动荡。相反，有自治组织的地方，社会稳定性也会大大增强。

或许在未来，我们还有可能把宗族自治的思路和现代科学技术结合起来，继而发挥更大的力量。

政权更迭是否与人口数量有关？

在中国历史上，人口数量一直是大起大落的。太平时期的人口数量，经常会上升到六七千万，但是一场改朝换代的战争下来，可能全国人口就只剩下两千多万了。在一场大的动荡中，人口损失百分之五十是很正常的事情。

这种情况在世界上其他国家和地区从未发生过，欧洲历史上的人口数量增长曲线一直是比较平缓向上的。欧洲历史上唯一一次大规模的人口下降，发生在黑死病时期，人口大约减少了百分之二十，但也远远不及中国。它们很少会因为改朝换代或者政治动荡，造成大量人口死亡。

可以说，中国人口数量变化始终与政权更替有关，比如像三国时期、隋唐、元朝等等，都出现了大面积的人口死亡。但很多时候社会发生动荡，确实与人口压力有关。在自然生产条件下，社会无法再承受如此众多的人口，最后的解决办法不是瘟疫，就是战争。

另外，盛世的出现也与人口数量有关。像唐朝、元朝、清朝，还包括汉朝前期和明朝前期，都曾经出现盛世。出现盛世的一个根本原因，是在盛世出现之前，已经通过战争解决了人口数量问题，继而使得社会经济发生恢复性的增长，出现了一种欣欣向荣的局面。如果没有社会动荡降低人口数量，就不会出现所谓的盛世。

但古代人口史研究历来都是学术上的一个难点，不仅中国如此，世界上的其他国家也大部分如此。实际上二十四史中记录的人口数量，在很多时候是不可靠的。

从民国开始，我们引进了西方的学术路径，所以，我们今天在人口史研究方面取得了不错的成果。最典型的学术著作代表，就是我的导师葛剑雄老师主持编著的《中国人口发展史》，它代表了中国人口学和人口史方面研究的最高成果。葛剑雄老师通过现代的学术方法，对历史上的数据进行了大量的修正。

举个例子，根据正史记载，三国时期中国人口损失高达百分之八十。经过葛剑雄的研究，三国时候的人口损失大约在百分之六十。因为过去没有系统的统计方式，统计人口不可能达到百分之百的准确。现如今我们已经能够复现当时的统计脉络，这种复现的数据还是比较可靠的。

应该用什么样的态度看待历史上的"大一统"？

中国历史的特点就是不停地循环。中央政府的汲取能力越强，就越能集中力量，但如果集中了力量之后，政府并不把钱用于去办对老百姓有利的大事，而是用于皇族和贵族的挥霍，社会慢慢地就崩溃了，因为它不能形成一个良好的自循环。从秦朝到清朝，在这种历史循环的密码背后，有一个强大的逻辑，这个逻辑是很难被突破的。

有一种说法认为，宋朝也算是一个统一王朝，如果是从大一统郡县制度的推行角度来说，这种说法是对的。大一统是中国历史上统一的逻辑，中国人也是全世界范围之内最热爱统一的，我们认为统一永远都是好事，而分裂永远都是坏事，这一点，也是我们国家很重要的一个文化基因。

欧洲历史也一直是分分合合的状态。历史上的欧洲各国，彼此总是打来打去，比如说历史上法国和德国就是世仇，但后来居然成立了欧盟。欧盟内部没有边界，这实际上也是一种统一。这种统一与中国历史上的大一统郡县制度相比，更加具有弹性。

人类文明发展到今天，我们要认识到统一不仅仅只有一种方式，比如香港回归后采用的"一国两制"，以及将来两岸统一应该采取什么方式，这其中是可以有很大的弹性空间的。所以，在人类社会的政治制度的统一这件事情上，我们的思路应该更加开阔一些。

中国人是从非洲迁移过来的吗?

世界上大多数人类学家都认同非洲起源论。非洲起源论认为曾经有过两次非洲起源。大概在几百万年前，人类第一次走出非洲，这些非洲古人类的足迹遍布世界各地，包括中国的北京猿人也都是从非洲来的。

后来，到了十多万年前，非洲古人类又第二次走出非洲。这次走出非洲的人们把原来非洲原始人消灭殆尽，据说连北京猿人都没有留下后代。所以，现在世界上所有人，都是第二次走出非洲的古人类的后代。在非洲古人类分散发展的过程中，就造就了现在这般满天星斗的状态。后来因为中国独特的历史环境，每颗星斗的光芒也变得越来越强烈，彼此交相辉映、相互影响。只不过基于原始时代的交通条件和人口的密度，发展都十分缓慢。

中国学者中存在着这样一种争论，有一个学派认为中国属于本土发源论。与非洲起源论不同的是，本土发源论认为非洲古人类没有经历第二次的出走。但是，这两个学派都不否认第一次的非洲起源。这两派的观点是不兼容的，如果有一派观点基本成立，那另一派的观点就会被推翻。但到目前为止，我们还无法百分之百地肯定或者否定哪一学派。

中国本土起源论一派的学者，对比在中国发现的化石的构成序列和原始人类使用工具的构成序列，发现中国在一定程度上具有自成体系的特点。

假如真的存在第二次非洲起源，古人类从非洲走到中国并分散到各地，也是一个非常漫长的过程，至少是以万年为单位的。从分子人类学的研究结果来看，追溯全世界人的DNA，我们确实是十几万年前走出非洲的那一批人的后代。从科学上来讲，这一点是成立的。

复旦大学人类表型组研究院院长金立、复旦大学生命科学学院李辉教授是国内研究这方面的权威。李辉、金立采集了中国几万人的DNA，发现父系遗传物质的指向都来自非洲，无一例外。我在复旦读博的时候，听过几次他们的课，并对此产生了浓厚的兴趣，我也因此阅读了大量这方面的书籍。我研究的结果是，分子人类学的逻辑是站得住脚的，至少我们现在还无法推翻它。

科学的问题只能用科学来回答，我们只能寄希望于未来科学的发展，让这两种观点最后分出一个所谓的胜负，也给我们一个明确的结论。

民国时期是春秋战国时期的历史轮回吗？

春秋战国时期、魏晋时期，以及民国时期，这三个历史时期都有一个共同的特点，那就是它们都是一个动荡的时代。如果仔细观察就会发现，历史上不同的动荡时代也会有些不同之处。

在我们的印象中，动荡时代也是一个民不聊生的时代，是人口大量死亡的时代，但实际上民国时期的人口是在缓慢增长的，包括春秋战国时期也是如此。

日本历史上也有过一个战国时代，那个时代很混乱，但人口在缓慢增长，经济也在不断繁荣。

出现这种情况的原因，是因为动荡时代缺乏一个中央政权整齐划一的控制，全国各地的自发性和活力就迅速爆发出来了。所以任何事情都是有两面性的，动荡的时代当然有很多缺点，也带来了很多问题，但动荡也会促进个人头脑的解放和很多新的智力成果的诞生。

民国与春秋战国和魏晋南北朝的不同之处，就在于其是中国传统文化和当时西方所谓的现代文化两者交融的产物。民国前期，经济增长速度非常快，不仅如此，民国时代还是中国民营经济发展的黄金时代。

另外，民国时期出现的很多新的东西也是趋势碰撞的产物，对今天的历史仍旧产生着深刻的影响。今天很多学术领域的奠基，也都是从民国时期开始的，不仅如此，当时很多领域都已经达到了较高的研究水平。

为什么古代人比现代人幸福指数更高？

马克思认为，在私有财产诞生之前，人类的幸福指数不一定会很低。这两年很火的《人类简史》也有提到，人类在发明农业之前的漫游采集阶段，虽然平均寿命不长，但幸福指数是很高的。

当时的人想去哪儿就可以去哪儿，没有什么发愁的事，每天都能够倾听大自然的各种声音，或者采一些野果。最关键的一点是，人们内部也没有什么相互勾心斗角的事情。

凡事都是有利必有弊，古时候的生产力虽然非常低下，但那时的人们比现代人要淳朴许多。后来的人们变得越来越机巧、机诈，虚伪的东西慢慢增多，真诚的东西越来越少，人类的文明随之越来越复杂、越来越深入，当然，这也是一个不可避免的历史进程。

中世纪文艺复兴后，人类文明的发展出现了一个新的阶段，就是我们在复杂的同时，也可以去追求真诚，追求返璞归真，社会给我们提供了这种可能性。当然，这些都是典型的一家之言，但我认为如果大家对于每一个"一家之言"，都能做到"兼听则明"，听取不同的观点，最后就会构成一个比较完整的知识版图。

梁冬结语

张宏杰老师的学术观点不一定是完全正确的，但我觉得可以各家各言。中国文化的魅力就在于任何一个事情可以从任何一个角度，以及从不同的方方面面去解读。

从某个角度来看，我们曾经以为的中国历史，不一定是真正的中国历史；我们以为的世界历史，不一定是真正的世界历史；我们以为的中国人，不一定是真正的中国人；我们以为的儒家，也不一定是原来的儒家。有些时候，我们应该要超越知识，大智不智。